Stefan Wolf

Überfall nach Ladenschluß

Pelikan

ISBN 3-8144-1106-4

Gesamtleitung und Textredaktion: f-press
medien produktion gmbh, München, Egon Fein
Umschlag-Gestaltung und Text-Illustration:
Reiner Stolte, München
Graphische Gestaltung: Heinrich Gorissen, München
Gesamtherstellung: westermann druck, Braunschweig
Schrift: 10/12 Punkt Palatino
Printed in Germany
Auflage 15 14 13 12 11 10 9 8 7 6 5 4 3

Inhalt

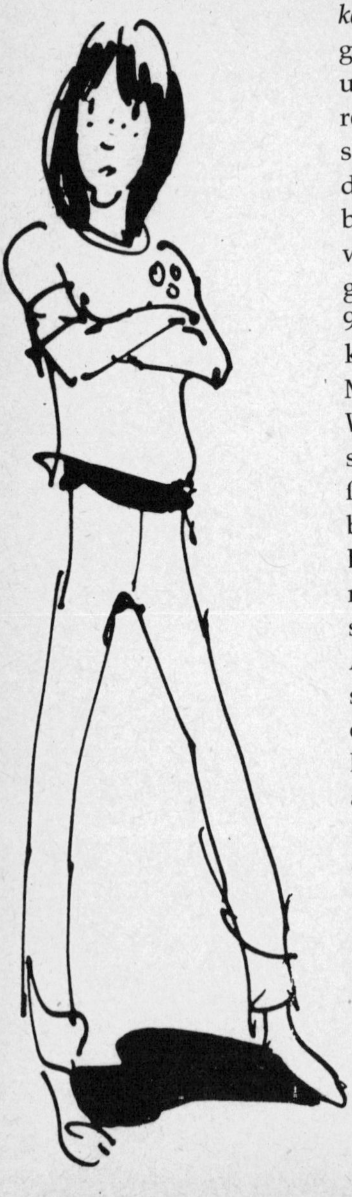

LOCKE
hat diesen Spitznamen, weil sie *keine* Locken hat. Oder besser gesagt: nur ganz, ganz wenige, und das auch erst seit vier Jahren. Dabei war es ihr sehnlichster Wunsch als Kind gewesen, den Kopf voller Locken zu haben. Nina Rehm, wie Locke wirklich heißt, ist noch nicht ganz 15 Jahre alt, geht in die 9. Klasse des Gymnasiums und kurvt mit Vorliebe auf ihrem Mofa durch die Gegend. Wenn's das Wetter zuläßt, trägt sie dabei einen wagenradgroßen Strohhut. Weiterer Steckbrief: Groß, schlank mit langen Beinen, langes, kastanienbraunes Haar, nußbraune Haut, schmales Gesicht mit dunklen Augen und einem schön geschwungenen Mund. Locke ist ein „Temperamentsbolzen", sie hat mehr Unternehmungsgeist als zehn Jungens. Eine typische „Macherin", aber trotzdem durch und durch weiblich. Sie will immer und überall helfen – Menschen und Tieren. Locke lebt mit ihrem Vater Gunter und Bruder Mike zusammen. Ihre Mutter – eine Französin – wurde nach kurzer Ehe geschieden. Sie wohnt heute in Paris.

TOM
wird nur so genannt, weil er sich über seinen echten Namen grün und blau ärgert. Er heißt nämlich Engelbert, mit Nachnamen Conradi, nach einem Großvater von Mutters Seite so benannt. Aber Tom paßt nun mal besser zu einem athletisch gebauten, großen Jungen, der auch noch perfekt in Karate ist, der waffenlosen japanischen Kampfkunst. Er geht in die 10. Klasse desselben Gymnasiums wie Locke. Alle mögen den blonden Jungen. Und das nicht nur wegen seines offenen, sympathischen Gesichts, sondern weil er – genau wie Locke – ein echter hilfsbereiter Kumpel ist, immer zur Stelle, wenn's um eine gute Tat geht. Er drängt sich selbst nie vor, sondern läßt sich zumeist – und das nur zu gern – von Lockes Unternehmungsgeist mitreißen. Denn er und Locke – naja, die sind nun mal unzertrennlich. Noch ein unverwechselbares Kennzeichen hat der knapp 16-jährige: ein tiefblaues und ein grünes Auge. Tom lebt bei seiner Mutter Helga, einer Tierärztin. Seinen Vater hat er schon vor Jahren verloren.

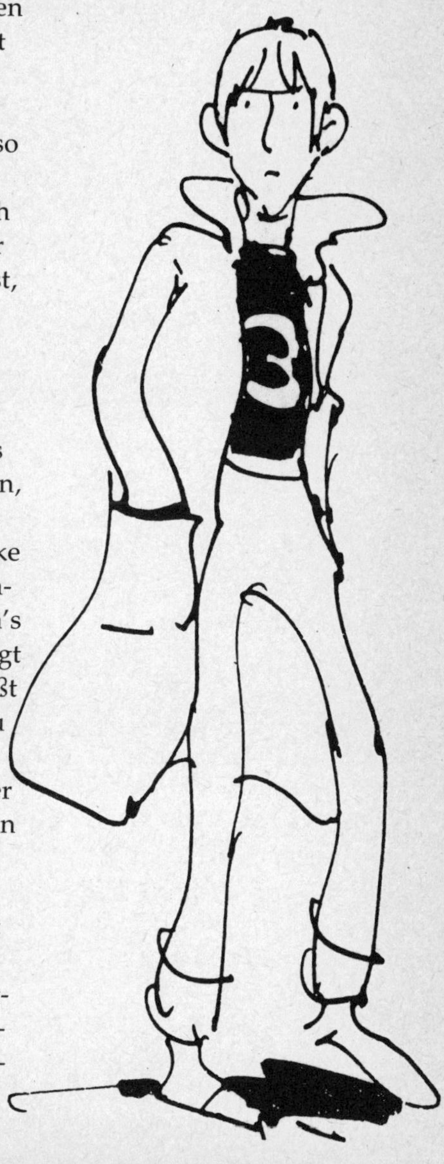

GUNTER REHM
ist Lockes Vater, 44 Jahre alt und Lokalredakteur bei der größten Tageszeitung seiner Heimatstadt, einer ansehnlichen Großstadt, im übrigen, mit Straßenbahn, vielen Buslinien, mehreren Autobahn-Zubringern und einem Bundesliga-Verein. Der großgewachsene, etwas hagere Journalist deckt mit Vorliebe Mißstände auf und gilt deshalb bei allen, die keine reine Weste haben, als unbequem. Er kennt das Geschehen in der Stadt ganz genau, weil er es täglich hautnah erlebt. Gunter Rehm hat ein prima Verhältnis zu seinen Kindern Locke und Mike, malt in seiner Freizeit gern Porträts und spielt Tennis wie ein Meister. Seine liebste Partnerin: Dr. Helga Conradi. Aber das nicht nur auf dem Tennisplatz. Madeleine, seine einstige Frau, Lockes und Mikes Mutter, ist nach kurzer Ehe in ihre Heimat Frankreich zurückgekehrt. Sie hatten ganz einfach zu jung geheiratet, ohne sich so richtig gekannt und zueinander gepaßt zu haben. Als sie dies einsahen, trennten sie sich, aber sie waren einander deshalb nicht gram. Madeleine, die eher ein unabhängiges Leben bevorzugte, überließ die Kinder ihrem Mann.

MIKE
könnte die Mädchen reihenweise um den Finger wikkeln, wenn er wollte, und tatsächlich hat der Sonnyboy auch mehr als eine Freundin. Er heißt Michael Rehm, ist 19, Lockes großer Bruder, und er geht in die Abiturklasse. Nebenher schreibt er als freier Mitarbeiter für die lokale Tageszeitung. Vater Gunter Rehm ist sein großes Vorbild. Hobby: Fußballspielen, und zwar als Libero beim FC Eintracht. Der gutaussehende, breitschultrige Frauentyp Mike hat die braunen Haare und grünen Augen seiner fast schon vergessenen französischen Mutter. Mit Charme und spitzbübischem Lächeln kann er jeden Gegner entwaffnen, aber auch durch mitunter erstaunliche Beharrlichkeit (manche behaupten freilich, Mike habe einen Dickschädel) zur Verzweiflung bringen. Mike ist alt genug, um zu verstehen, daß weder Vater noch Mutter am Scheitern ihrer ebenso kurzen wie unüberlegten Ehe schuld waren.

DR. HELGA CONRADI
ist Toms Mutter, von Beruf Tierärztin – bei ihren vierbeinigen Patienten und deren Frauchen beliebt, von den Herrchen bewundert und verehrt. Ist auch kein Wunder, denn Helga sieht mit ihren 42 Jahren höchstens wie eine Dreißigerin aus: Blaue Augen, lange goldblonde Haare, schmales, ebenmäßiges Gesicht. Wirklich eine sehr attraktive Frau, und dazu auch noch überaus sportlich, was ihre schlanke Figur bestätigt. Beim Tennis gewinnt sie ab und zu sogar gegen Gunter Rehm einen Satz. Ihr Mann ist an einem heimtückischen Leiden gestorben, als Helga noch keine 30 war. Tom kann sich kaum an seinen Vater erinnern. Der Dritte in ihrer Familie ist der treue Nicki, eine ebenso lustige wie wachsame Mischung aus Boxer und Wolfshund.

OMA
wird Elisabeth Rehm von allen genannt. Sie ist 72 Jahre alt, Gunter Rehms Mutter, und sie lebt allein in einem hübschen, verwinkelten Häuschen im Grünen, mit einem großen Garten und geradezu riesenhaften Sonnenblumen. Birkenrode heißt Omas Wohnort. Er liegt ein bißchen außerhalb der Stadt, aber nah genug, damit es für Locke und Tom zu häufigen Besuchen reicht. Und darauf freut Oma Rehm sich natürlich. Nicht nur, weil sie ihre Enkelin und deren Freund gern mag, sondern natürlich auch ein wenig deshalb, weil die beiden jungen Leute ihr stets helfend beistehen. Ihr Mann, ein Lehrer, ist vor zwei Jahren gestorben. Jetzt ist „Frau Holle" die Gesellschafterin der liebenswerten weißhaarigen Dame, eine ebenso betagte Katzenmutter, die Elisabeth Rehms alte Tage getreulich teilt.

Stefan Wolf

Locke und Tom greifen ein

Hundejäger töten leise
Terror durch den heißen Draht
Giftalarm am Rosenweg
Die Fußball-Oma darf nicht sterben
Flammen um Mitternacht
Überfall nach Ladenschluß

1. Rettung in letzter Sekunde

Die S-Bahn sauste wie der Fliegende Holländer.

Niemand hat's eilig, dachte Locke. Aber der Zugführer will sicherlich Rennfahrer werden. Jetzt ist er hier gelandet und tobt sich aus auf den Schienen.

„Denkst du an was Komisches?" fragte Tom.

Er saß ihr gegenüber. Nicki, der tigerfellige Prachtkerl, hatte seinen Schädel auf Toms Jeans-Knie gelegt und döste. Ihn interessierte es nicht, daß die S-Bahn durch die Landschaft zischte, momentan durch Laubwald, so daß die schienennahen Buchenblätter wie Tattergreise zitterten – nein, schlimmer.

„Woher weißt du, was ich denke?" fragte Locke und schob ihren ährenfarbenen Strohhut zurecht. Er war riesengroß. Eigentlich hätte sie zwei Fahrkarten lösen müssen. Und im Gedränge hätte es vielleicht Probleme gegeben. Aber hier drängte niemand. Das Abteil war leer – sie hätten Federball spielen können.

„Du hast gelächelt, in Gedanken gelächelt – als machst du dich über mich lustig." Tom grinste.

„Erstens, Engelbert, beschäftigen sich meine Gedanken mit erhabenen Themen – und nicht mit deiner Person. Hätte ich aber, zweitens, an dich gedacht, dann kummervoll. Du kannst nicht jeden Freitag die letzte Stunde schwänzen."

„Arbeitszeit-Verkürzung ist modern." Toms Grinsen verbreiterte sich zu den Ohren. Dann wurde ein liebevolles Lächeln daraus, und sein Blick ruhte auf Locke wie auf einem Kunstwerk. Himmel, wie hübsch sie war!

Er versank in den Anblick – sozusagen bis zur Nasenspitze.

Aber nur für Augenblicke. Denn der Zug verlangsamte sein Tempo. Ober-Plösel, die nächste Station, war erreicht: eine stadtnahe Siedlung, hübsch und etwas größer als ein Eierkuchen.

Die drei stiegen aus. Die Sommersonne stand hoch, und das hohe Blau hatte keinen weißen Tupfer. Hoffentlich wurde das Wochenende so schön wie der Freitag. Locke hatte einen Henkelkorb am Arm. Er enthielt verschließbare Plastikschüsseln.

„Zehn nach zwei", sie wies auf die Normaluhr am Stationsgebäude, einem Klinkerstein-Schuppen mit Toilettenanbau. „Kathie ist erst um fünf zu Hause. Wir haben also Zeit. Das macht mindestens drei Kilo Blau-, Him- und Erdbeeren."

„Aber nur wenn Nicki mitsucht."

„Ich bin schon froh, wenn er nicht auf die Waldfrüchte pinkelt. Komm!"

Sie stiefelten los. Nicki ging bei Fuß an Toms grüner Seite. Lockes Fünf-Farben-Rock bauschte sich im Sommerwind, und Ober-Plösel war wie ausgestorben.

Die Häuser waren schick und teuer. Jeder hielt großen Abstand zum Nachbarn, als könnte man sich nicht riechen. Die Grundstücke versteckten sich hinter Hecken. In der Stille hörte man das Summen der Bienen.

Die Straße machte Kurven. Ober-Plösel lag hinter ihnen. Sie waren erst Minuten getippelt. Die Straße umrundete einen Ableger des Waldes: eine Versammlung von zwei Dutzend Fichten, die sich zum Wald sehnten, ihn sehen –, aber nicht erreichen konnten, denn verwurzelt waren sie hier. Die Straße führte weiter. Locke blickte zurück. Von Ober-Plösel war nur noch ein Hinweisschild zu sehen.

Rechts der Straße, umgeben von Einsamkeit, stand ein kleines Haus im verwilderten Garten.

„Dort wohnt sie", sagte Locke. Sie meinte Kathie, mit der sie sich kürzlich angefreundet hatte, obwohl das Mädchen schon 18 war.

Tom nickte. Er kannte Kathie noch nicht, wußte nur, daß sie Waise war. Ihre Eltern hatte sie vor langen Jahren verloren – bei einem Unfall. Sie war bei der – inzwischen ebenfalls verstorbenen – Großmutter aufgewachsen und hatte deren Anwesen, dieses Häuschen, geerbt. Hier wohnte sie jetzt, allein und gerade erst volljährig.

Sie blickten hinüber. Über dem Unkraut summten Bienen. In den Büschen hockten mittagsträge Vögel, zum Singen zu faul – und den Bauch hatten sie sich schon voll gepickt. Alle Fenster – auch im Obergeschoß – waren geschlossen. Neben dem Eingang stand eine rote Gartenbank, von deren Füßen die Farbe abblätterte.

„Wie abgeschieden sie wohnt!" sagte Tom. „Da ist es begreiflich, daß sie nicht als Zeugin auftreten will. Wenn sie hier überfallen wird, merkt 's kein Aas."

Locke nickte. „Bloß gut, daß sie mir vertraut. Sonst käme gar nichts ans Licht. Hoffentlich hat sie Sahne im Haus."

„Was? Sahne? Wozu Sahne? Ich denke, sie will uns was über die Mafia erzählen."

„Klar. Aber dabei können wir ja die Waldbeeren essen, die wir vorher noch suchen. Mit Sahne schmecken sie besser – noch besser."

„Ach so! Übrigens: Manche gießen auch Rum drüber. Oder anderen Schnaps. Wahrscheinlich wegen der Bakterien *(Krankheitserreger).*"

„Wieso?" lachte Locke. „Glaubst du, der Wald ist vergrippt?"

„Nicht vergrippt. Aber was du bei Nicki nicht duldest, nämlich daß er am Brombeerstrauch das Bein hebt – das macht eine Wildsau mit Wonne. Deshalb", er lachte, „wird der Schnaps gebraucht. Zum Desinfizieren *(Krankheitserreger zerstören).*"

Locke verdrehte ihre dunklen Augen. „Erzähl das mal einem Feinschmecker! Der hält dich für beknackt, wo doch der Rum den Geschmack verbessert – und nicht zur Entseuchung dient."

Unter diesen – nicht ernst gemeinten – Erörterungen erreichten sie den Waldrand, wo das Blau-, Him- und Erdbeer-

Paradies begann, wie Kathie behauptet hatte. Der Wald dehnte sich weit aus, wurde aber durchschnitten von einer Schnellstraße.

Tom schärfte Nicki ein, neben ihm zu bleiben. Dann ließ er ihn von der Leine. Die schwarze Nase in Moos und Farnkraut gesteckt, schnupperte der kluge Vierbeiner los. Verführerische Fährten kreuzten hier hundertfach seinen Weg. Aber keine war so aktuell *(zeitnah)*, daß er seine guten Manieren vergessen hätte.

Tom erhielt eine der Plastikschüsseln.

„Wenn sie voll ist, melde dich", sagte Locke. „Ich habe noch mehr."

Kathie hatte nicht zuviel versprochen. Unter den Bäumen breitete sich ein Blaubeerfeld aus. Sie pflückten. Nicki beschnupperte die Sträucher und begriff nicht, was daran so toll war. Sie rochen weder nach Fleisch, noch nach Hundenahrung aus Büchsen oder vermoderten Knochen. Aber über Geschmack – auch über den von Zunge und Gaumen – läßt sich bekanntlich nicht streiten.

Wir pflücken nicht, dachte Locke. Wir melken die Sträucher. Kolossal, was hier wächst.

Zeit verging. Lockes Finger färbten sich blau von zerquetschten Beeren. Bei Tom nahmen vor allem Zunge und Zähne die Farbe an, verräterischerweise. Er wurde getadelt. Seine Schüssel war erst halb voll. Locke füllte bereits in die zweite, bestimmte dann aber, an Blaubeeren hätten sie nun genug. Und Walderdbeeren seien ja schließlich noch köstlicher.

Nahe einer Lichtung fanden sie ein Erdbeerfeld. Der Duft hing in der Luft. Bienen und Hummeln schienen zu taumeln, als wären sie betrunken von Erdbeerwein.

Tom meinte, vielleicht wären die klugen Insekten auf den Dreh gekommen und wüßten, wie man Waldfrüchte keltert oder zu Schnaps brennt.

„Wenn wir jetzt noch auf Brom- oder Himbeeren stoßen",

sagte Locke, „haben wir alles für den Obstsalat. Aber ich sehe keine."

Sie suchten. Nicki setzte sich ab, drehte eine Runde durch angrenzendes Dickicht, kam aber zurück. Er hechelte, und die Zunge hing aus seinem mächtigen Fang.

Locke hörte Motorengeräusche. Offenbar näherten sie sich der Schnellstraße, die vor kurzem erbaut worden war.

„Ich erinnere mich", sagte Tom. „Beim Rastplatz Eichengrund stehen Himbeerruten, wie man die Stengel nennt, zu Hunderten. Diese Richtung", er streckte den Arm aus, „führt hin, glaube ich."

Er hatte recht. Jedenfalls entdeckte Locke einen Trampelpfad. Als sie ihm folgte, wurde der Motorenlärm lauter.

„Dieser Strolch!" schimpfte Tom hinter ihr. „Jetzt hat er sich verdrückt. Wußte ich 's doch."

Er meinte Nicki, von dem nichts mehr zu sehen war, pfiff auf den Fingern und rief aus blaubeer-blauer Kehle. Aber Nicki jagte vermutlich Eichhörnchen und hatte die Schlappohren auf Durchzug gestellt.

„Ich muß ihn suchen", sagte Tom.

„Als ob er nicht allein zu uns fände – mit seiner Super-Fährtennase. Du bist nur zu faul zum Pflücken."

„Diese Unterstellung weise ich zurück", lachte Tom. „Aber Nicki kommt eher, wenn er merkt, daß ich mich nähere, was er wiederum an den Pfiffen hört. Bin gleich wieder da, hoffentlich."

Besorgnis lenkte Toms Schritte zur Lichtung zurück, während Locke auf dem Trampelpfad weiterging.

Stille war unter den Bäumen. Der Verkehr auf der Schnellstraße war auf null abgeflaut. Büsche standen jetzt Spalier. Locke sah Holunder, Hagebutten und dornige Äste. Dann entdeckte sie Himbeeren, rund um den Rastplatz.

In der Ferne hörte sie Toms Pfiffe. Er entfernte sich. Wo der Pfad am Rastplatz endete, standen Bänke und ein Tisch, dessen Beine – nämlich Pfähle – in den Boden gerammt waren. Ein Wagen näherte sich auf der Straße. Locke hörte ihn. Sehen konnte sie ihn nicht, denn eine Wand junger Lärchen grenzte zur Straße ab.

Dicke Himbeeren prangten. Locke pflückte und prüfte, ob sich Maden gebildet hatten. Keine. Na, prima! Sie pflückte und hörte, wie der Wagen auf den Rastplatz bog. Für einen Moment sah sie ihn auch. Er war himbeerrot, hielt jetzt, und der Motor verstummte.

Tom pfiff nicht mehr. Offenbar hatte er Nicki gefunden.

Locke konnte nicht sagen, ob zwei oder fünf Minuten verstrichen waren. Pflückend näherte sie sich dem Rastplatz. Sie sah nur einen Ausschnitt, denn der Wald war dicht bis zum Rand. Sträucher, Büsche und Himbeerruten legten einen Wall. Durch den führte der Pfad.

In diesem Moment ertönte der Schrei.

Eine Frau schrie. Der Schrei kam vom Rastplatz. Es wäre ein schriller und sicherlich langer Hilferuf geworden – mit mindestens 15 *i*s.

„Hiiiii . . ."

Aber der Schrei wurde abgewürgt, etwa nach dem fünften i, und das klang schaurig. Bestimmt litt ein Damenhals unter harter Pranke. Locke fröstelte vom Strohhut bis in die Sandalen. Sie war erstarrt für einen Moment. Aber dann ließ sie Vorsicht außer acht. Der Korb mit den Schüsseln landete im Moos. Sie rannte zum Rastplatz.

Seit dem Schrei waren nur Sekunden verstrichen. Was sich abspielte, sah sie erst, als der Pfad hinter ihr lag und sie von Sonnenlicht überschüttet wurde.

Zwei Wagen parkten: der Himbeerrote, ein schickes Coupé – und eine rostige Karre.

Die Fahrertür des Coupés war geöffnet. Ein maskierter Kerl hatte die einzige Insassin herausgezerrt. Hinterrücks hielt er sie gepackt. Eine Hand preßte sich auf ihren Mund. Die andere griff hinter den Fahrersitz, angelte nach irgendwas und – grapschte die Handtasche.

Der Frau – sie war jung – knickten die Knie ein.

Der Räuber war mittelgroß und stämmig. Die Maske verhüllte seinen Kopf vom Adamsapfel bis zum Scheitel, war offenbar Teil einer roten Strumpfhose gewesen, oben zugebunden wie ein Wurstzipfel und mit Seh- und Entlüftungsschlitzen versehen: an Augen und Mund. Auch die Ohren waren frei.

Sank die Frau in Ohnmacht?

Sie hing nur noch in seinem Griff. Der Kopf baumelte. Sie leistete soviel Widerstand wie eine Wolke Rasierwasser.

Der Verbrecher merkte das und ließ sie fallen. Sie glitt zu Boden, und ihr lärchengrünes Kleid breitete sich über den Staub.

Locke zitterte. Ihre schlanken Gehwerkzeuge schienen plötzlich mit dem Boden verbunden wie die Beine des Rastplatztisches. Sie fühlte Empörung, sicherlich – und Entsetzen. Aber Angst, begründete Angst erstickte jede Handlung.

Sie wußte, wer dieser Verbrecher war.

Der Rote!

Sommerhitze – und eine Maske aus dem Oberschenkel einer Wollstrumpfhose! Ihm mußte der Schweiß ausbrechen, zumal er ja arbeitete – körperlich arbeitete. Es selbst wohl so nannte.

Er hatte Locke nicht bemerkt, weil er schräg zu ihr stand, faßte jetzt den Zipfel der Maske und streifte sie ab.

Alles hatte nur Sekunden gedauert.

Lockes Atem, ohnehin auf Sparflamme gedreht, stockte völlig. Sie sah ihn, den Roten. Den Kerl, nach dem sich Polizisten die Dienststiefel schiefliefen. Den gefürchteten Räuber, der seit Monaten in der Stadt und umliegenden Orten sein Unwesen trieb. Sie sah ihn, auf dessen Ergreifung Prämien ausgesetzt waren.

Er war jung, vielleicht Anfang Zwanzig, sein Haar braunblond und das Gesicht gut geschnitten, aber so einprägsam

wie eine von 350 Schmeißfliegen über einer Mülltonne, in der Abfälle gären.

Oh! dachte Locke. Ihre linke Ferse hob sich, um im Krebsgang möglichst viele Himbeerruten zwischen sich und den Kerl zu bringen. Aber der hatte es jetzt eilig.

Grinsend klemmte er sich die Tasche unter den Arm. Sie sah kostbar aus, war wohl einstens Teil einer seltenen Schlange gewesen und enthielt bestimmt einen gutgefüllten Geldbeutel – vielleicht auch eine Puderdose aus purem Gold.

Der Rote wandte sich seinem Wagen, der Rostkarre, zu. In derselben Sekunde bemerkte er Locke.

Etwa zwölf normale Schritte – bzw. acht oder neun Riesenschritte – trennten die beiden.

Ihre Blicke stießen sich wie Fäuste. Er hatte blaßblaue Augen, der Kerl. Seine Zähne schimmerten. Er hatte die Lippen zurückgezogen – wie ein Hund, wenn er angreift.

Jetzt ist es aus mit mir! dachte Locke. Jetzt bringt er mich um. Weil ich sein Gesicht kenne. O Gott, wie soll ich mich wehren?

Der Rote bewegte sich. Er kam auf sie zu. Auf seinem Gesicht glänzte Schweiß. Die Züge schienen erstarrt. Kälte stand in den Hechtaugen.

„Wenn Sie mir was tun . . ." Locke fand ihre Stimme wieder.

Hundegebell!

Nickis Löwenstimme war ganz nahe.

Dem Roten stockte der Fuß.

„Toom!" Sie schrie aus voller Lunge. „Tom, Hilfe! Hier ist ein Verbrecher."

Der Wald schien zu beben. Äste krachten. Ein Rhinozeros *(Nashorn)* joggte durch die Büsche und machte jetzt Endspurt. Das war Tom.

Nicki, von der Leine befreit, stürmte mit Eleganz. Pfeilschnell sauste er über den Trampelpfad. Es hätte Toms Befehl – „Nicki, such Locke!" – nicht bedurft. Der affenschlaue Vierbeiner hatte kapiert, wie Lockes Stimme zu deuten war. Sie brauchte Hilfe. Vier Reißzähne, zum Beispiel, jeder so lang wie ein Daumen.

Trotz Windhundtempos kam Nicki zu spät.

Der Rote hatte begriffen, daß es für ihn jetzt ums Ganze ging. Er warf sich herum, sprang zu der Karre, verlor die Schlangenledertasche, schnellte hinters Lenkrad und startete. Mit kreischenden Reifen sauste er zur Ausfahrt.

Locke starrte aufs Nummernschild. Erleichterung strömte ihr durch alle Glieder, was aber zur Folge hatte, daß ihr der Blick verwackelte – wie das Bild eines Fotografen, der im Zentrum eines Erdbebens steht.

Immerhin – sie merkte sich Buchstaben und Ziffern. Dann verschwand der Wagen, und Nicki umkreiste sie mit hohen Sprüngen, freudig und ein bißchen verblüfft, weil er falschen Alarm vom lieben Frauchen nicht gewöhnt war.

Mit gesträubtem Nackenhaar stakte er dann zu der Bewußtlosen und beschnupperte ihre Beine.

Locke stützte sich auf den Tisch. Tom stürmte heran.

„Was ist los?“ keuchte er.

„Er ist weg. Entkommen.“ Sie deutete zur Straße. „Es war der Rote. Ja, der Rooote!“

Tom entdeckte die Frau. „Ist die . . . Hat er sie umgebracht?“

„Ich glaube, sie ist nur bewußtlos.“

Tom bückte sich, hob sie hoch und sah sich nach weicher Unterlage um. Die Frau wurde ins Gras gelegt. In ihr schmales Gesicht kehrte die Farbe zurück, und die Lider zuckten.

„Gleich kommt sie zu sich“, sagte Locke. „Brauchst ihr nicht ins Gesicht zu klatschen. Auch Mund-zu-Mund-Beatmung ist nicht nötig. Da!“

Die Frau schlug die Augen auf. Ein leerer Blick strich umher. Die Sonne blendete. Die Frau blinzelte. Bevor die Erinnerung kam – und mit ihr der Schrecken, hockte sich Locke neben sie.

„Sie brauchen keine Angst mehr zu haben. Der Verbrecher ist weg. Geflohen. Hat sogar ihre Tasche zurückgelassen.“

Sie hieß Sabine Habeschaden. Erst brach sie in Tränen aus. Aber dann beruhigte sie sich. Sie konnte erzählen. Sie wohnte in der Stadt, war seit kurzem mit einem Fabrikanten verheiratet; und er – frisch verliebt und spendabel – hatte ihr heute das rote Coupé geschenkt, mit dem sie seit Mittag unterwegs war. Auf Spritztour durch die Landschaft. Hier hatte sie rasten wollen – eigentlich nur, um die Lidschatten zu erneuern.

„Der Wagen . . . von diesem Kerl . . . ja, der stand dort. Ich habe nicht weiter drauf geachtet“, berichtete sie. „Es saß jemand drin. Ja. Wahrscheinlich hat er mich im Rückspiegel beobachtet. Ich hatte mich über die Ablage gebeugt, weil ich Papiertücher suchte. Plötzlich wurde die Tür aufgerissen. Ich sah die rote Maske über mir, und schon hat er mich rausgezerrt. Ich schrie, glaube ich. Dann wurde ich so gepackt, daß ich dachte: Nun erdrosselt er dich. Mir . . . war die Luft abgeschnürt. Dann weiß ich nichts mehr.“

„Ich hörte Ihren Hilferuf und kam her – unmittelbar bevor Sie ohnmächtig wurden." Locke rückte an ihrem Hut. „Er hat kein Steckbriefgesicht, dieser Kerl. Man kann 's nicht richtig beschreiben. Aber wiedererkennen würde ich ihn sofort."

„Wenn die Polizei nach deinen Angaben ein Phantombild zusammenkleistert", sagte Tom, „dann hat er ein Steckbriefgesicht, der Rote. Ein Jammer, daß ich noch so weit weg war."

„Ein Glück, wenn ich 's mir richtig überlege", sagte Locke. „Vom Roten weiß man doch, daß er bewaffnet ist – und schießt. Wenn er nun auf dich oder Nicki geschossen hätte . . ." Sie schauderte.

„Jedenfalls müssen wir zur Polizei", fiel Tom ein. „Können Sie fahren, Frau Habeschaden."

Sie meinte, sie sei wieder fit, was zwar stark übertrieben war – immerhin konnte sie mit zitternden Fingern das Lenkrad halten, als alle – samt der eingesammelten Beerenschüsseln und des Henkelkorbes – im Wagen waren: Tom auf dem Nebensitz, Locke und Nicki im Fond, wo sich der Vierbeiner gähnend ausstreckte und den Schädel auf Lockes Schoß legte. Ihr blieb ein kleines, ein sehr kleines Plätzchen.

Sabine Habeschaden besaß den Führerschein erst kurze Zeit. Aber das Coupé war ein robustes Modell, und das knallige Rot warnte die übrigen Verkehrsteilnehmer.

Tom sagte: „Der Rote! Nicht zu fassen! Ich meine, daß wir ihm begegnen. Zu fassen ist er auch sonst nicht. Wieviele Überfälle gehen auf sein Konto? Dutzende, nicht wahr? Überfällt Banken, Geschäfte, Tankstellen, Spaziergänger, Privatleute, Omas und jetzt sogar Rastplatz-Benutzer! Und ist so ein junger Kerl. Wenn du dich nicht verguckt hast, Locke."

„Habe ich nicht. Der ist höchstens 22-einhalb. Dabei habe ich nicht berücksichtigt, daß man bei innerer Verkommenheit auch äußerlich schneller altert, beziehungsweise vergammelt. Wer nur an Raub und Gewalt denkt, hat bestimmt keine Pfirsichhaut. Also könnte man meinen, daß der Rote noch jünger ist. Vielleicht gerade erst volljährig."

Tom sah auf seine Armbanduhr. „Hoffentlich hält uns die Polente nicht so lange auf. Sonst wartet Kathie vergeblich."

„Ihr seid verabredet?" fragte Sabine Habeschaden.

„In Ober-Plösel", nickte Locke. „Um 17 Uhr."

„Ich bin euch so dankbar", seufzte die junge Frau. „Euer Auftauchen hat den Verbrecher vertrieben. Mindestens meine Tasche hätte ich sonst eingebüßt. Schmuck ist drin. Ich habe ihn abgelegt, weil er mich beim Fahren störte. Darf ich euch nachher – wenn wir bei der Polizei fertig sind – nach Ober-Plösel chauffieren?"

Locke und Tom sagten, das sei wirklich reizend. Nicki knurrte beifällig. Locke naschte ein paar Himbeeren – sie schmeckten wie wiedergeschenktes Leben. Sie bot auch der Frau an. Aber Sabine vertrug wilde Früchte nicht, bekam davon nämlich Pusteln.

Hatten sie gemeint, die Identität *(Personengleichheit)* des Roten sei nun rasch geklärt, so wurden sie amtlicherseits enttäuscht. Daß sich Locke das Kfz-Kennzeichen gemerkt hatte, nutzte nichts. Der Wagen war seit gestern als gestohlen gemeldet und wurde noch am Abend dieses Tages auf einem Parkplatz entdeckt: samt zweitem Zündschlüssel, den der Besitzer leichtsinnigerweise im Handschuhfach gelassen hatte.

Sabines Aussage wurde protokolliert, ebenso, was Locke zu berichten hatte. Aufgrund ihrer Angaben fertigten Experten der Kripo ein Phantombild an. Sie fertigten es aus vorfabrizierten Gesichtsteilen. Erst die zwölfte Nase paßte, erst das 17. Kinn, erst der 20. Haaransatz.

Schließlich war es fertig, und Locke meinte, es sei ihm ähnlich. Doch ob das was half? Das Ergebnis war ein Milchbubi-Durchschnittsgesicht. Er sah glatt und jung aus, der Kerl, hatte aber nichts Typisches, das man sich einprägen konnte.

„Wie ein eifriger Briefschreiber wirkt er nicht", meinte einer der Beamten.

„Briefschreiber?" fragte Locke. „Was meinen Sie damit?"

„Na, gut", lächelte der Mann. „Dann wirst du 's noch vor deinem Vater erfahren, Locke." Damit spielte er an auf Gunter Rehms Stellung als Chef der TAGBLATT-Lokalredaktion; denn schließlich kommt es der Presse zu, amtliche Neuigkeiten zuerst zu erfahren. „Er verhöhnt uns nämlich mit Briefen, der Mistkerl."

„Sie sprechen von dem Roten", sagte Locke mit seidigem Lächeln.

„Klar. Elf Briefe hat er geschickt. Er macht sich lustig über uns. Die Briefe bestehen aus Schnipseln, die er aus Zeitungen ausgeschnitten und aufgeklebt hat. Alles andere könnte verräterisch werden. Bislang haben wir die Briefe zurückgehalten. Aber jetzt wollen wir sie im Tagblatt veröffentlichen. Gewisse, wiederkehrende Ausdrücke deuten nämlich darauf hin, daß es sich um einen Ausländer handelt. Vielleicht kommt von den Zeitungslesern ein Hinweis, falls das hier", er deutete auf das Phantombild, „nicht eher zum Ziel führt."

„So oder so", mischte sich Tom lachend ein, „es geht nichts ohne die Rehms."

2. Gerüchte von der Mafia

Der Spätnachmittag goß sein braunes Licht über Stadt und Land, als Sabines Coupé in Ober-Plösel hielt.

Locke und Tom bedankten sich und stiegen aus. Nicki sprang ins Freie, setzte mit dem nächsten Sprung über den Zaun und stürmte auf Kathie zu, die auf ihrer roten Gartenbank saß, freudig lächelnd, weil der Besuch endlich kam.

Sabine fuhr ab. Locke winkte noch kurz, dann folgte sie Nicki, der sich von Kathie kraulen ließ, was nur engste Freunde aus der Locke-Tom-Clique durften. Fremden hätte er die Hand bis zum Ellbogen abgebissen.

„Halloooh!" Kathie kam ihnen entgegen.

Sie kannte Tom noch nicht und brannte vor Neugier. Tom fand sie sympathisch, zeigte das mit breitem Grinsen und wunderte sich im Stillen, daß sie erst 18 sein sollte. Sie wirkte älter. Das blonde Haar war modern geschnitten: kurz und so bürstig wie das Fell auf Nickis Nacken, wenn er die Wut kriegt. Kathie – mit Familiennamen Weber – hatte ein hübsches Gesicht mit stark geschminktem Mund und Müdigkeitsschatten unter den Augen. Sie kleidete sich lässig, besonders jetzt in der Freizeit. Die Hände waren etwas knochig.

Locke hob ihren Korb.

„Wilde Früchte! Fast frisch aus dem Wald. Hast du Sahne?"

„Habe ich. Hm! Das wird ein Vitamin-Schmaus. Wann habt ihr denn gesucht? Eben seid ihr doch mit dem Wagen gekommen."

„Das ist wegen des Überfalls", sagte Locke – und erzählte.

Sie hatten sich auf die Bank gesetzt. Kathies Miene verkrampfte. Was sie hörte, ängstigte sie. War doch der Überfall unweit von hier passiert; und sie wohnte mutterseelenallein.

„Eines Tages ziehe ich in die Stadt", meinte sie, als Locke geendet hatte. „Mein Häuschen fordert zum Einbruch ge-

rade zu heraus. Oder ich heirate Will, und er muß ständig bei mir sein."

„Wer ist Will?"

Die Ohren unter Lockes dunkler Mähne schienen sich aufzubäumen.

Kathie lächelte verträumt wie eine Vollmondnacht. „Wilhelm Hartmann. Er ist spitze. Der tollste Typ. Einfach spitze. Sieht gut aus, hat immer Geld und ist tierisch nett."

„Seit wann kennst du ihn?"

„Seit Montag. Er kam ins Trastevere. Ich habe ihn bedient, und er hat mich für abends in die Disko eingeladen. War riesig nett. Er hat Manieren."

„Und er will dich heiraten?"

„Darüber haben wir noch nicht gesprochen."

„Wie alt?" Locke wollte alles wissen.

„Zweiundzwanzig."

„Und was ist er?"

„Ich weiß nicht. Handelsvertreter, glaube ich. Jedenfalls kommt er viel rum. Er sagt, ihm liege das Abenteuer im Blut. Aber damit meint er nicht Mädchengeschichten, sondern Abenteuerurlaub und sowas."

„Wir sollten erstmal die Beeren waschen", schaltete sich Tom ein. „Bevor es Matsch wird."

Sie gingen ins Haus, das über eine Diele verfügte. Der Wohnraum lag im Parterre, mit der Küche nebenan und einer verglasten Veranda.

Locke und Kathie kümmerten sich um die Beeren. Tom mußte Schlagsahne herstellen, was aber mit dem Elektroquirl kein Problem war. Einen Rüffel kriegte er dann doch, weil er den Zucker vergessen hatte.

Sie setzten sich wieder ins Freie. Nicki durfte Sahne schlecken auf einem Stück Pappe – und winselte vor Begeisterung. Er machte dann minutenlang Männchen, bis ihm Tom noch einen Klitsch bewilligte.

Die Waldbeeren schmeckten. Ein Sonnenstrahl ruhte auf

Lockes Gesicht. Mehrmals sah sie Kathie auffordernd an. Aber die hatte den Kopf gesenkt, in dem sich offenbar Bedenken bildeten: Bedenken, ob es richtig sei, von ihrer Beobachtung zu berichten. Angedeutet hatte sie, worum es ging. Bereute sie das? War sie durch den Überfall zusätzlich verunsichert?

Locke furchte die Stirn, schluckte etwas Himbeerpüree und wandte sich an Tom. Was sie einleitend sagte, wußte er längst. Und sie sagte es auch nur, um Kathie aufs Thema zu bringen.

„Was du wissen mußt, Tom: Kathie arbeitet als Serviererin in einem italienischen Restaurant. Im Trastevere. Kennst du, ja? Kathie ist zwar gelernter Einzelhandelskaufmann – oder muß man sagen: Kauffrau –, aber bei dem Job verdient sie mehr, und ihr jetziger Chef ist sehr nett. Stimmt doch, Kathie?"

Das Mädchen nickte. „Ist er. Deshalb tut es mir so leid, daß diese Verbrecher ihn ausnehmen."

„Verbrecher?" Tom schaufelte Erdbeeren. „Das klingt ja nach Mafia."

Kathie bewegte die Schultern unter ihrer Leinenbluse. „Vielleicht. Deshalb habe ich auch Muffengang. Zur Polizei gehe ich nicht. Selbst wenn ich darauf bestehe, als Zeugin ungenannt zu bleiben, kann ja doch was durchsickern, nicht wahr? Dann riskiere ich, daß die Gangster mir das Gesicht zerschneiden. Die sind brutal. Schon bei deren Anblick kriege ich Gänsehaut."

„Was meinst du mit Ausnehmen?" fragte Tom.

„Das habe ich beobachtet. Es ist so: Mein Chef heißt Emilio Aiano. Er ist Witwer, hat aber eine Tochter. Mit Sabrina – sie ist 15 – verstehe ich mich gut. Sie hilft in der Küche, auch im Restaurant. Wie ich nun feststellen konnte, kreuzt jede Woche ein Kerl auf, den mein Chef am liebsten anspucken würde. Er heißt Carezzo, wie ich zufällig hörte. Ein feistes Schwergewicht mit schwarzen Schmalzlocken. Auf einer

Backe – links, glaube ich – hat er eine breite, rote Narbe. Dieser Kerl holt jede Woche Geld ab. Aber er ist kein Lieferant. Er bringt keine Rechnung. Er holt einfach nur Geld, und Emilio gibt es ihm – zähneknirschend."

„Carezzo ist Italiener", stellte Locke fest.

„Nein, Sizilianer. Das hörte ich, als ich zufällig ein Gespräch zwischen Sabrina und ihrem Vater belauschte. Er fluchte. Ich habe nicht alles verstanden. So gut ist mein Italienisch nicht. Aber ich verstand, daß er Carezzo verwünscht. Und daß ihn die Schutzgebühr, wie er sagte, in den Ruin treibt. Die Polizei könnte er nicht einschalten, hat er Sabrina erklärt, denn die Sizilianer – zu denen Carezzo offenbar gehört – verstünden keinen Spaß. Sie würden ihn umbringen."

„Schutzgebühr!" Tom stellte seine Obstschüssel neben sich. „Das hört sich nach organisiertem Verbrechen an. Nach Erpressung. So hat die sizilianische Mafia, die wohl schlimmste Verbrecher-Organisation, Anfang dieses Jahrhundert in Amerika angefangen. Und so besteht sie noch. Wie man hört und liest, breitet sie sich auch in Europa aus."

„Ich möchte nicht hineingezogen werden", sagte Kathie hastig. „Aber ich dachte mir: Wenn ich 's dir sage, Locke, erfährt es dein Vater. Und wie er sich um Mißstände kümmert, ist ja bekannt. Bei der Zeitung kann er eine Menge tun, und er hat gute Beziehungen zur Polizei, nicht wahr?"

„Hat er." Locke nickte. „Und sein Beruf, der Journalismus, bedeutet für ihn immer zu allererst: Mißstände aufdecken. Für Gerechtigkeit eintreten. Wir geben ihm Bescheid, Kathie."

„Aber er wird meinen Namen nicht veröffentlichen?"

„Natürlich nicht."

Kathie seufzte. Sie hätte es leichter, sagte sie, wenn sie nicht so ein Hasenfuß wäre. Aber auch ihre Großmutter hätte immer Angst gehabt – vor Einbrechern, Seuchen, Hungersnöten, Glatteis, betrunkenen Autofahrern und dem dritten Weltkrieg –, und die Oma wäre nun mal ihr einziges Vorbild.

Ein Glück, dachte Tom, daß Frau Doktor Conradi, mein liebes Mütterchen, eine forsche Person ist. Wäre ich sonst ein Waschlappen? Hm, hm. Und mit Gunter ist Locke hervorragend bedient. Wenn sie in ihres Vaters Fußtapfen tritt – Himmel, dann muß ich den ganzen Tag um sie zittern.

★

Sie fuhren mit der S-Bahn zurück. Der Abend war lau. Im Westen quoll Abendrot über den Horizont. In der Stadt herrschte Hektik. Das Wochenende warf seine Schatten voraus. Zig Tausende strömten nach arbeitsreicher Woche ins Grüne, aufs Land. Ausfallstraßen verstopften sich wie Flaschenhälse mit jahrzehntealten Korken. Der Verkehrsfunk meldete unerfreuliche Zustände rund um die Stadt. Aber Locke und Tom war das wurscht.

Beim S-Bahnhof warteten ihre Motorroller. Um Diebe zu entmutigen, hatte Tom Lockes ‚Hirschkalb' mit rißfester Stahlkette an seinen ‚Hirsch' geschmiedet. Mit gutem Erfolg, denn beide waren noch da. Schweifwedelnd wurden sie von Nicki beschnuppert.

Sie rollerten in die City *(Innenstadt)*, zum Pressehaus, wo Lockes Vater, Gunter Rehm, letzte Hand anlegte an die Wochenend-Ausgabe des TAGBLATTs. Nicki trabte an der Leine nebenher. Abendsonne beschien den Büro-Palast aus Glas und Stahl. In allen Redaktionen war Hochbetrieb.

Das Pärchen rollerte gleich in die Tiefgarage, wo die Vehikel abgestellt wurden. Gunters Saab stand auf seinem Platz. Mit dem Lift fuhren sie in die siebte Etage. In Gunters Vorzimmer hämmerte Melanie Frühauf, die flinke Sekretärin, auf ihrer elektrischen Maschine.

Sie blickte auf, schrieb dabei weiter, knipste ihr Begrüßungslächeln an und sagte: „Er ist drin."

„Hallo, Frau Frühauf!" sagten die beiden im Chor.

Nicki stand schon an der nächsten Tür, hatte sich aufgerichtet und drückte eine Pfote auf die Klinke. Dann sauste er hinein.

Lachen erscholl. Als sie eintraten, segelten Manuskriptseiten wie Papierflieger durch die Luft. Nicki war auf den Schreibtisch gesprungen und begrüßte Lockes Vater, indem er ihm das Gesicht leckte, was Gunter lachend abwehrte, allerdings erfolglos.

„Hallo, ihr! Euer Tiger überfällt mich."

„Macht er aus Liebe", stellte Locke fest.

Tom bändigte seinen Vierbeiner, aber die heillose Unordnung auf Gunters Schreibtisch war noch heilloser geworden.

„Wollt ihr mich zum Abendessen abholen?" fragte Gunter. „Oder gibt's einen vernünftigen Grund für euer Erscheinen?"

„Wir bringen eine Information", sagte Locke. „Aber ohne Honorar läuft nichts. Wieviel zahlst du?"

„Da wird doch der Hund in der Pfanne verrückt", stöhnte Gunter. Und zu Tom gewandt: „Ich warne dich vor diesem weiblichen Wesen. Wenn sie ihren Vater ausquetscht wie einen Dukatenesel, wie wird sie mit dir dann umgehen?"

Tom lachte. „Ich bin ganz zufrieden."

Locke setzte sich auf die Schreibtischkante und legte ihren Hut übers Telefon. Die langen Beine baumelten.

„Ist also nichts mit einem Informations-Honorar, wie?"

„Alle Welt muß sparen. Dann kann sich unser Intelligenzblatt nicht ausschließen."

„Hast du gehört?" Sie blinzelte Tom zu. „Intelligenzblatt! Das sind wohl die Texte, die deinem Rotstift zum Opfer gefallen, Väterchen?"

„Wenn du schon richtig lesen könntest, wäre dir klar, auf welch hohem Niveau *(Bildungsstand)* das Tagblatt steht."

„Da lese ich doch lieber Märchen. Die geben nicht vor, sie hätten die Wahrheit gepachtet."

„Märchen stehen auch im Tagblatt", lachte Gunter: „Liebes- und Schauergeschichten. Unter was fällt eure Nachricht?"

„Sie ist ziemlich schaurig, Papi. Und betrifft sizilianische Ganoven, die – wie es scheint – Schutzgelder von ihren Landsleuten fordern. Das ist die eine Nachricht. Die andere handelt vom Roten, dem Räuber. Wir sind ihm begegnet, als er Sabine Habeschaden überfallen hat. Ich weiß jetzt, wie er aussieht. Und er weiß, daß ich 's weiß. Außerdem schickt dir die Kripo seine Briefe. Die triefen vor Hohn. Ehrlich, Papi, er verarscht die Polente."

Gunter lehnte sich zurück. Für einen Moment schloß er die Augen. Erzwungener Gleichmut breitete sich über sein Gesicht.

„Verstanden habe ich noch nichts", seufzte er. „Aber es scheint viel auf einmal zu sein. Wehe, du klaust mir den Abend. Ich will mit Helga ins Theater."

„Weil alle Welt sparen muß, habt ihr – als gutes Beispiel – sicherlich Stehplätze genommen", foppte sie. „Jedenfalls ist das so . . ."

Sie erzählte. Tom gab seinen Senf dazu. Nicki hatte sich unter dem Schreibtisch ausgestreckt. Ab und zu klopfte er mit dem Schwanz auf den Boden.

Gunter hörte zu. Mit keiner Zwischenfrage unterbrach er die beiden Musterbeispiele der nachfolgenden Generation. Flachs und Spaß waren verweht, die Themen ernst.

„Dann veröffentlichen wir das Phantombild vom Roten", sagte er, als die beiden alles erzählt hatten. „Und natürlich die Briefe. Das schmeckt mir. Was da im Trastevere läuft, paßt zu meinen übrigen Informationen. Sie sind sehr vage. Nichts Genaues weiß man nicht. Aber es scheint so, daß sich hier eine Bande breitmacht. Eine Art Mafia, die Schutzgelder von Landsleuten – jedenfalls von italienischen Gastronomen – erpreßt. Hinter vorgehaltener Hand wird davon gemunkelt. Aber bis jetzt liegt kein deutlicher Hinweis vor. Auch keine Anzeige."

„Was heißt das eigentlich", fragte Locke: „Schutzgeld erpressen?"

„Das ist nur eine andere Form von Raub, Locke. Verbrecher horten sich zur Bande zusammen und erpressen Geld von ihren Opfern. Sie gehen hin und sagen: Ab heute stehst du unter unserem Schutz. Dafür zahlst du!"

„Schutz?" Locke furchte die Stirn. „Wovor?"

„Vor nichts. Das ist es ja. Es besteht kein Bedürfnis für Beschützer."

„Warum weigern sich die Opfer nicht?"

„Neulinge tun es. Neulinge, die nicht ahnen, was ihnen blüht. Die Verbrecher zeigen dann nämlich, was sie gemeint haben. Schutz vor ihnen selbst. Da der nun nicht besteht, geht es dem Opfer an den Kragen. Wem nur das Lokal zertrümmert wird, der hat Glück gehabt. Brüche – bis zum Schädelbruch – sind keine Seltenheit. Und wer gar auf die Idee kommt, die Polizei einzuschalten, der ist so gut wie tot. Die Opfer wissen das inzwischen. Angst geht um. Todesangst. Sie zahlen und schweigen. Keiner macht den Mund auf. Das stärkt die Verbrecher. Ihre Dreistigkeit wächst. Ich vermute, daß jedes der vielen, vielen italienischen Lokale hier in der Stadt – von der kleinsten Pizzeria bis zum Gourmet-Tempel mit Ossobuco alla romana *(Kalbshaxe mit zarten Erbsen)* – erpreßt wird."

„Ist ja grausig!" murrte Tom. „Außerdem treibt es die Preise in die Höhe. Da wundert man sich, daß manche Pizza soviel kostet, obwohl außer Ketchup nichts drauf ist. Klar, der Wirt muß einsparen, was die Ganoven ihm abknöpfen. Und der Gast ist der Dumme. Unerhört! Gunter, wir müssen was tun gegen die Mafia."

Toms künftiger Stiefvater schickte einen Blick der Verzweiflung zur Zimmerdecke.

„Wir? Du jedenfalls nicht! Und du, Töchterlein, auch nicht. Das ist Sache der Polizei, wobei die Presse unterstützen wird, so gut sie kann. Ich, hm, sammle ohnehin Informationen, um zur richtigen Zeit auf den Pudding zu hauen. Aber, wie gesagt, man steht vor einer Mauer des Schweigens. Angst verschließt alle Lippen."

„Mir tun die Italiener leid", sagte Locke.

Gunter seufzte abermals. „Deine Leidenschaft, anderen zu helfen, ist bekannt. Eine – an sich – löbliche Eigenschaft. Aber sie wird zur Dummheit, wenn man damit Lebensgefahr heraufbeschwört."

„Huch!" sagte Locke. „Ich sehe schon einen Sizilianer mit gezücktem Dolch hinter mir."

„Locke, das ist kein Scherz. Steckt da eure Nasen nicht rein!"

Sie lächelte. „Tom ißt neuerdings Spaghetti alla carretiera so gern."

„Was ist 'n das?" fragte Tom.

„Esel! Kennst du nicht mal dein Leibgericht? Schlanke Teigwaren mit Thunfisch, Pilzen, Tomaten, Olivenöl, Pfeffer und Knoblauch."

„Na gut", grinste Tom. „Neuerdings esse ich das gern."

Gunter sagte: „Die Italiener, die als Gastarbeiter zu uns kamen und jetzt eingebürgert sind, haben unser Leben bereichert. Durch ihr Wesen, durch die Arbeit, die sie verrichten, nicht zuletzt durch die italienische Küche, die zum Besten zählt. Auf Sizilien freilich hat das organisierte Verbrechen Tradition: Erpressung, Menschenraub, Rauschgifthandel, Mord. Ich hoffe nur, die Polente spurt und sieht nicht zu, wie diese Methoden bei uns eingeschleppt werden."

„Sagst du deinen Freunden bei der Polizei, was wir von Kathie wissen?" erkundigte sich Locke.

Gunter nickte. „Aber es wird nichts nützen. Auch wenn die Kripo den Emilio Aiano befragt."

Locke rutschte von der Schreibtischkante. „Wer knurrt denn da? Ich dachte, es wäre Nicki. Aber es ist mein kleiner Magen. Ob er wohl Hunger hat?"

„Ich vermute, du wirst jetzt dein Taschengeld verprassen

Locke,
das ist
kein Scherz!

und mit Tom irgendwo essen gehen. Vergiß bitte nicht, daß im Drei Mohren, unserem Stammlokal, jederzeit ein Tisch für dich reserviert ist – und die Rechnung an mich geht. Aber im Moment interessiert dich das nicht?"

Locke lächelte wie eine Rosenblüte, auf der Morgentau funkelt.

„Du hast es erraten, Papilein. Mein kleiner Magen verlangt nämlich nach einer Pizza mit Ketchup."

★

Das TRASTEVERE lag im ersten Stock über einem Fischgeschäft, das aber schon geschlossen hatte, denn der Abend senkte sich auf die Stadt.

Parkplätze waren genügend vorhanden. Die Straße ruhte sich aus von der Geschäftigkeit des Tages. Locke glitt von ihrem Roller und bog die Strohhutkrempe nach unten. Der Fahrtwind hatte sie hochgedrückt.

Der Eingang, eine kupferbeschlagene Tür, stand offen. Tom nahm Nickis Leine kurz. Unterwegs hatten sie bei einem Metzger Station gemacht und den treuen Hund mit seiner Fleischportion versorgt. Er leckte sich immer noch die Lefzen und sah zufrieden aus.

In der Brusttasche von Toms nato-grünem Strapazierhemd steckte ein Geldschein, von Gunter gespendet. Natürlich beruhte das auf Freiwilligkeit, der Locke nur ganz wenig nachgeholfen hatte – mit dem Spruch: „Wenn du heute abend mit Helga ausgehst, kannst du auch für deine Kinder was tun – für mich, die leibliche Tochter, und Tom, deinen künftigen Stiefsohn. Nicht wahr?"

Worauf Gunter die Brieftasche gezückt hatte.

Hinter der Kupfertür führte eine Treppe mit gekonntem Linksschwung hinauf. Sechs Personen, gute Esser, hätten nebeneinander gehen können. Der Aufgang duftete nach Öl und Oliven. Ob der Fischgeruch aus dem Geschäft oder von oben kam, blieb ein Geheimnis der Luft.

Das Restaurant war groß. Es gab Nischen auf der Fensterseite. Gemälde zeigten italienisches Leben. An der Holztäfelung der Wände hingen Knoblauchstränge. Zwei Dutzend Gäste verteilten sich, so daß genug Platz war.

Sie setzten sich an einen kleinen Tisch, unter dem Nicki Platz fand.

„Haben wir Gunter eigentlich alles gesagt?“ Tom reichte seiner hübschen Freundin die Speisekarte.

„Denke schon. Oder?“

„Ich glaube, wir haben nicht gesagt, daß Carezzo, der Kassierer, jeden Freitagabend kommt. Nach 19 Uhr.“

„Haben wir das vergessen? Tom, ich glaube, wir werden alt und klapperig.“

Grinsend blätterte er in der Speisekarte.

In diesem Moment kam Kathie durch die Schwingtür, die in die Küche führte: mit einem Tablett, auf dem Teller und Gläser standen. Sie schuftete schwer, war aber erholt. Ihr Abenddienst hatte eben erst begonnen.

Locke winkte, was Kathie lächelnd erwiderte. Sie trug das Tablett an einen Tisch in der Ecke, wo drei Gäste saßen: ein älterer Herr und zwei schwarzhaarige Mädchen. Die Mädchen sah Locke nur von hinten.

Kathie kam an den Tisch.

„Halloooh, ihr zwei beiden. Das ahnte ich ja nicht, daß ihr uns beehrt. Wollt ihr essen?“

„Das auch“, sagte Locke. „Wir haben alles meinem Vater erzählt. Er sagt, die Mafia hat sich hier breitgemacht. Aber der Polizei fehlen Beweise, weil die Erpreßten aus Angst schweigen.“ Sie sprach gedämpft. „Ob da dein Chef eine Ausnahme macht?“

Kathie schüttelte den Kopf. „Bestimmt nicht. Wie ich schon sagte: Er getraut sich nicht, die Polizei einzuschalten. Er weiß, daß er dann umgebracht wird.“ Ihre Miene verriet Angst, als sie fragte: „Dein Vater wird doch meinen Namen nicht nennen?“

„Dein Name fiel überhaupt nicht. War dieser Carezzo schon da?“

„Bis jetzt nicht. Aber mal was anderes: Wollt ihr euch zu Sabrina und Gina setzen? Sie sind dort bei Dr. Eichhorn.“

Sie deutete zu dem Tisch, wo der ältere Herr mit den schwarzhaarigen Mädchen saß. „Dr. Eichhorn ist ein pensionierter Studienrat. Irre nett. Ein bißchen ulkig und verschroben, aber als Mensch echt spitze. Er gibt Sabrina – der Tochter meines Chefs – Deutschunterricht. Privat. Und Gina, ihrer Freundin, auch. Und ganz kostenlos. Er macht das nur, damit junge Ausländer eine Chance haben. Damit sie sich verständigen und wirklich einbürgern können. Ist doch stark! Und dafür nimmt er keinen Pfennig. Nur einmal im Monat läßt er sich von Emilio einladen. Wie heute.“

Lockes Neugier brannte. „Na, und ob wir dorthin wollen! Nicht wahr, Tom? Aber stören wir auch nicht?“

„Nie. Sabrina habe ich von euch schon erzählt.“

Locke und Tom standen auf. Nicki trottete mit. Kathie begleitete sie zum Tisch der drei.

„Darf ich vorstellen. Das sind Nina Rehm, genannt Locke, meine Freundin. Bei ihren Begleitern handelt es sich um Tom und Nicki. Wobei Nicki der Vierbeiner ist. Tom heißt eigentlich Engelbert Conradi. Aber wer ihn mit dem Taufnamen anredet, der wird von Nicki gebissen. Habe ich recht, Tom?“

„Nicht nur von Nicki“, lachte Tom. „Ich beiße dann auch.“

„Aber nicht die jungen Damen“, verbot Kathie. „Du kannst gleich in Spaghetti beißen. Sabrina Aiano“, sie wies auf die größere der beiden. „Und das ist Gina Marano. Und das unser Ehrengast: Dr. Eichhorn.“

Hände wurden gedrückt. Locke setzte sich neben Sabrina. Tom nahm den Stuhl links neben dem Studienrat. Nicki kroch unter den Tisch und legte sich über mehrere Füße. Jene, denen die Füße gehörten, wagten kaum noch, sich zu rühren.

Sabrina hatte langes, blauschwarzes Haar und ein zartes

Gesicht, in dem sich alle Gefühle spiegelten. Sie konnte sicherlich vor Heiterkeit explodieren, aber auch trauriger sein als ein Begräbnis im November.

Locke kam sofort mit ihr ins Gespräch, und Gina – ein scheues Reh und Sabrina irgendwie ähnlich – beteiligte sich. Beide Mädchen interessierten sich für Nicki, versicherten ihre Tierliebe und fragten, ob sie ihm was aus der Küche holen sollten. Aber Locke bekundete, er habe schon gefressen.

Tom wünschte dem Studienrat Guten Appetit.

„Den habe ich", sagte Eichhorn. „Und Signore Aiano ist ein Meisterkoch. Außerdem liebe ich die Weine Italiens. Darf man dich noch duzen? Oder bist du schon volljährig?"

„Himmel! Sehe ich so alt aus?" protestierte Tom. „Ich bin noch nicht mal 16. Vielleicht arbeite ich in der Schule zuviel und wirke deshalb so überreif."

Alle lachten. Locke bog die Wahrheit zurecht, indem sie sagte: „Glauben Sie kein Wort, Herr Doktor! Was er nicht aus dem Ärmel schüttelt, läßt er schleifen. In Religion ist er eine Niete. Und wenn Sie versprechen, daß Sie Ihren ehemaligen Kollegen vom Goethe-Gymnasium nichts sagen, kann ich verraten: Tom schwänzt die letzte Stunde am Freitag grundsätzlich. Arbeitszeitverkürzung nennt er das."

„Ich verrate bestimmt nichts", lächelte der Studienrat. „Ich habe auch oft geschwänzt. Bis zu meiner Pensionierung. Erst jetzt als Ruheständler nehme ich 's mit der Pflicht sehr genau."

Netter Oldtimer *(altes Modell)*, dachte Locke. Hat sicherlich Herzensgüte. Und für sein Gesicht kann er nichts. Möchte wissen, wie in der Penne sein Spitzname war! Sicherlich haben sie ihn Satan genannt, Mephisto oder Teufelsknochen.

Diese Überlegung war nicht abwegig, denn Dr. Eichhorn sah tatsächlich ein bißchen teuflisch aus – wie ein Teufel außer Dienst. Vom Haaransatz bis zum Kinn bestand sein Gesicht nur aus Dreiecken, und hinter der randlosen Brille funkelten grüne Augen. Daß sie vergnüglich funkelten und nicht in satanischer Schadenfreude – das verriet erst der zweite Blick.

Er trank Rotwein, dessen Duft wolkengleich über dem Tisch stand, Lockes Schnuppernäschen erreichte und sie fast schon beduselte. Denn Wein vertrug sie nur tropfenweise, wenn überhaupt. Eichhorn aß gebackenen Tintenfisch und knackfrischen Salat. Seine Hingabe verriet, daß es ihm schmeckte.

Kathie, die nach einer Runde durchs Lokal wieder an den Tisch kam, fragte Locke und Tom, ob sie sich schon entschieden hätten. Sie nahm die Bestellung auf, ohne was zu notieren, und wandte sich dann der Küche zu. Dabei richtete sich ihr Blick auf den eintretenden Gast.

Beiden, Locke und Tom, entging Kathies Gesichtsausdruck nicht. Er wurde wie Stein.

Wer kommt denn da? dachte Tom. Der Kassierer der Mafia? Wie hat Kathie diesen Carezzo beschrieben? Feistes Schwergewicht mit Schmalzlocken und roter Narbe auf der Backe!

Das ist er!

3. Zwei Kassierer

Er kam herein, als gehöre ihm das Lokal. Er marschierte an den Tischen vorbei. Daß er nicht gegen Stuhlbeine trat – oder gegen die Schienbeine der Gäste, war wohl seiner gehobenen Stimmung zu verdanken. Er trug einen sahnefarbenen Anzug, in dem er schwitzte, und eine schwarze Aktentasche unterm Arm. Die Tasche hätte zu einem Beerdigungsunternehmer gepaßt – oder zu einem höheren Beamten, der sich Arbeit mit nach Hause nimmt, nachdem er die Bürozeit verpennt hat.

Im fetten Gesicht lauerte Verschlagenheit, und seine Blicke wieselten.

Auch Sabrina und Gina hatten den Kopf gewandt. Selbst im Falle von Heißhunger wäre ihnen jetzt der Appetit vergangen.

Locke merkte es. Ihre Glutaugen funkten Signale zu Tom, der das mit Blinzeln beantwortete.

Carezzo kam zu dicht und zu forsch am Tisch vorbei. Eile dieser Art mißversteht Nicki als Bedrohung.

Warnendes Knurren drang unter dem Tischtuch hervor. Aber Tom hatte vier Finger in Nickis Halsband gehakt und klopfte ihm beruhigend auf die Schulter.

Ein kalter Blick strich über die Runde. Dann war Carezzo an der Küchentür, wo in dieser Sekunde Sabrinas Vater auftauchte: Emilio Aiano, der Meisterkoch. Er mußte es sein. Die Ähnlichkeit mit seiner Tochter ließ sich nicht übersehen. Allerdings war er beleibt, und über seinen Augen lag ein feuchter Schimmer. Gram? Weil er ein Opfer der Mafia war – und seine Situation ohne Hoffnung auf Änderung?

Carezzo stieß ihm einen Finger in den Bauch.

Auf den flüchtigen Beobachter wirkte das wie ein Scherz.

Aber Locke merkte, daß es eher eine Drohung war. Daß Carezzo schmerzhaft zugestoßen hatte. Daß der Wirt zusammenzuckte und sich rasch auf die Lippen biß.

Den Rücken zum Lokal gewandt, streckte Carezzo die Hand aus. Nur die fünf hier am Tisch – Kathie war in die Küche geeilt – sahen, was sich tat. Nämlich, daß Aiano einen oder mehrere Geldscheine aus der Tasche zog und sie Carezzo gab.

Ein Hunderter ist dabei! dachte Locke. Und das wöchentlich! Saftige Beiträge, tatsächlich. Diese Erpresser sind nicht nur kriminell, sie sind auch noch unverschämt!

Carezzo ließ das Geld – nach einem prüfenden Blick – in seine Aktentasche fallen, wandte sich grußlos ab und kam wieder am Tisch vorbei. Er ging jetzt langsamer. Aber Nicki hatte ihn bereits als Widerling eingestuft.

Mit wütendem Grollen schoß sein Kopf unter dem Tischtuch hervor – gerade, daß ihn Tom noch zurückhalten konnte.

Carezzo prallte gegen einen leeren Stuhl und mußte für einen Moment um sein Gleichgewicht kämpfen.

„Sauköter, elender Sauköter!", zischte er in einwandfreiem Deutsch. Seine tunnelschwarzen Augen gifteten.

„Mein Hund ist kein Sauköter", sagte Tom. „Vielmehr ist er ungewöhnlich klug. Und weiß gleich, wen er vor sich hat. Wenn Sie sich bei ihm entschuldigen wollen, sprechen Sie bitte langsam und deutlich!"

„Was?" Carezzo glotzte. Dann färbte sich die Narbe dunkelrot. „Erst deinen Sauköter loslassen und dann auch noch frech werden?"

Tom lächelte. „Ich sagte doch, er ist kein Sauköter! Und hätte ich ihn losgelassen, dann könnten wir jetzt Ihren stattlichen, nackten Hintern bewundern. Dann wäre nämlich Ihre Hose in Fetzen. Sowas macht mein Hund, wenn man ihn Sauköter nennt. Bei noch schweren Kränkungen wird er blutrünstig."

Was Carezzo auf der Zunge hatte, waren sicherlich Flüche mit hohem Beleidigungsgehalt. Aber an einigen Tischen in der Nähe wurde bereits gelacht – über ihn. Er spürte, daß er keine gute Figur machte, knirschte mit allen Backenzähnen und eilte zum Ausgang.

Gina war blaß. Sabrinas Unterlippe zitterte. Emilio Aiano war längst in der Küche verschwunden und hatte von allem nichts gehört. Dr. Eichhorn lächelte beifällig. Ein wissendes Lächeln war das nicht. Von dem, was hier lief, hatte er sicherlich keine Ahnung. Aber er mochte Hunde und schätzte es, wenn ein Besitzer für seinen Vierbeiner eintrat.

Jetzt stand er mit gemurmelter Entschuldigung auf und tappte in Richtung Toilette.

„Sauköter!" empörte sich Locke. „Dieser Dickwanst spinnt wohl? Hoffentlich war das kein Stammgast, Sabrina."

„Nein!" Das Mädchen schüttelte heftig den Kopf. „Das war . . . kein Gast. Der kommt nur so . . . manchmal . . ." Sie stockte, bevor sie aufs falsche Gleis geriet.

„Und pumpt deinen Vater an, wie?" Tom gab sich arglos. „Jedenfalls habe ich gesehen, wie ihm der Küchenchef Geld gab. Und das ist doch dein Vater?"

Sabrina nickte. „Aber er borgt ihm . . . nichts. Er . . . ich meine, mein Vater muß es ihm . . . geben. Ach, ich weiß nicht. Ich weiß gar nichts."

Tom machte ein Gesicht, als wäre ihm ein Himmelskörper auf die Zehen gefallen.

„Ich wage kaum, es auszusprechen, Sabrina, was ich jetzt denke. Man liest und hört doch überall, daß die Mafia hier ihre Zweigstellen gründet und italienische Landsleute erpreßt. Einfach so, weil das ja bequemer ist als ehrliche Arbeit." Er senkte die Stimme, fiel ins Wispern. „Gehört ihr etwa auch zu den Opfern?"

Sabrina erbleichte. Ein hilfesuchender Blick erfaßte Gina. Aber die wußte keinen Rat, senkte den Kopf und zog an ihrem linken Daumen, als wäre der nicht lang genug.

„Brauchst nichts mehr zu sagen", flüsterte Locke. „O weh! Also stimmt das, war man so hört. Wir dachten immer, es wäre ein Gerücht." Um möglichem Widerspruch zuvorzukommen, fuhr sie rasch fort. „Die Situation eben war ja eindeutig. Aber warum läßt sich dein Vater erpressen? Ich wäre zur Polizei gegangen."

Die kleinen Italienerinnen waren überrumpelt.

„Bitte, verratet nichts!" hauchte Sabrina. „Vor allem die Polizei darf nichts erfahren. Sonst würden uns die Verbrecher töten. Ihr wißt nicht, wie die sind. Sie kennen keine Gnade. Es ist einfacher, man zahlt ihnen, was sie wollen. Es fällt schwer, und sie verlangen immer mehr. Aber mein Vater sagt, am wichtigsten ist, daß wir leben."

„Unser großer Dichter Schiller", sagte Tom, „hat zwar behauptet: Das Leben ist der Güter höchstes nicht. Doch da habe ich ihm schon in meinem letzten Deutschaufsatz energisch widersprochen. Insofern stimme ich deinem Vater zu. Das heißt allerdings nicht, daß man sich auspressen läßt wie eine ungespritzte Zitrone. Daß man erträgt, was Verbrecher einem aufladen. Wenn die auf meine Kosten Frührentner spielen, würde ich sagen: Ohne mich!"

Sabrina begann zu zittern. Die Angst vor der Mafia wurzelte tief, hatte sicherlich schon ihre Urgroßmutter befallen und war von Generation zu Generation noch gewachsen.

„Ihr versteht das nicht. Gegen die Mafia ist man machtlos. Mein Vater ist nicht feige. Aber er kann nichts tun."

Locke tippte Gina an.

„Ist eure Familie auch betroffen?"

„Ich . . . ich weiß nicht. Nein, ich glaube nicht."

„Was macht denn dein Vater?"

„Er hat eine Tankstelle gepachtet."

„Wenn er an die Mafia blecht", sagte Tom, „müßte er für den Sprit sicherlich Höchstpreise nehmen."

„Das tut er nicht. Unsere Tankstelle liegt günstig", sie sagte, wo. „Da verkauft er soviel Benzin, daß er die Preise der andern sogar unterbieten kann – im Rahmen des Möglichen." Sie lächelte. „Er hat soviel Arbeit, daß er sie nicht mehr allein schafft. Jetzt sucht er einen Tankwart."

Sagt sie die Wahrheit? überlegte Tom. Beschränkt sich die Mafia auf Kneipen und Restaurants? Oder werden auch Landsleute aus anderen Branchen *(Geschäftszweigen)* zur Kasse gebeten? Wenn ja, dann . . .

Erstaunt hörte er sich sagen: „Als Tankwart wollte ich schon immer mal jobben. Ich mag den Treibstoffgestank, hahah! Und ich interessiere mich für Autos. Wenn mich dein Vater stundenweise anstellt, würde ich gern antreten. Hm?"

Locke sah ihn an, als wäre er übergeschnappt. Aber in nächster Sekunde begriff sie, daß es ihm nicht darum ging, Windschutzscheiben zu säubern, Öl nachzufüllen und Luft in Reifen zu zischen. Ihm ging 's um was anderes.

★

Carlo Maranos Tankstelle war gewissermaßen eine Goldgrube, was Gina mit ihren Worten gesagt hatte. Die Zapfsäulen standen außerhalb der Stadt an einem Zubringer zur Autobahn.

Jetzt, am Freitagabend, hängte Carlo das Schild GESCHLOSSEN an die Einfahrt und ging an der Waschanlage vorbei zurück in sein Kassenbüro. Es dunkelte. Er wollte Feierabend machen. Den hatte er sich verdient. Sicherlich – hier waren die Schatten nicht so dick wie in seiner Heimat südlich der Alpen – und die Sommerabende nicht so lau und blau und so voller Düfte. Aber er hatte sich eingelebt; und was er an wohligen Gefühlen entbehren mußte, das versuchte er auszugleichen mit höherem Lebensstandard *(Höhe der Aufwendungen für das tägliche Leben).*

Im Kassenbüro ordnete er die Autokarten im Drehständer. Dann schob er die Erfrischungsgetränke im Regal zurecht. Als er das Licht löschen wollte, bemerkte er den Wagen.

Er rollte langsam durch die Einfahrt, rammte das GESCHLOSSEN-Schild, begrub es unter sich, zermalmte es mit den Rädern, rollte weiter bis zur Waschanlage und hielt dort. Die Scheinwerfer erloschen. Eine Gestalt stieg aus.

Carlo war knapp mittelgroß und schmächtig und in seinem arbeitsreichen Leben nie ein Held gewesen. Jetzt begriff er, daß etwas Böses auf ihn zukam. Gefahr.

Sein Blick tastete umher. Er wollte zum Telefon greifen. Aber wen sollte er verständigen? Die Polizei? Was ihr sagen? Daß jemand sein Schild überfahren hatte?

Die Tankstelle lag, wie gesagt, außerhalb der Stadt, zwischen ihr und den letzten Häusern ein Stück geschützter Landschaft mit Weiden, Erlen, seltenen Sträuchern und einem Radweg. Das Haus, in dem die Maranos lebten – Carlo, seine Frau Laura und Gina – stand hinter der Tankstelle. Es war bescheiden, bot aber ausreichend Platz. Jetzt war es dunkel. Laura Marano befand sich zur Zeit bei Verwandten in Neapel. Gina war noch bei ihrer Freundin Sabrina.

Die Gestalt erreichte die Tür.

Carlo sah, daß es ein junger Mann war. Er war stämmig, hatte braunblondes Haar und ein glattes, nichtssagendes Gesicht.

Er kam herein. Ohne zu grüßen, stützte er einen Ellbogen auf die Registrierkasse.

Carlo spürte, wie ihm ein Schweißtropfen zwischen den Schulterblättern hinab lief.

„Du bist Carlo Marano?“ fragte der Typ. Er sprach leise.

„Bin ich. Was darf 's sein?“

Der Typ überhörte die Frage.

„Dein Laden läuft gut“, stellte er fest. „Da wird es dich interessieren, daß es jetzt die Schutz-AG gibt. Habe ich gegründet. Will damit sagen, daß ich der Boss bin. Sie gewährt Schutz vor Überfällen und so. Als einmalige Aufnahmegebühr zahlst du 500 Mark. Dann wöchentlich 100 – und nichts passiert dir. Das Kassieren besorge ich selbst. Und jetzt sind die 500 fällig.“

Etwas, das er nicht beeinflussen konnte, preßte Carlos Magen zusammen. Er wußte nicht, ob es Angst oder Wut war. Er zwang sich zur Ruhe.

„Daran bin ich nicht interessiert, mein Herr. Ich wurde noch nie überfallen, und ich hoffe, daß es auch in Zukunft so bleibt."

„Ich glaube, du hast mich nicht verstanden", sagte der Kerl. „Die Mitgliedschaft in meiner Schutz-AG ist nicht freiwillig, sondern Pflicht."

„Trotzdem habe ich kein Interesse." Carlo schüttelte den Kopf. „Und jetzt raus, Mann, bevor mir der Kragen platzt. Du willst mir doch nicht weismachen, daß du zur Mafia gehörst. Du nicht!"

Der Kerl sah ihn an. Dann wandte er sich zur Tür. Schon auf der Schwelle – sagte er: „Paß gut auf deine Tochter auf, Carlo."

Carlo starrte ihm nach. Plötzlich waren seine Hände eiskalt.

Gina! Um Himmels willen! Würde dieser Kerl . . . Nein, der würde es nicht wagen. Der drohte nur. Der wollte schnelles Geld machen und war jetzt wütend.

Carlo sah, wie er in den Wagen stieg. Er setzte zurück und fuhr ab ohne Licht.

Carlo wußte, daß die Mafia hier war. Er wußte es von seinem Freund Emilio Aiano. Aber das waren Sizilianer. Nur Sizilianer. Da mischte kein Deutscher mit. Außerdem hatten sie sich bis jetzt nur um die Wirte gekümmert.

Aber dieser Jüngling weiß über mich Bescheid, dachte er.

Er nahm den Hörer ab und wählte die Nummer vom TRASTEVERE.

Kathie meldete sich und sagte, daß Gina vor etwa zehn Minuten gegangen wäre – vielmehr abgefahren mit ihrem Rad.

„Doch, allein, Signore Marano. Locke und Tom sind zwar gleichzeitig und mit ihr aufgebrochen – das sind Freunde von mir –, aber draußen haben sie sich getrennt. Das sah ich noch. Sabrina ist in der Küche. Soll ich sie holen?"

Carlo sagte, das sei nicht nötig.

Wenig später verschloß er das Kassenbüro, stieg in seinen italienischen Mittelklassewagen und fuhr in Richtung Stadt.

Die Nacht brach an. Der Mond wanderte in Richtung Flughafen, hatte aber eben eine Pause eingelegt und ruhte auf einem mitternachtsblauen Wölkchen – dem einzigen, soweit man sehen konnte. Dem Wölkchen ging die Luft aus. Es zerfloß. Der Mond war ihm zu schwer.

Nur wenige Wagen begegneten Carlo.

Er fuhr langsam und blickte ständig nach links, ins Gelände. Dort verlief der Radweg. Den genauen Verlauf kannte er nicht. Er war noch nie dort geradelt. Aber soviel er wußte, führte der Weg an der Straße entlang. Also mußte er Ginas Fahrradlampe sehen.

Kein Licht schimmerte zwischen den Büschen.

Carlo erreichte die ersten Häuser der Stadt, hielt und wußte nicht, wo er seine Tochter jetzt suchen sollte. War sie bei anderen Freunden? Oder ins Kino gegangen? Er ließ ihr mehr Freiheit, als es üblich gewesen wäre – in Italien. Was voraussetzte, daß er sich auf sie verlassen konnte. Dazu gehörte, daß sie anrief, wenn sie abends länger bleiben wollte. Ihr war auch verboten, sich zu später Stunde per Rad auf den

Rückweg zu machen. Bei solcher Gelegenheit holte er sie mit dem Wagen ab.

Vielleicht läutete jetzt zu Hause das Telefon, dachte er.

Nach kurzem Zögern fuhr er zurück. Wieder hielt er Ausschau.

Einmal war ihm, als hätte er – weit entfernt von der Straße – zwischen den Büschen ein Licht gesehen.

Sofort hielt er an. Er stieg aus und rief den Namen seiner Tochter. Aber nur der Nachtwind antwortete ihm – mit seinem Wispern in dichtbelaubten Zweigen.

Hab mich getäuscht, dachte Carlo und fuhr zurück, um am Telefon zu wachen.

4. Nachts im Klenzburger Moos

Toms Adresse lag sozusagen am Wege – nachdem sie, satt, aber keineswegs zufrieden hinsichtlich ihrer Nachforschungen, das TRASTEVERE verlassen hatten.

Sie rollerten zu der Straße, wo Dr. Helga Conradi – Toms Mutter – ihre Tierarztpraxis betrieb und auch Tom und Nicki ihr Zuhause hatten: in dem längeren Trakt des L-förmigen Bungalows.

Als sie ankamen, stand Gunters Saab vor dem Gartentor.

„Unsere Elternteile verspäten sich." Tom grinste. „Das Theater hat doch längst angefangen. Oder gibt es da neuerdings eine Nachtvorstellung?"

„Du warst wohl schon lange nicht mehr im Kulturtempel?"

„Ich ging ja gern. Aber meine Freundin interessiert sich nur für seichte Unterhaltung wie Kino und . . . Au!"

Er rieb sein Schienbein, wo ihn Lockes Sandale getroffen hatte.

„Mißhandelt sie dich wieder?" fragte Gunter von der Haustür her.

Er und Helga traten ins Freie. Über ihnen brannte die Türlampe. Gunter qualmte seine Shagpfeife, was zu seinem kantigen Typ paßte. Er trug den gestreiften Anzug aus der Herren-Boutique, den ihm Helga verordnet hatte, obwohl er lieber – wie er zu sagen pflegte – mit Hutinhalt glänzte. Damit meinte er Gehirnmasse: Verstand. Eine Reihe zeitgeschichtlicher Bücher aus seiner Feder – Bücher, die viel Beachtung gefunden hatten, gestanden ihm Hutgröße 60 zu.

Helga trug ein weißes Kostüm, Modell ‚Sommernachtstraum'. Ihr blondes Haar gleißte im Lampenlicht, und auf ihren enorm hohen Bleistiftabsätzen war sie fast so groß wie Gunter.

Sie hakte ihn ein. Sie kamen zum Tor.

„Na, Nachwuchs", sagte Helga und tätschelte Nicki den

Kopf. Er war zwar müde, schlug aber vor Freude mit dem Schweif um sich, daß die Glühwürmchen ausrissen.

Locke umarmte ihre mütterliche Freundin.

Tom sagte: „Wir wollen Nicki abliefern. Ich bringe dann Locke noch heim."

Helga richtete ihre blauen Augen auf den Sohnemann. „Aber ich bitte mir aus, daß ihr die Mafia in Ruhe laßt. Klar? Ja, natürlich hat mir Gunter erzählt, was euch juckt. Und daß ihr eben italienisch gegessen habt. Ich hoffe, ihr wart so friedlich wie die Spaghetti auf euren Tellern."

„Ich hatte Tintenfisch und Salat", sagte Locke. „Tom hatte Pizza. Wollt ihr noch ins Theater? Ich glaube, ihr kommt zu spät."

„Lenk nicht ab, Stieftochter!" Helga unterdrückte ihr Lächeln. „Ihr dürft euch nicht schon wieder in Gefahr bringen. Euer Tick, überall helfend einzugreifen – und sei's unter Lebensgefahr, macht uns völlig kaputt: Gunter und mich. Mag ja sein, daß ihr das aushaltet. Aber wir Elternteile sind nicht so stabil."

„Möchte wissen, Mütterchen", grinste Tom, „warum du's wieder nicht geschafft hast – zum Theater! War wieder ein Notfall, oder hat sich der Rehm verspätet?"

„Der Rehm war pünktlich, du Sargnagel", sagte Gunter. „Aber deine pflichtbewußte Mutter, der kein Opfer für die Kreaturen *(Geschöpfe = Tier und Mensch)* zu groß ist, war in ihrer Praxis unabkömmlich. Ein großer Hund hatte einen kleinen gebissen, und der wäre fast verblutet – ohne Operation. Jetzt verzichten wir gern aufs Theater und gehen essen. Griechisch."

„Guten Appetit!" wünschte Locke. „Wären wir nicht satt bis zur Halskrause, würden wir uns anschließen."

„Wovor uns der Himmel bewahre", stöhnte Gunter. „Wozu gebe ich euch Geld? Muß ich euch auch noch ins Nachtlokal schicken, damit ihr uns verschont. Helga, merkst du, wie die beiden von der Mafia lernen?"

Das Geplänkel wäre noch weitergegangen. Aber im Hause klingelte das Telefon, wie durch ein Kippfenster deutlich zu hören war.

Nicki spitzte die Ohren. Tom zerrte seinen Hausschlüssel aus der Tasche.

„Bist du noch da?" fragte er Helga.

„Nur, wenn es ein Notfall ist. Aber es könnte auch Frau Schrader sein. Sie sorgt sich, weil ihr Sittich während der Tagesschau das Singen einstellt."

Tom marschierte mit Nicki ins Haus. Die drei warteten am Tor. Helga hatte Locke einen Arm um die Schulter gelegt. Die beiden mochten sich, wie es besser nicht sein konnte.

Gunter spielte mit dem Autoschlüssel und benutzte ihn auch, um in seiner Pfeife herumzustochern. Aus den Augenwinkeln beobachtete er Tochter und Freundin; und die Wärme um sein Herz hatte nichts zu tun mit der Sommernacht, sondern kam ganz tief aus der Seele.

Sie hörten, wie Tom telefonierte, verstanden aber nicht, was er sagte. Gemeldet hatte er sich harsch wie ein Feldwebel, dann aber seinen freundlichsten Freundschaftston angeschlagen.

Jetzt kam er zurück.

„War Mike", sagte er, „hm, komisch."

Mike, der dritte der Rehms – 19jährig, Abiturient und Eroberer aller Mädchenherzen – saß vermutlich zu Hause.

„Du hast dich schon klarer ausgedrückt", sagte Gunter. „Was ist – hm, komisch?"

„Der Anruf." Tom kratzte in seinen blonden Locken, die jedem Versuch, sich frisieren zu lassen, erfolgreich widerstanden. „Also: Carlo Marano, der Vater von Gina Marano, hat Kathie angerufen – im Trastevere. Eben zum zweiten Mal. Gina ist noch nicht zu Hause. Der Papa sorgt sich. Denn Gina muß ja mit dem Rad die Klenzburger Straße entlang. Das heißt, dort darf sie nicht strampeln, weil dort die Benzinkutschen rasen und nebenan – im Klenzburger Moos – der

Radweg ist. Schaurige Gegend – jedenfalls zwischen Mitternacht und drei Uhr morgens. Kathie hat Carlo gesagt, daß wir zuletzt mit Gina zusammen waren – vor dem Lokal. Kathie hat Carlo eure Rufnummer gegeben", er meinte die Rehmsche, „und Carlo hat Mike erreicht, der von nichts weiß, sondern – angeblich – fürs Abi paukt. Immerhin ruft er hier an, denn wir könnten ja hier sein, was wir auch sind."

„Wer ist Gina Marano?" fragte Helga. „Und wieso muß sie durchs Klenzburger Moos? Da geht 's doch zur Autobahn."

Tom erklärte die Gründe.

„Ihr wißt also nicht, wo Gina ist", stellte Gunter fest.

Tom und Locke verneinten.

„Ruf Herrn Marano an!" sagte Gunter. „Er soll nicht zögern, die Polizei zu verständigen, falls das Ausbleiben seiner Tochter ungewöhnlich ist. Wir können nichts tun."

Locke küßte Helga auf die Wange, dann ihren Papi.

Während die ältere Generation in den Saab stieg und zum Griechen fuhr, ging das jüngere Pärchen ins Haus.

Nicki begrüßte die beiden, als hätte er sie seit Tagen nicht gesehen.

Tom blätterte im Telefonbuch wie in einem Vokabelheft und fand schließlich: Carlo Marano, Klenzburger Straße 248 – die entlegendste Adresse auf dieser Seite der Stadt.

Locke setzte sich neben ihn aufs Telefonbänkchen, und er schlang den Hörer-Arm um ihre Schultern. Bei aneinandergeschmiegten Köpfen genügte seine Reichweite, um den Hörer zwischen sie zu halten – so daß beide verstanden.

„Marano", meldete sich eine schweratmende Stimme.

„Hier spricht Tom Conradi! Sie wissen, wer ich bin, Herr Marano. Ich bin hier mit Locke. Leider wissen wir nichts. Als wir uns vor dem Trastevere von Gina verabschiedeten, wollte sie nach Hause fahren."

Der Italiener stöhnte. „O Gott! Wo ist Gina? Wo soll ich sie suchen? Ihr ist was passiert. Ich spüre es. Dieser Kerl, dieser Verbrecher hat . . ."

Er stockte, als hätte er schon zuviel gesagt.

Lockes Augen weiteten sich. Wovon redete Ginas Vater? War ein Verbrecher im Spiel? Es war gar nicht nötig, daß sie Tom anstieß. Er hakte schon nach.

„Verbrecher? Worum geht 's, Herr Marano?"

Der Italiener zögerte. Aber dann machten sich Sorge und Verzweiflung in einem Redeschwall Luft.

„Er war hier, vorhin. Ein Erpresser. Behauptet, er gehöre zur Mafia. Wollte Schutzgeld kassieren. Als ich ablehnte, hat er gedroht. Es war so zu verstehen, daß er Gina was antue. Deswegen bin ich dann gleich . . ."

Er erzählte. Tom stellte Fragen. Ein Bild von dem, was geschehen war, setzte sich zusammen.

Er hat recht! dachte Locke. Mit dieser Vorgeschichte sieht Ginas Ausbleiben ganz anders aus. Oh, dieser Lumpenkerl!

Tom fragte jetzt, wie der Typ aussehe, und Carlo Marano gab sich Mühe mit der Beschreibung.

Augenblicklich versteifte Locke den Rücken.

„Dann war es der Rote", sagte sie rasch. „Hallo, Herr Marano! Hier spricht Nina Rehm! Ich glaube, ich kenne den Kerl. Mit und ohne Maske. Bin ihm nämlich heute begegnet, als er eine Frau überfiel. Er ist mittelgroß und ziemlich stämmig, nicht wahr? Richtig. Als ich ihn sah, trug er einen hellbraunen Anzug und gelbes Hemd mit offnem Kragen. Ja?"

Marano bestätigte auch das.

„Aber der Rote gehört nicht zur Mafia", sagte Locke. „Das ist ein Einzelgänger, der Überfälle verübt. Das mit der Schutz-AG war sicherlich nur ein Trick, um Sie einzuschüchtern. Dem genügt nicht, was er zusammenraubt. Der kriegt den Hals nicht voll. Und weil heute nachmittag sein Überfall auf Frau Habeschaden fehl schlug, probiert er 's jetzt so. Ist zwar schlimm genug. Aber er hat keine Hintermänner, keine Rückendeckung. Deshalb brauchen Sie keine Vergeltung zu befürchten, wenn Sie ihn festnehmen lassen, Herr Marano – falls er wieder auftaucht."

„Aber er weiß nicht, daß ich das jetzt weiß", murmelte Marano. „Und wenn er sich an meinem Kind vergreift, um seiner Forderung Nachdruck zu geben . . . Was soll ich machen? Die Polizei verständigen?"

Locke sah Tom in die Augen und las darin Einverständnis. Für ihn lag auf der Hand, was sie jetzt tun würden.

„Wir kommen zu Ihnen, Herr Marano", sagte sie. „Das heißt, erstmal suchen wir das Klenzburger Moos ab. Ist kein Problem mit unseren Feuerstühlen. Vielleicht", fügte sie tröstend hinzu, „hat sich Gina unterwegs ausgeruht und ist dabei eingeschlafen."

★

Etwa zu dieser Zeit verließ Gina die Stadt. Ihr Drahtesel bockte, als sie über einen Stein fuhr. Das Licht der Fahrradlampe warf nur matten Schein auf den Boden. Gina spürte, wie ihr Gewissen sie zwickte. Sie hatte einen Umweg gemacht, um noch bei einer Schulfreundin vorbeizuschauen. Sie hatten über Jungs geredet, nicht gemerkt, wie die Zeit verstrich; und die Nacht war angebrochen.

Daß Gina zu Hause anrief, verstand sich von selbst. Sie probierte es viermal. Aber ihr Vater hob nicht ab. Das hieß, er war nicht daheim. Sondern? Etwa schon unterwegs, um sie zu suchen?

Sofort verabschiedete sie sich. Sie wußte, wie ihre Eltern fühlten. Ihre Besorgnis war immer gegenwärtig. Und Gina wollte nicht, daß sie sich ihretwegen ängstigten.

Jetzt durfte sie keine Minute verlieren. Vor ihr lag das Klenzburger Moos, mondbeschienen, einsam und still. Die Büsche warfen Schatten. Vereinzelt standen Bäume. Ein lauer Wind strich über die Wipfel.

Sie zauderte. Der Radweg entfernte sich von der Straße, führte durch abgeschiedene Dunkelheit – und der Gedanke, diese Strecke zu fahren, ließ sie frösteln. Aber es war der kürzere Weg. Er schnitt den Bogen ab, den die Straße machte

Und auf ihr durfte sie nicht radeln. Er wurde – besonders nach Einbruch der Dunkelheit – von Halbstarken, Führerschein-Neulingen und anderen verantwortungslosen Rasern als Rennstrecke benutzt. Sie mißachteten die Geschwindigkeitsbegrenzung. Für Radfahrer oder gar Fußgänger war diese Strecke lebensgefährlich.

Gina hörte das Geräusch ihrer Reifen, als sie dem Radweg folgte. Sie kannte ihn in- und auswendig, kannte beinahe jeden Riß in der Teerdecke, bestimmt aber jede Biegung – und vor allem die Stelle, wo die Büsche rechts und links Spalier standen wie Dschungelwände.

Das Laufrädchen des Dynamos schnurrte am Reifen. Das Licht der Lampe zuckte. Gina blickte zu Boden, um kein Hindernis zu übersehen. Steine oder abgerissene Zweige konnten die Strecke verändern. Diese Vorsicht drosselte zwangsläufig das Tempo. So kam es, daß sie im Nachtschatten unter Bäumen nahezu im Schritt fuhr.

Sie näherte sich der Stelle, wo die Buschwände rechts und links den Radweg wie ein Kanalbett einmauerten. Bäume mit ihrem Blätterdach wiesen das Mondlicht ab. Aber mitten auf dem Weg – etwa in Kopfhöhe – glühte ein Punkt.

Gina erschrak, und ihre Beine stellten das Strampeln ein.

Stand da wer? Ohne Zweifel. Jemand rauchte. Deutlich sah sie die Glut, die jetzt, von einem Lungenzug angefacht, aufleuchtete. Der schwache Schein erhellte das Gesicht. Es war ein Mann.

„Vorsicht!" rief Gina, und ihre Stimme bebte. „Ich möchte vorbei. Bitte, treten Sie zur Seite."

„Hier ist genug Platz", erwiderte eine Männerstimme. Sie klang blechern und ausdruckslos, als hätte ein sprechender Roboter sein Tonband eingeschaltet.

„Guten Abend!" sagte sie schüchtern.

Ihr Rad rollte noch, getrieben vom Schwung, der aber fast verbraucht war.

„Ah!" hörte sie den Mann. „Du bist Gina Marano?"

„Ja. Bitte, lassen Sie mich durch. Der Weg ist hier so schmal.“ Wer ist das? dachte sie. Woher kennt er mich?

Er warf seine Zigarette weg. Die Glut beschrieb einen Bogen, fiel auf die Teerdecke und zerstob.

Nur noch eine Radlänge trennte Gina von der dunklen Gestalt, deren Umrisse jetzt zu erkennen waren: mittelgroß, stämmig.

Er trug ein helles Hemd und hatte die Beine gegrätscht.

Im letzten Moment, als alles zu spät war, begriff Gina, daß der Mann ihretwegen hier wartete. Daß er gelauert hatte auf sie. Sie begriff es, als sie auf gleicher Höhe mit ihm war.

Er brauchte nur einen Schritt zu machen. Ein Arm umschlang sie. Sie wurde vom Rad gerissen. Sie schrie. Sofort preßte sich eine Hand auf ihren Mund. Klirrend fiel ihr Rad zu Boden. Sie erstarrte vor Schreck. Dann wollte sie sich wehren, während ihr die Angst gräßliche Gedanken eingab. Aber es war zwecklos. Er schüttelte sie wie ein jagender Hund seine Kleintierbeute, was für die dann den Tod bedeutet. Gina wimmerte unter seiner Hand, die sie zu ersticken drohte. Schmerz durchraste sie. Warum ich? dachte sie. Oh, hätte ich doch . . .

„Wenn ich mit dir fertig bin", hörte sie seine Stimme an ihrem Ohr, „kannst du deinem Vater ausrichten, daß er einen Fehler gemacht hat. Sein Geiz kommt ihn jetzt teuer. Denn ich werde dir das Gesicht bearbeiten, mein Täubchen. Das Rasiermeser habe ich immer dabei. Du wirst nicht mehr aussehen wie jetzt, und das . . ."

Er stockte.

Gina war einer Ohnmacht nahe. Ihre Beine versagten den Dienst und waren eingeknickt. Aber in diesem Moment hörte sie das Motorengeräusch.

Auch der Mann hatte es gehört, denn das Motorrad – oder waren es zwei? – näherten sich auf dem Radweg, aus Richtung Stadt.

Er zerrieb einen Fluch zwischen den Zähnen. Noch härter drückte er ihr die Hand auf den Mund. Rückwärtsgehend schleifte er sie ein paar Schritte den Weg entlang – bis zu einer Stelle, wo es möglich war, sich in die Büsche zu zwängen.

Bevor Zweige über ihr zusammenschlugen, sah Gina die Scheinwerfer; zwei, hintereinander, noch entfernt, bei der Biegung des Weges. Aber sie näherten sich.

Der Kerl zischte. Er war mit dem Kreuz gegen die Spitze eines abgebrochenen Astes gelaufen, was ihn beinahe gespeert hätte. Hatte er sich verletzt? Er blieb stehen, japste, hatte offenbar Schmerzen. Vielleicht überlegte er auch, ob es sinnvoll sei, rückwärts zu laufen.

Jeder Knochen tat Gina weh. Sie spürte, daß ihr Tränen aus den Augen liefen. Wie dieser Verbrecher sie geschüttelt hatte! Aber das war nichts gegen das, was er tun wollte. Sie mit dem Rasiermesser . . . Nein! O Gott! Hilfe!

Die Motorräder näherten sich. Auch sie fuhren langsam. Es waren keine schweren Maschinen, vielleicht nur Roller, denn das Knattern hing dünnn in der Nachtluft und war nicht weit zu hören.

Der Verbrecher ging jetzt seitwärts. Er schleifte sie mit, verfing sich aber in einem Strauch und ruckte mit der Schulter, um seine Jacke vom Zugriff dorniger Äste zu befreien.

Die Roller hielten.

Bei meinem Rad! dachte Gina. Das . . . müßte sie aufmerksam machen. Mein Rad liegt auf dem Weg, und . . .

„Tom!" drang in diesem Moment Lockes frische Stimme durch die Nacht. „Das ist Ginas Rad. Ich wette."

„Schon gewonnen", erwiderte Toms Baß. „Rot-weiß – die Farben stimmen. Und am Lenker fehlt der linke Gummigriff. Das hat mein technischer Scharfblick vorhin registriert *(festgestellt)*. Aber wo ist sie?"

Sekunden war Stille. Dann hob Locke die Stimme, als müsse sie einen Kirchenchor samt Orgelbegleitung übertönen.

„Giiiiina . . .!"

„So vertreibst du von der Waldmaus bis zum Rothirsch alles, was hier kreucht und fleucht", lachte Tom.

Sucht mich! Bitte, sucht mich! flehte Gina lautlos.

Ihre Oberlippe schmeckte nach Blut. Als wollte der Kerl ihr Gesicht zerdrücken, so derb preßte er seine Hand auf ihren Mund.

„Wir müssen suchen", sagte Locke.

Metall scharrte. Offenbar bockten sie die Motorroller auf.

Etwa 30 Meter hatte sich der Verbrecher mit seinem Opfer vom Weg entfernt. Hier lichtete sich die Landschaft, verdiente sich die Bezeichnung Moos, verzichtete auf Bäume, stellte die Büsche weit auseinander und bot etwas kniehohes Gras stattdessen – und vor allem: Goldenes Frauenhaar, Gabelzahn-Zypressenschlaf- und Glockenhufmoos. Außerdem wuchsen hier Fettkraut, Rundblättriger Sonnentau und Fieberklee. Und der Boden war so feucht, daß der Schritt darin schmatzte.

Der Mond beschien das offene Gelände. Aber es war nicht weit bis zur nächsten Buschgruppe, die sich ausdehnte und bei Nacht sicherlich einem Irrgarten glich.

Dem Verbrecher ging es nicht schnell genug. Gina ließ sich hängen wie ein Wäschesack. Sie zu schleifen, hemmte den Schritt. Wie ein Paket wollte er sie unter seinen Arm klemmen. Dabei rutschte seine Hand von ihrem Mund.

„Hiiilfe!" schrie sie gellend.

Er fluchte. Beim Weg brachen Zweige, als wären Nato-Panzer zum Planieren *(Einebnen)* unterwegs.

„Tom, Locke! Hier. Ich . . ."

Schmerz raste durch ihr Genick. Es war ein harter Schlag. Sie fiel nach vorn, fiel weich mit dem Gesicht auf Moos und hatte schon das Bewußtsein verloren. Eine aufgeschreckte Listspinne flüchtete an ihrer Nase vorbei.

5. Wiedersehen mit dem Roten

Tom stürzte sich ins Dunkel der Büsche, sah nichts, fast nichts – jedenfalls, schützte mit dem Unterarm Augen und Gesicht und rannte an gegen einen speerigen Ast, denselben, an dem der Verbrecher sich beinahe aufgespießt hatte.

Die Spitze stieß ihm gegen den Magen. Tom verharrte wie festgeleimt. Ihm wurde übel. Eine Hand auf die Magengrube gepreßt, spürte er, daß Hemd und Haut zerfetzt waren. Er blutete. Aber schlimmer war die Tiefschlagwirkung: ein Schmerz, der sich bis in die Nieren fortsetzte.

„Worauf wartest du?"

Locke zog ihn am Arm.

„Blubb . . . blubb", machte er. „Mo . . . Moment! Habe mich fast selbst k.o. geschlagen, gerannt . . . vielmehr gepfählt. Vorsicht, Herzblatt! Das Moos ist voller Fallen. Wahrscheinlich gibt's hier auch Tellermienen."

„Komm!" Sie hielt ihren Hut fest, teilte Büsche mit der anderen Hand und eilte in die Richtung, aus der Gina gerufen hatte.

Tom betastete den Ast, knurrte was Unflätiges und zerbrach ihn mit einem Handkantenschlag. Dann folgte er Locke.

Die Verzögerung hatte nur Sekunden gekostet.

Aber als das freie Gelände vor ihnen lag, war niemand zu sehen.

Tom streckte den Arm aus.

„Dort hinten wackeln Büsche. Der Rote verschleppt Gina. Ich hole sie ein. Mir nach, Schönste! Aber langsam!"

Er rannte los. Locke stand nach wenigen Schritten bis zum Knöchel im Sumpf. Sie quietschte, zog einen nackten Fuß heraus und war schon bereit, die Sandale aufzugeben und halb-barfuß weiterzulaufen.

In diesem Moment stolperte Tom über ein Hindernis. Bei dem Affenzahn, den er draufhatte, fing er das Gleichgewicht

nicht mehr, hechtete vielmehr und verlängerte den Sprung zu einer Rolle, wobei ihn der Schreck durchfuhr, denn er hatte das Hindernis erkannt: Gina.

Sekunden später bemühten sich beide um die Bewußtlose. Gott sei Dank! Sie atmete. Der Puls war kräftig. Jetzt stöhnte sie, als werde ein Alptraum durchlebt. Dann blinzelten ihre dunklen Augen ins Mondlicht.

Tom ließ die Hand, mit der er ihr das Gesicht klatschen wollte, wieder sinken.

„Wir sind's", sagte Locke. „Keine Angst, Gina. Die Hilfe ist da. Fehlt dir was? Kannst du sprechen?"

Sie erholte sich rasch. Stammelnde Worte fügten sich zu einem Bericht, während sie – von den beiden gestützt – zum Radweg geführt wurde.

„Also doch!" sagte Locke. „Komisch, daß immer die schlimmsten Befürchtungen wahr werden, die guten Ahnungen nur selten. Dabei bin ich Optimist *(Mensch von zuversichtlicher Grundstimmung)*. Es war der Rote, Gina! Ja, der berüchtigte Verbrecher. Er versucht, deinen Vater zu erpressen. Deshalb . . ."

Jetzt erfuhr Gina, was sich als Vorgeschichte dieses Überfalls abgespielt hatte, und der Schreck ließ ihre Knie zittern.

Sie schilderte, was sie von seinem Gesicht gesehen hatte – beim Aufglühen der Zigarette. Es paßte zu Lockes Beschreibung des Roten.

Bei ihren Zweirädern angekommen, verhielten sie sich ruhig. Sie lauschten in die Nacht. Wurde irgendwo ein Wagen gestartet? Wo hatte der Kerl sein Auto geparkt?

Auf der Straße rollten jetzt Lastzüge, mehrere. Ihr Getöse überdeckte die anderen Geräusche.

„Es hat keinen Sinn", meinte Tom. „Vielleicht ist er zu Fuß gekommen. Oder er hat irgendwo ein Rad versteckt. Um ihn hier zu finden, brauchte man eine Hundertschaft der Polizei. Bis zur Stadt ist es nicht weit. Wahrscheinlich ist er schon dort."

Er brachte es irgendwie fertig, Ginas Rad auf seinen Lenker zu legen. Das Mädchen durfte hinter ihm aufsitzen und sich an ihm festklammern. Dazu reichte ihre Kraft noch. Dann zuckelten sie los. Und erreichten schließlich die Tankstelle, ohne umzukippen.

Carlo Marano schloß seine Tochter in die Arme. Die nervliche Anspannung wich. Er hatte feuchte Augen. Als er dann erfuhr, was geschehen war, stieg ihm dunkel die Wut ins Gesicht.

„Ich bringe ihn um!" knirschte er. „Dieser Unmensch! Ja, dem traue ich's zu, daß er Gina mit dem Rasiermesser . . ."

Er konnte nicht weitersprechen. Der entsetzliche Gedanke, Gina wäre verunstaltet worden, verschlug ihm die Sprache. Wieder umarmte er seine Tochter.

„Sie müssen die Polizei benachrichtigen", sagte Locke.

Marano zuckte zusammen. „Die Polizei? Und wenn der Kerl doch ein Mafioso ist? Wenn sich seine Komplicen an mir rächen? An mir oder meiner Familie?"

„Der Rote hat keine Gefolgschaft", widersprach Locke. „Er arbeitet auf eigene Rechnung. Das weiß man. Zögern Sie nicht! Außerdem stehen 3 000 Mark Prämie auf seine Ergreifung. Die können Sie sich verdienen."

Marano blickte zweifelnd. „Glaubt ihr, daß der Kerl nochmal herkommt?"

„Warum nicht?" fragte Locke. „Er hat zwar sein gemeinsames Vorhaben nicht ausgeführt, aber die gleiche Wirkung erzielt. Daß Gina gerettet wurde in letzter Sekunde, muß er für Zufall halten. Und wie wir vorhin schon feststellten: Er weiß nicht, daß Sie ihn jetzt als den Roten kennen. Vielmehr muß er glauben, daß Sie ihn für einen von der Mafia halten. Also wird er kommen, um zu kassieren."

Marano wußte nicht, wie er es anstellen sollte. Mit der Polizei hatte er noch nie zu tun gehabt. Locke nahm ihm das ab. Sie rief an im Polizeihauptquartier und verlangte den Kommissar, der am Nachmittag ihre Aussage protokolliert hatte.

Er war zur Nachtschicht eingeteilt, also noch da, und hörte sich die Neuigkeiten an. Eine Viertelstunde später hielt sein Dienstwagen vor der Tankstelle.

Das Ende vom Lied war dann, daß die Polizei zu Maranos Schutz leider wenig anzubieten hatte. Personalmangel mache es unmöglich, erklärte der Kommissar, daß sich ein Polizist ständig hier aufhalte, um auf den Roten zu warten.

„Es gibt nur eine Möglichkeit", wurde Carlo Marano gesagt: „Sobald er auftaucht, rufen Sie diese Nummer an." Der Kommissar schrieb sie ihm auf. „Wir sind dann in Minutenschnelle da. Damit Ihnen zwischenzeitlich nichts passiert, tun Sie so, als wären Sie einverstanden. Sie geben ihm das Geld. Klar?"

Marano nickte.

„In Minutenschnelle?" fragte Locke. „Wieviele Minütchen sind das? Eben haben Sie 16 gebraucht, und Sie haben doch bestimmt nicht gebummelt."

„Beim nächsten Mal geht's schneller", lächelte der Kommissar. „Weil wir dann den Streifenwagen verständigen, der dieser Adresse hier am nächsten ist."

Er verabschiedete sich und stieg in seinen Wagen.

„Ich wäre sicher wie in Abrahams Schoß", meinte Carlo spöttisch, „wenn ich die Mafia gegen mich hätte. Nicht wahr? Was die Polizei für die Bedrohten tun kann – wegen Personalmangels, seht ihr jetzt."

„Selbst ist der Mann", sagte Tom. „Wie ich Gina schon sagte: Als Tankwart zu jobben, gehört zu meinen Wunschträumen. Morgen und übermorgen ist Wochenende. Haben Sie für mich einen passenden Overall, Herr Marano? Wenn nicht, komme ich in meinen ältesten Jeans. Ich verlange keine Bezahlung. Aber die Trinkgelder behalte ich." Er grinste.

„Willst du das wirklich für uns tun?" fragte der Italiener ungläubig.

„Also, morgen um neun fange ich an."

Es war spät geworden. Tom brachte seine Freundin nach Hause. Das war im Süden der Stadt, in einem netten Viertel, wo es alte Häuser und kleine Gärten gab, Kellerlokale und Cafés mit Stammgästen und besonderer Note. Hauptsächlich Künstler wohnten hier, zum Teil auch Studenten.

Das Einfamilienhaus der Rehms lag in einer Seitenstraße. Der Vorgarten war nur ein Handtuch. Aber hinter dem Haus gab's einen Garten, in dem es sich leben ließ: mit fünf Obstbäumen, einem Rasen und begrenzenden Hecken.

Die Garage stand offen. Gunters Saab glänzte mit Abwesenheit, man war noch beim Griechen. Daß Mikes Motorrad auf seinem Platz stand, konnte nur bedeuten: Lockes Bruder mußte sich ernstlich verletzt haben – bei seinem letzten Fußballspiel, das der FC Eintracht, dem sich Mike als Libero andiente, mit 1:2 verloren hatte. Mike kickte mit Leidenschaft, übertrieb's aber mit dem Einsatz, weshalb er nie Mangel hatte an Prellungen, Stauchungen, Schürfungen und Zerrungen. Wer ihn nur flüchtig kannte, hielt ihn möglicherweise für gehbehindert. Denn meistens humpelte er.

„Hm", machte Locke, als sie vor dem Tor hielten. „Morgen bist du also Tankwart."

„Komm doch vorbei. Ich fülle deinem Hirschkalb seinen Viertelliter ein und berechne einen Preis wie vor der Ölkrise – als der Treibstoff noch erschwinglich war."

„Vielleicht. Das heißt, nein. Lieber wäre mir, du holst mich von Kathie ab. Hast du's mitgekriegt – vorhin? Sie hat morgen ihren freien Tag. Ich soll sie besuchen, weil sie mir ihren Wilhelm Hartmann vorstellen will. Den tollen Typ, der gut aussieht, immer Geld hat und tierisch nett ist."

„Das sind Maßstäbe", seufzte Tom.

„Ihr Will weiß nicht, daß ich komme. Vielleicht ist er sauer, weil er mit ihr allein sein möchte."

„Verständlich."

„Deshalb kannst du mich abholen, ja? So gegen fünf. Ich fahre erst spätnachmittags zu ihr raus. Bleibe zehn Minuten, um den tollen Typ zu beglotzen. Dann kommst du, hast auch deine Freude an seinem Anblick, und wir zittern ab voller Rücksicht, wie sich das gehört."

„Du fährst mit der S-Bahn?"

„Ist bequemer", nickte sie.

„Ich komme mit meinem Hirsch."

Er schob ihren Motorroller in die Garage. Vor der Haustür legte er die Arme um ihre schmale Gestalt. Als er sie zart auf die Lippen küßte, mußte Locke ihren Hut festhalten. Er spendete Schatten, aber ansonsten war er häufig im Wege. Doch Toms Vorschlag, sich für Stirnbänder zu entscheiden, ging ihr nicht unter die Haut.

„Gute Nacht, Tom!" Ihr Finger tupfte auf seine Nase.

Bevor sie die Haustür schloß, winkte sie ihm zu, während er wie hypnotisiert auf der Treppe verharrte.

★

Locke lächelte noch, während sie den Schlüssel abzog und über die Schiefertafel wischte, die hinter der Eingangstür hing.

Auf diesem Rehm'schen ‚Mitteilungsorgan' stand eine väterliche Meldung von gestern. Sie war längst überholt und wurde jetzt von Locke gelöscht.

„Bist du's?" rief Mike aus der Küche.

„Du? Wer ist du? Meinst du mich, unseren Ernährer oder eine deiner Freundinnen – falls du ihr leichtsinnigerweise den Schlüssel gegeben hast?"

„Ich meine dich", antwortete Mike mit vollem Mund. Sie hörte, wie er kaute. „Im übrigen: Das Wort Leichtsinn ist im Zusammenhang mit meinen Freundinnen unangebracht. Sie sind alle vertrauenswürdig."

„Klar. Der einzige, dem man nicht über den Weg trauen sollte, bist du. Mit Leichtsinn meine ich: Wie peinlich wäre es, wenn Stefanie oder Sabrina oder Nicole hier hockt und Kathrin oder Julia oder Christine plötzlich aufkreuzt."

„Ich kenne keine Julia. Jedenfalls nicht näher."

Locke hatte ihren Hut an die Garderobe gehängt und trat in die Küche.

Mike stand an der Anrichte und verteilte mit dem Daumen Leberwurst auf eine Scheibe Brot. Ein angebissenes Brot lag daneben.

„Nennst du das Eßkultur?" fauchte Locke. „Haben wir kein Messer im Haus?"

„Doch. Schon. Aber die Wurst ist so kalt. Läßt sich besser drücken als schmieren." Er grinste und legte allen Charme *(Zauber)* in die Mundwinkel. „Nun? Hat sich diese Gina eingefunden? Oder ist sie nach Italien getrampt?"

„Sie wurde überfallen. Hätten wir sie nicht in letzter Minute gerettet, sähe ihr Gesicht jetzt so scheußlich aus wie deine Leberwurst – obwohl du nicht mal ein Messer nimmst, geschweige ein Rasiermesser."

„Was?" Er verschluckte sich.

Locke erzählte.

„Au Backe!" Mike richtete seine grünen Augen voller Verzweiflung zur Decke. „Hängt ihr also wieder drin – in einer Sache. Der Rote! Die Mafia! Heißer geht's nicht, wie? Gunter kriegt noch mehr graue Haare. Helga wird eines Tages vor lauter Nervosität einem Terrier die Flügel stutzen und einen Papagei gegen Staupe impfen. Und ich falle durchs Abitur, weil ich Nervenfieber habe. Denn Schwesterchen und künftiger Stiefbruder greifen immer dort helfend ein, wo's gleich um Kopf und Kragen geht. Warum interessiert ihr euch nicht für Video-Filme, Diskos und Haschisch? Ihr seid nicht normal."

Sie lachte. „Gegen Video-Filme habe ich nichts. Und Diskos kenne ich von innen. Aber Hasch ist was für Versager und Bescheuerte. Hältst du mich dafür? Dann gestatte, daß ich meine Skistiefel anziehe und dich vors Schienbein trete."

„O bitte, nein! Ich kriege schon auf dem grünen Rasen meinen Teil. Darf ich dir ein Brot mit Leberwurst belegen?"

„Vielen Dank. Es würde mir zu sehr nach deinem Daumen schmecken. Außerdem habe ich italienisch gegessen, wie bereits erwähnt. Ich will nur noch ein Glas Milch. Dann turne ich mit Mausi."

Lockes weiße Maus hieß eigentlich Helena, wurde aber vorwiegend Mausi genannt. Der kleine Nager lebte großartig in seinem Käfig über ihrem Bett. Auf der Tretmühle konnte sich Mausi bewegen. Außerdem durfte sie mehrmals täglich ins Freie, um dann von Lockes Rocksaum bis hinters Ohr zu klettern oder – noch lieber – an Stricken entlang, die Locke zwischen den Händen spannte.

Im Bett las Locke noch. Sie las überhaupt sehr viel. Zu später Stunde fiel ihr ein, daß sie ihre abendlichen Yoga-Übungen vergessen hatte. Aber dafür war sie nun zu müde. Sie schlief bald ein – lange bevor Gunter nach Hause kam: auf Zehenspitzen schleichend, um sein Töchterchen nicht zu wecken.

Nur in Mikes Zimmer brannte noch Licht.

★

Am Samstag war Gunter im Pressehaus. Als Leiter der Lokalredaktion mußte er sich seine Freizeit stehlen. Aber Diebstahl war nicht seine Masche, was er manchmal bedauerte.

Mike fläzte auf der Terrasse. Noch schien die Sonne. Das wollte er ausnutzen, denn grauer Himmel war angesagt. Auf dem Tisch stapelten sich Schulbücher mit gewichtigem Inhalt. Aber bis jetzt hatte er sie nicht angerührt, sondern seit zwei Stunden Zeitung gelesen.

Locke nutzte den Vormittag, um ihr Zimmer aufzuräumen. Das zog sich hin bis zum Nachmittag, und das Ergebnis entmutigte. Ihre Jungmädchenbude sah immer noch aus wie ein modernes Museum. Das war typ-bedingt. Sie sammelte nämlich. Etwas wegzuwerfen, kostete sie Überwindung und Herzblut.

So mehrten sich denn auf ihren 28 Quadratmetern die

Puppen und Plüschtiere, die Bücher, Anstecker, Zuckerstückchen, seltene Münzen und Bleistifte. Außerdem hingen selbstgenähte, weitschwingende Röcke überall dort, wo man was hinhängen konnte.

Mike schaute herein.

„Hm. Weniger geworden ist es nicht. Aber du hast alle Bleistifte gespitzt, wie? Tolle Leistung. Es müssen weit über hundert sein."

„Raus!"

Vom Nachmittag war schon eine Menge weg, als ihr – siedendheiß – die Verabredung mit Kathie Weber einfiel.

Himmel! Über diesen albernen Hausputz vergißt man das Wichtigste!

Sie wählte den Strohhut mit rotem Band, rief Mike zu, sie wäre jetzt weg, und schrieb auf die Schiefertafel: . . . *bin bei Kathie Weber in Ober-Plösel, telefonisch nicht erreichbar, rückkomme mit Tom – irgendwann! Schönes Wochenende allerseits!*

Sie ließ ihren Roller in der Garage. In diesem Falle waren die öffentlichen Verkehrsmittel günstiger, nämlich der Bus, mit dem sie bis zum S-Bahnhof fuhr, und der Zug, der schon wartete.

Landbevölkerung füllte die Waggons. Weil Samstag war, hatten sich Familien mit Kind und Kegel zum Stadtbesuch aufgerafft. Aber jetzt flüchtete man zurück, denn der Himmel sah nach Regen aus. In den Gepäcknetzen lagen Einkaufstüten, aus denen auch manchmal was rausfiel.

Locke fand einen Sitzplatz, aber nur, weil ein Junge ihres Alters sofort aufstand. Er war Kavalier. Er bot ihr den Platz an. Dann stellte er sich in die Nähe und schielte unentwegt zu ihr her.

Der Zug fuhr. Zig Stationen lagen an der Strecke. Die S-Bahn hielt buchstäblich an jeder Schafherde. Und jedesmal quollen Menschen ins Freie.

Auch der junge Kavalier stieg aus, aber erst im letzten Moment. Beinahe hätte er seine Station verpaßt, war er doch in Lockes Anblick versunken, was aber niemand merken sollte.

So leerte sich der Zug, auch Lockes Waggon.

Sie sah in die Landschaft, die grüner wurde, je weiter man sich aus dem Dunstkreis der Stadt entfernte. Ihre Gedanken beschäftigten sich mit den Aianos, den Maranos, der Mafia, dem Roten. Tom spielte also heute den Tankwart. Ob der Rote wirklich kam? Oder ‚arbeitete' der samstags nicht?

Unter-Plösel.

Ein Bauer mit gewaltigem Bauch kletterte schwitzend auf den Bahnsteig hinunter. Er hatte seinen Rucksack geschultert und wurde von zwei Kindern begleitet.

Der Zug ruckte an. Der Schaffner war bereits dagewesen. Locke gähnte laut und ungeniert, als wollte eine Löwin ihren Mittagsschlaf einleiten.

Sie war jetzt allein, völlig allein, hatte den Waggon für sich und . . .

Nanu?

Hinter ihr knisterte Papier.

Sie wandte sich um.

Du liebe Güte! Da war ja noch wer. Ein Mann. Er saß ganz hinten in der Ecke. Daß es ein Mann war, sah sie nur an den Hosenbeinen, Schuhen und Händen, denn er hatte die Samstag-Ausgabe vom TAGBLATT aufgeklappt und sich dahinter versteckt.

Damenhaft war das ja nicht, mein Gegähne! dachte sie und wandte sich ab.

Die S-Bahn flitzte durch Laubwald, fast so schnell wie gestern. Draußen senkten sich Grauschleier über die Landschaft. Der Himmel sah aus wie Blei. Schwüle kündigte Gewitter und Wolkenbruch an. Am Horizont stieg eine schwarze Wand empor, als hätte sich die Nacht verfrüht.

Da werde ich naß, bis ich bei Kathie bin, dachte sie. Tom wird fluchen, wenn er nachher kommt. Nachher? Ist ja gleich halb fünf. Aber vielleicht ist dann das Gewitter vorbei.

Die S-Bahn wurde langsamer.

Erste Spritzer rannen an der Scheibe herab.

Und ich habe keinen Schirm! Mein armer Hut! Mit dem Strohhut im Regen – das passiert auch nur mir.

Sie stand auf und trat zur Tür. Während sie sich festhielt, blickte sie zu dem Zeitungsleser hin.

Da sie jetzt stand, sah sie seine Haare und einen Streifen von der Stirn.

In diesem Moment ließ der Mann die Zeitung sinken. Stirnrunzeln zeigte, daß er mit irgendeinem Artikel nicht einverstanden war. Sorgfältig faltete er das Blatt. Dann hob er den Kopf.

Ihre Blicke begegneten sich.

Locke war erstarrt, aus ihrem Gesicht alles Blut gewichen.

Sie erkannte ihn – erkannte ihn sofort und sah, daß auch er sie erkannte.

Es war der Rote.

6. Todesangst und Wolkenbruch

Der Overall war etwas eng. Wenn Tom die Schultern reckte, knackten die Nähte. Aber das Tankstellen-Blau stand ihm gut, und den Benzingeruch ertrug er – auch jetzt noch, nach Stunden der Arbeit.

Tom schuftete. Hunderte hatten getankt. Ungezählte Fliegenleichen hatte er von Windschutzscheiben geschabt. Er kannte nun jeden gängigen Motor und hätte den Ölstab mit verbundenen Augen gefunden.

Ein Porsche hielt vor Zapfsäule eins.

Die Fahrerin war nicht mehr ganz jung, aber dämonisch bemalt.

„Super, voll, junger Mann!"

Tom fügte seinem Nicken ein Lächeln bei. Er hatte herausgefunden, was die Großzügigkeit fördert. In beiden Hosentaschen klimperte Trinkgeld. Damit hätte er ein Sparschwein zum Platzen gebracht.

Er füllte den Tank, prüfte den Ölstand und versorgte die Reifen mit Luft, während die Dame zur Toilette ging. Als sie zurückkam, hatte er die Füllmenge notiert. Mit dem Zettel ging sie ins Kassenbüro, wo Carlo Marano kassierte. Aber er machte nicht nur das. Wenn der Andrang groß war, half er hier draußen.

Tom erhielt eine Mark.

„Besten Dank und gute Fahrt!"

Er öffnete ihr sogar den Schlag und ließ sie einsteigen. In ihrem Aschenbecher lagen mindestens 20 Zigarettenreste.

Kein Wunder, daß sie so tief in den Farbtopf greift, dachte er. Wenn eine Frau wie ein Schlot qualmt, ist der Teint *(Gesichtshaut)* schnell im Eimer. Ohne Schminke ist das 'ne Leiche auf Urlaub.

Der Porsche röhrte zur Straße. Tom harkte mit den Fingern durch seine widerspenstigen Locken. Im Moment herrschte Ruhe. Er ging zu Marano hinein.

„Du machst das großartig, Tom", freute sich der Italiener. „Ich wünschte, du bliebst hier."

„Morgen komme ich wieder. Aber ab Montag ist Schule. Was mir an Freizeit bleibt, gehört Locke."

„Ihr seid viel zusammen?"

„Sehr viel. Unsere Eltern auch. Das heißt, ich habe nur meine Mutter, Locke hat nur ihren Vater. Die beiden werden heiraten." Er lachte. „Dann ist Locke meine Stiefschwester. Aber blutsverwandt sind wir nicht. Gott sei Dank, nicht!"

Marano lächelte wissend. „Ihr seid ein entzückendes Paar. Ich wünschte, Gina fände einen Freund von deinem Format."

„Sie findet bestimmt einen Besseren", erwiderte Tom und machte vor lauter Bescheidenheit ein Schafsgesicht. „Sie ist wirklich ein prima Mädchen. Machen Sie sich da keine Sorgen. No, no, Signore! Um Gina werden sich die Typen noch reißen. Und um Sabrina Aiano auch. Die beiden könnten Schwestern sein."

„Sie sind sich tatsächlich ähnlich."

Marano öffnete eine Cola-Flasche und schob sie ihm hin. „Du hast bestimmt Durst."

Sie tranken beide.

„Bis jetzt ist er nicht gekommen", sagte Tom. „Aber ich habe so ein Gefühl. So ein warnendes Kribbeln – hier!"

Er tippte auf die Stelle, wo er sich gestern an dem Ast gestoßen hatte. Über der Magengrube war die Haut blau angelaufen und verschorft. Es tat auch weh, aber eigentlich nur, wenn er lachte.

„Du meinst, er kommt noch?"

Tom nickte. „Mein Instinkt ist fast so zuverlässig wie die Wettervorhersage. Ich spüre: Heute begegne ich dem Roten." Er sah auf die Uhr. „Aber dann müßte er bald kommen. Sie wissen ja, ich bin mit Locke in Ober-Plösel verabredet."

Marano trank einen Schluck Cola. „Ich glaube, ich kann jetzt mal nach Gina sehen."

ZP
ZP

ZP

Sie war den ganzen Tag im Bett geblieben: verängstigt und blaß. Körperlich fehlte ihr nichts. Aber im Nachhinein hatte der brutale Überfall einen Schock ausgelöst, mit dem das zarte Mädchen nicht so schnell fertig wurde. Sie hatte begriffen, wie knapp sie entkommen war.

Marano ging zum Wohnhaus hinüber.

Zwei Wagen rollten vor die Zapfsäulen.

Tom beeilte sich, den PS-Dompteuren zu Diensten zu sein.

★

Nur noch langsam rollte die S-Bahn. Aber Lockes Herz raste.

Nichts hatte sie gewarnt, kein Instinkt, keine Vorahnung.

Jetzt griff ihr der Schreck mit eisiger Faust an die Kehle.

Er ist es! Mein Gott! Und er sieht, daß ich ihn erkenne. Ich kann nicht raus! Halt an, blöder Zug! Himmel, ich bin allein mit diesem Kerl. Hat er sein Rasiermesser bei sich? Oder – ja, der Rote ist bewaffnet. Er hat eine Pistole. Das stand in der Zeitung.

Sie zitterte. Mit einer Hand faßte sie den Türgriff, mit der andern den Riemen ihrer Schultertasche, als wäre das der sprichwörtliche Strohhalm der Rettung.

Sie wollte den Blick abwenden, aber sein Gesicht hielt ihn fest. Es war glatt, nicht unhübsch und sonst sicherlich gelassen wie bei einem Wahlkampf-Politiker. Jetzt drückte Tücke ihre harten Linien in die Haut, und die Augen wurden zu Schlitzen.

Er schob einen Fuß vor.

Lockes Herz hüpfte in die Kehle.

Er will aufspringen! Und mich aus dem Zug stoßen. Wo ist der Schaffner? O weh! Auch der nächste Waggon ist leer. Ich bin allein, ihm ausgeliefert. Jetzt . . . jetzt . . .

Seine Haltung war sprungbereit. Aber er zögerte noch. Offenbar überraschte das Zusammentreffen auch ihn.

Die S-Bahn hielt.

Locke taumelte. Verzweifelt zerrte sie am Griff. Endlich ließ sich die Tür öffnen.

Sie sprang auf den Bahnsteig. Regen traf ihr Gesicht. Ein Wolkenbruch. Sie hatte es nicht bemerkt. Jetzt regnete es Bindfäden, die Luft war schwadig, die Landschaft mit grauen Schleiern verhangen. Kübelinhalte schienen sich auf ihren Hut zu ergießen. Sie rannte los – nach Ober-Plösel hinein. Über die Schulter blickte sie zurück.

Da kam er.

Er trug einen braunen Anzug und ein gelbes Hemd. Wie gestern. Auch er rannte.

Er folgt mir. Verfluchter Kerl! Hau ab! Was willst du? Bring dich in Sicherheit! Fahr weiter mit der S-Bahn. Aber die ist ja schon weg. Und weit und breit kein Mensch.

Regen platschte. Fette Tropfen knallten auf die Straße und sprangen hoch wie Gummibälle. Dämmerung war angebrochen, weil der Himmel kein Licht sandte. Schon gurgelte Wasser im Rinnstein, und an den Gullys schäumte es.

Locke rannte, so schnell sie konnte. Sie war schon naß bis auf die Haut, und die Hutkrempe neigte sich.

Wieder blickte sie zurück.

Er war nicht näher gekommen, aber er folgte ihr, beharrlich wie ein Fährtenhund. Etwa 50 Meter hinter ihr hastete seine wuchtige Gestalt durch die Regenschleier.

Ich muß es schaffen, dachte sie. Bis zu Kathie. Dort bin ich in Sicherheit. Wir können uns einschließen und die Polizei verständigen und . . . Verdammt und aufgeplatzt! Sie hat ja kein Telefon. Kein Telefon dort draußen! Das müßte verboten sein. Aber . . . ja, ihr Freund ist da! Lieber Wilhelm Hartmann! Hoffentlich bist du kein Hasenfuß, sondern wenigstens zehn Prozent so stark und mutig wie Tom. Dann kann der Rote was erleben. Hoffentlich, Wilhelm Hartmann, bist du wirklich ein toller Typ. Daß du gut aussiehst, immer Geld hast und tierisch nett bist – das ist jetzt nicht gefragt.

Die Straße durch Ober-Plösel machte ihre Kurven. Locke sah die Hecken und Mauern. Bis zu den Dächern reichte die Sicht nicht. Einsam war's hier wie am Ende der Welt. Nicht ein einziger Wagen parkte am Straßenrand.

Schon hatte sie das Ortsende erreicht. Der Ableger des Waldes, die Fichtengruppe tauchte als dunkle Wand aus dem Regen auf. Dahinter lag Kathies Häuschen.

Nur noch ein Stück – dann habe ich's geschafft.

Wieder sah sie sich um.

Er kam, hatte aufgeholt, den Kopf gesenkt und die Schultern hochgezogen. Sie sah nur seinen Umriß. Aber kein Ungeheuer konnte bedrohlicher sein.

Sie keuchte. Sie spürte Seitenstechen. Falsch geatmet, sicherlich! Und dazu die Angst.

Ihre Sandalen lösten sich auf. Ihre Füße badeten im knöcheltiefen Regenwasser, das die Straße überspülte, wahrscheinlich auch Kellerräume beglückte und Schwimmbekken zum Überlaufen brachte.

Wenn er mir folgt, schoß es Locke durch den Kopf, will er mich umbringen. Was sonst? Ich bin die einzige, die der Polizei sagen kann: Da! Das ist er. Und . . . Doch, Marano kann's auch. Aber den hat er eingeschüchtert, denkt er. Ob er auch mich nur einschüchtern will? Indem er mir mit dem Rasiermesser ein Ohr abschneidet. Der kennt sich hier aus.

Keuchend erreichte sie ihr Ziel.

Sie hetzte durch den Garten, klingelte und hämmerte gegen die Tür.

„Kathie, mach auf! Kathie!"

Sie blickte zur Straße.

Dort stand er, ein dunkler Fleck hinter Regenschleiern. Er verharrte.

Kathie öffnete die Tür.

„Halloooh, Locke! Kommst aber spät. Und jetzt hat dich die Sintflut erwischt. Siehst ja aus wie eine gebadete Katze. Bist du gerannt?"

„Um mein Leben!" Locke stolperte in die Diele. „Mach die Tür zu! Schließ ab! Mein Gott!"

Sie schnappte nach Luft und lehnte sich an die Wand.

Kathie blickte verstört. „Was . . . was ist denn?"

„Der Rote! In der S-Bahn habe ich ihn erkannt. Und er mich. Er hat mich verfolgt. Steht draußen. Wo ist dein Freund?"

„Wie?" Kathie ließ den Mund offen. Er war wie immer kräftig geschminkt. Jetzt leuchtete das Rot noch stärker, weil das übrige Gesicht zur Milchsuppe erbleichte. „Der . . . der Rote? Der Verbrecher?"

„Er steht an der Straße. Vielleicht kommt er. Ob dein Freund mit ihm fertig wird?"

„Wil . . . Wilhelm . . . ist noch nicht da." Ihr blonder Kurzhaarschnitt schien sich zu sträuben wie ein Igelfell, besonders im Nacken.

„Was? Noch nicht da?"

Kathie faßte sich. „Aber er muß jeden Moment hier sein. Locke, das ist ja ein Ding. Mich . . . mich schaudert's. Komm!"

Sie hatte die Tür verriegelt, lief jetzt in den Wohnraum voran und stellte sich hinter die Gardine eines straßenseitigen Fensters.

Es lag hochparterre *(etwas höher als erdgeschossig)*. Aber das war kein Hindernis. Ein Lahmer hätte hereinklettern können.

Sie spähten durch die Gardine.

Der Regen fiel noch dichter. Büsche gingen in die Knie. Blätter wurden abgefetzt. Die Dachrinne lief über, so daß sich ein Wasserfall vor der Scheibe ergoß.

Aber sie konnten zur Straße sehen.

Die Gestalt war verschwunden.

„Er ist weg." Locke preßte die Hände an den Busen. „Abgeschüttelt! Dem Himmel und seinen Wassern sei Dank! Verbrecher sind feige. Sicherlich denkt er, er holt sich einen

Schnupfen. Und wie stünde er dann da – beim Überfall, wenn er schneuzt und nießt unter seiner roten Strumpfhosenmaske? Deshalb riskiert er nichts und . . ."

„Dort!" wurde sie von Kathie unterbrochen. „Bei der Eiche."

Der knorrige Baum stand jenseits der Straße, war Überbleibsel einer gerodeten Waldfläche. Mochte der Himmel wissen – und vielleicht auch der Oberfrostrat –, weshalb man ausgerechnet die Eiche verschont hatte.

An ihrem Stamm, fast verschmolzen mit ihm, lehnte eine Gestalt.

„Das ist er", flüsterte Locke.

„Bist du sicher?" wisperte Kathie. „Man kann überhaupt nichts erkennen."

„Wer soll es denn sonst sein? Der Osterhase?"

„Ein Wanderer", Kathie suchte nach einem Hoffnungsstrahl. „Den der Regen überrascht hat."

„Nein. Es ist der Rote. Er lauert. Wenn doch dein Wilhelm nur käme. Ist der immer so unzuverlässig?"

„So . . . genau kenne ich ihn noch nicht. Aber ich glaube nicht. Wir haben keine feste Zeit ausgemacht."

Locke begann zu zittern. Nicht nur aus Angst. Ihre klatschnassen Textilien klebten wie Duschegel auf der Haut. Und hier im Haus war es kühl.

Sie hatte noch ihren Hut auf. Die Tropfen, die von der Krempe fielen, waren die Tränen.

„Weißt du, warum der zögert, Kathie? Weil er nicht weiß, daß wir allein sind. Ein Mann könnte hier sein. Einer. Mehrere. Und daß du kein Telefon hast . . . O je! Das sieht er. Die Lichtleitung führt her. Aber keine Telefonleitung."

Sie bibberte. Ihre Zähne schlugen aufeinander.

„Ich glaube, wir können beruhigt sein", sagte Kathie. „Er wird es nicht wagen, hier gewaltsam einzudringen. Locke, du läufst ja schon blau an. Du brauchst trockene Sachen."

Die Gestalt bei der Eiche rührte sich nicht.

Die Mädchen liefen ins Bad, das rückseitig lag. Locke zog ihre nassen Sachen aus und schlüpfte in Jeanshosen, die ihr Kathie hinlegte. Der Pully ihrer Freundin war eine Nummer zu groß, aber trocken. Locke fror nicht mehr und faßte wieder Mut. Außerdem schlug es bald fünf, und auf Tom – ja, auf den war Verlaß.

Kathie nahm Lockes Kleidung.

„Deine Sachen hänge ich im Hobbyraum auf die Leine. Unten habe ich eine Heizsonne. Du kannst zusehen, wie es trocknet. In der Küche steht Tee. Trink schon mal was, damit du die Gänsehaut abstreifst."

Kathie verschwand auf der Kellertreppe. Locke lief barfuß in die Küche und schenkte sich eine große Tasse Tee ein. Er dampfte und duftete nach feinstem Darjeeling *(nordindische Teeplantage)*. Das war sowieso ihre Lieblingssorte.

Sie hatte erst zwei Schlucke getrunken, als die Türklingel schrillte.

Sie zuckte zusammen. War das . . . Unsinn! Der wurde nicht klingeln. Der würde gewaltsam eindringen, indem er das Fenster zerschlug.

Sie lief in die Diele.

Wieder klingelte es.

Auf Zehenspitzen schlich sie zur Tür. Kathie war noch im Keller.

Locke horchte. Aber nur der Regen rauschte. Das Glukkern in der Rinne war zu hören – und wie große Tropfen auf die Steinstufen pitschten.

An der Tür gab es weder Fenster noch Spion.

„Ja, wer ist da?"

„Ich möchte zu Kathie", erklärte eine angenehme Männerstimme. „Mein Name ist Wilhelm Hartmann."

Plumps! dachte Locke. Das war der Stein, der mir vom Herzen fällt. Endlich! Pünktlich ist er ja nicht, der Herr Hartmann, und auch Tom wird gleich hier sein. Immerhin – Kathies Verehrer kommt.

Sie zog den Riegel zurück, schloß auf und öffnete die Tür.

Er hatte blaß-blaue Augen. Aus der Nähe sah sie's genau. Er stand in einer Pfütze aus Regenwasser. Das braunblonde Haar klatschte am Kopf. Der Anzug war durchnäßt.

Für einen Moment war Locke wie gelähmt.

Sie wollte zurückweichen. Aber schon schlossen sich seine Hände um ihre Kehle. Dicht vor sich sah sie das Allerweltsgesicht.

Er! dachte sie und krallte ihre Hände ins eine Arme. Er also! Der Rote und dieser Wilhelm Hartmann sind ein- und derselbe! Mein Gott! Dann . . . Kathie . . .

Stechender Schmerz raste durch ihren Hals. Sie wollte sich wehren, zerrte an seinen Armen, aber ihre Kraft reichte nicht.

In den Ohren toste das Blut. Verzerrt sah sie sein Gesicht vor sich.

Er . . . er . . . Warum? Er kann doch nicht uns beide umbringen: Mich. Kathie. Wenn . . .

„Wilhelm!" schrie Kathie von der Kellertreppe her. „Bist du wahnsinnig! Das ist meine Freundin Lo . . .", ihre Stimme versagte. Denn in diesem Moment begriff sie, was war. „Nein!" hauchte sie. Aber dann riß Empörung sie vorwärts. Kreischend stürzte sie sich auf den vermeintlichen Freund.

„Laß sie los! Weg! Hör auf! Du Verbrecher! Du bist der Rote! Du . . ."

Mit einem Tritt schleuderte er sie an die Wand. Wimmernd sank Kathie zu Boden. Immerhin hatte ihn das abgelenkt, sein Würgegriff war von Lockes Hals abgeglitten. Sie taumelte zurück, stieß gegen den Schirmständer und tastete hinter sich.

Ein Motor knatterte. Das war draußen auf der Straße und durch den Regen kaum zu hören.

Kathie hustete. Hartmanns Tritt hatte sie auf den Rippen getroffen. Ihr Gesicht war grün. Sie konnte nicht aufstehen.

„Das war noch nicht genug, wie?" stieß er durch die Zähne. „Oder schwört ihr, mich nicht zu verraten? Nein, noch nicht genug. Eure Angst muß euch lähmen. Aber das haben wir gleich."

Er zog die Hand aus der Jackentasche.

Locke blieb fast das Herz stehen, als sie das Rasiermesser sah.

Er kam auf sie zu, Eiseskälte in den Augen.

„Tom!" schrie sie. „Hilfe! Tom!"

Angst und Entsetzen schalteten die Sinne fast aus. Trotzdem hatte sie das vertraute Motorgeräusch gehört.

Hartmanns Schritt stockte.

Locke riß Kathies Regenschirm aus dem Ständer. Mit beiden Händen faßte sie ihn. Der Hieb galt Hartmanns Kopf. Aber der Kerl wich aus und wurde nur an der Schulter getroffen.

Er fluchte und war leider kein bißchen beeindruckt.

„Ich komme", brüllte Tom von der Straße her.

Locke sah, wie sein Motorroller umkippte; denn die Zeit, ihn aufzubocken, nahm sich Tom nicht. Mit Riesensätzen kam er durch den Garten.

Auch Hartmann sah ihn. Er ließ das Rasiermesser fallen, griff unter die Jacke und hatte plötzlich eine Pistole in der Hand. So rannte er hinaus, Tom entgegen, um sich nicht den Rückweg abschneiden zu lassen.

„Bleib stehen!" brüllte er. „Oder ich lege dich um."

Tom sah die Pistole nicht, begriff aber, daß dieser Kerl der Feind war, und hielt auf ihn zu.

Ein Schuß krachte. Vor Toms Füßen schlug die Kugel auf eine Steinplatte des Weges, Steinsplitter spritzten umher. Die Kugel jaulte als Querschläger ins Gelände und Toms Endspurt wurde wie von einer Mauer gebremst.

Hartmann lief nach rechts, umrundete Tom im weiten Bogen und hielt ständig die Pistole im Anschlag.

„Geh ins Haus! Los, ins Haus! Wenn du mir folgst, fängst du dir 'ne Kugel ein."

Tom drehte sich mit, ließ den Kerl nicht aus den Augen, wich dabei langsam zur Haustür zurück.

Über die Schulter fragte er: „Locke, hat er dir was getan? Was ist mit Kathie?"

„Komm rein!" rief sie. „Der schießt sonst nochmal."

Hartmann war jetzt auf der Straße, wandte sich ortswärts und wetzte los, was das Zeug hielt. Augenblicke später war er hinter Regenschleiern verschwunden.

Tom sprang in die Diele, wo sich Kathie eben mit Lockes Hilfe aufgerichtet hatte.

„Zum Teufel! War das der Rote?"

Locke schluckte. Ihr Hals schmerzte noch. Kathies Gesicht verriet Entsetzen und Verwirrung. Außerdem war ihr schlecht.

„Ja, der Rote!" nickte Locke und schüttelte ihre feuchte Mähne. „Wenn's nicht so traurig wäre, könnte ich lachen. Du ahnst nicht, wer er ist, der Rote! Kathies Freund. Ja, der tolle Typ Wilhelm Hartmann."

Sie erzählte rasch, kümmerte sich dann um Kathie, die über Schmerzen unter den Rippen klagte und seelisch an Krücken ging.

Tom fuhr in den Ort, klingelte an zwei Villeneinfahrten vergeblich, entdeckte aber eine Telefonzelle und rief im Polizei-Präsidium an. Ihm wurde versichert, Streifenwagen würden sofort die Gegend um Ober-Plösel absuchen. Und man käme auch zu Kathie Webers Adresse. Er fuhr zurück.

Die drei warteten auf die Polizei, die schließlich eintraf. Die Beamten stellten das Rasiermesser sicher, ließen sich nochmals in allen Einzelheiten berichten und legten Kathie nahe, einen Arzt aufzusuchen.

Wie wenig die Arme von ihrem vermeintlichen Freund wußte, stellte sich jetzt heraus. Sie kannte weder seine Adresse noch die Zulassungsnummer seines Wagens.

„Wahrscheinlich ist auch der Name falsch", meinte einer der Beamten. „Und dann sind wir so schlau wie vorher."

Als die Polizisten weg waren, versagten Kathie die Nerven. Minutenlang heulte sie an Lockes Schulter, während Tom von einem Fuß auf den andern trat und nicht wußte, was er tun sollte.

„Das muß mir passieren!" schniefte Kathie. „Verknallt habe ich mich. Wie der aufgetreten ist! Und jetzt . . . Ein Verbrecher! Der Rote! Ich habe genug. Vorläufig will ich von keinem Jungen was wissen. Wahrscheinlich bleibe ich mißtrauisch bis ans Lebensende."

„Ein gesundes Mißtrauen bewahrt vor Enttäuschungen",

pflichtete Locke bei. „Sieh dir uns an! Bevor mich Tom das erste Mal nach Hause bringen durfte, mußte er mir handgeschriebenen Lebenslauf und polizeiliches Führungszeugnis vorlegen. Auch heute noch überprüfe ich ihn regelmäßig. Das geht, weil Helga – seine Mutter – meine Vertraute ist und natürlich auf meiner Seite steht."

„Gut, daß ich das weiß", grinste Tom.

Immerhin hatte Lockes Rede bewirkt, daß Kathie wieder lächelte.

Und nicht nur sie. Der Regen hatte aufgehört. Innerhalb von Minuten war der Himmel blau, so weit man sehen konnte. Die Sonne, die schon tief stand, lächelte mild und begann, den Horizont zu tünchen, damit das Abendrot rechtzeitig fertig wurde.

7. Der Doppelgänger taucht auf

Viel Geld ging durch seine Hände. Aber es gehörte anderen. Das meiste gehörte dem Chef. Was für ihn – für Guiseppe Carezzo, den Kassierer der Mafia – abfiel, waren Almosen. Jedenfalls empfand er das so. Er hielt das für ungerecht. Er wollte mehr und suchte schon seit langem nach einer Möglichkeit. Aber keine Idee taugte was. Er hatte alle verworfen.

An diesem Samstagabend tafelte Carezzo bei seiner Freundin. Sie hieß Irmgard Möhring und war fünf Jahre älter als er, ein spätes Mädchen und eigentlich nett; aber aus Liebe, was sie seelisch zu einem Klammeräffchen machte, war sie zu Carezzos Mitwisserin geworden.

Irmgard wußte, was er trieb, daß er zur Mafia gehörte, daß er Schutzgeld kassierte von unschuldigen Opfern und – ungeschminkt gesehen – ein Verbrecher war.

Sie litt darunter. Sie versuchte, ihn davon abzubringen, wußte aber, daß ihr das niemals gelingen würde. Trotzdem gab sie ihn nicht auf. Weil sie sich vor der Einsamkeit fürchtete und nicht hoffen konnte, einen neuen Partner zu finden.

Sie saßen jetzt am Tisch. Irmgards Wohnung war klein, aber fein. Carezzo hatte seine Jacke abgelegt. Unter dem weißen Hemd wabbelte allerhand Fett. Aber Irmgard fand ihn stattlich. Nie hätte sie eingestanden, daß er rumlief wie ein Mastschwein. Sie liebte auch seine Schmalzlocken und störte sich nicht an der Narbe auf seiner Wange – jedenfalls nur sehr wenig. Immerhin vermied sie es, ihn auf diese Wange zu küssen. Die andere war ihr lieber.

Sie hatte italienisch gekocht.

Carezzo matschte mit Gabel und Löffel in Teigwaren und Fleischsoße rum.

„Schmeckt es dir, Liebling?"

Er nickte. Zwei Spaghetti hingen ihm aus dem Mund. Sein Blick war nach innen gekehrt, sein gefräßiger Mund noch nicht sehr gesprächig. Redselig wurde er frühstens nach dem dritten Glas Wein.

Für den hatte Irmgard gesorgt. Sie trank den Chianti Classico genau so gern wie er.

„Die Stimmung ist schlecht", sagte er durch einen Knäuel von Spaghetti.

„Was?" fragte sie erschrocken. „Ist was nicht richtig? Was stört dich? Ich gebe mir doch solche Mühe . . ."

„Ich meine doch nicht hier", beruhigte er sie. „Bei dir, meine Madonna, ist es immer friedlich und schön. Ich meine die Stimmung in unserem Verein."

„Ach so." Sie nickte und legte ihm zum zweiten Mal auf.

Nachdenklich betrachtete er sie. Nein, hübsch war sie nicht und schon ziemlich welk. Aber treu und verläßlich. Außerdem mochte er Blondinen – auch wenn sie klein und verhuscht waren. Hm! Wie blond war ihr Haar eigentlich, wenn sie's nicht regelmäßig färbte?

Er leerte sein Glas, füllte sich nach bis zum Rand, trank abermals und fühlte die angenehme Glut.

„Warum ist die Stimmung schlecht?" fragte Irmgard. Sie kannte niemanden aus seinem ‚Verein', wie er den hiesigen Zweig der Mafia nannte. Aber sie wollte Interesse zeigen für alles, was Guiseppe betraf.

„Der Chef wütet. Und wenn Marcello Cordone wütet, dann fliegen die Fetzen. Er kennt kein Erbarmen. Er geht über Leichen. Ich möchte nicht in der Haut des Roten stekken!"

„Des Roten? Meinst du diesen Verbrecher mit der roten Maske?"

Carezzo nickte. „Er pfuscht uns dazwischen."

„Ach?"

„Bisher haben sich unsere Interessen nicht berührt. Wir kassieren die Schutzgelder und machen unsere anderen Geschäfte. Er überfällt Banken, Läden und was-weiß-ich. Aber jetzt . . ." Er schwieg bedeutungsvoll.

„Ja, was ist jetzt?"

„Der Rote wildert in unserem Revier."

Sie verstand nicht, was er meinte.

„Er hat die Unverschämtheit, Geld abzuholen, das uns gehört", erklärte Carezzo. „Verstehst du? Zwei Gourmet-Lokale, die hohe Schutzgelder zahlen, wurden von ihm abgefegt. Bei Franco und bei Carlo war er. Maskiert, versteht sich. Hat behauptet, er wäre der neue Kassierer. Hat das Geld genommen – und für sein persönliches Wohlergehen noch einen großen Schein dazu. Mich gäbe es nicht mehr, hat er behauptet, dieser mißratene Sohn einer Kröte."

„Oh!" Vor Irmgards innerem Auge entstand das Bild eines Bandenkrieges. Wie es in der Unterwelt zuging, wußte sie aus einschlägigen Filmen. Um Gottes willen! Wenn nur Guiseppe nichts passierte. Die andern waren ihr wurscht.

„Er weiß also genau Bescheid, diese Ausgeburt der Hölle", grunzte Carezzo. Er hatte sich den Mund gefüllt mit felsigem Parmesan-Käse.

„Richtig", steuerte Irmgard ihren Scharfsinn bei. „Dich muß er kennen. Und auch die Lokale, wo du . . . eh . . . das Geld einziehst."

„Ich wünsche ihm die Windpocken", knirschte Carezzo. Er hatte auf was Hartes gebissen. „Jedenfalls hat Cordone zur Treibjagd geblasen. Unsere Leute suchen den Roten. Wenn sie ihn erwischen, wird es ihm leid tun, daß er je das Licht der Welt erblickt hat. Vittorio Leonessa ist auf ihn angesetzt."

„Den Namen hast du schon mal erwähnt."

„Er ist so hart wie Cordone, aber noch viel brutaler. Wenn du ihn siehst, kriegst du Angst."

„Du fürchtest dich vor ihm?" fragte sie arglos.

„Ich doch nicht!" brauste er auf. „Ich meine, wenn *du* ihn siehst. Ich fürchte mich vor nichts und niemandem. Nur vor Gallensteinen."

„Entschuldige!" bat sie zittrig.

Er trank noch ein Glas und stellte stirnrunzelnd fest, daß die Flasche fast leer war.

„Du würdest dich fürchten“, sagte er, „weil Vittorio Leonessa aussieht wie der Tod. Sein Schädel ist ein Totenschädel. Ohne Fleisch. Verstehst du? Wie bei einem Skelett. Er hat schwarze Augen, und die liegen so tief in den Höhlen, als wären sie nicht da.“

Sie schauderte. „Ach, Guiseppe!“ seufzte sie dann. „Könntest du doch aussteigen aus deinem Verein. Wir könnten so glücklich und ohne Aufregung leben.“

„Und wovon?“

„Ich arbeite doch und . . .“

„Von deinem lächerlichen Gehalt könnten wir nicht mal den Wein bezahlen. Nein, Madonna mia. Wir brauchen meine Einkünfte. Auch die sind zu gering, aber . . .“ Er stockte, ehe er fortfuhr: „Was ich dir jetzt sage, verschließt du in deinem Herzen wie unsere Liebe! Klar!“

Sie nickte.

„Heute nacht mache ich einen Coup.“

Sie blinzelte. „Was meinst du?“

„Heute ist es soweit. Der Zufall hat mich auf die Idee gebracht. Kennst du den Taifun? Natürlich nicht. Woher auch? Das ist eine Bar. Aber eine besondere. Ich habe gehört, wie es dort zugeht. Und darauf beruht mein Plan. Morgen, Irmgard, gehört das Geld mir.“

„Welches Geld denn?“

Er wies auf seine schwarze Aktentasche. Sie stand neben der Couch und sah nicht aus, als enthalte sie Butterbrote oder eine Thermosflasche mit Kaffee. Sie sah vielmehr wie die Tasche eines Generaldirektors aus, der in ihr Verträge von weltweiter Bedeutung verwahrt. Tatsächlich enthielt sie 128 000 Mark.

Irmgard staunte offenen Mundes, als er ihr das sagte.

„Cordones Geld“, grinste er. „Zum Teil Schutzgelder, von mir kassiert. Zum großen Teil Geld aus unseren anderen Ge-

schäften. Morgen müßte ich's bei ihm abliefern. Aber heute nacht geht es verloren."

„Verloren?"

„Ich lasse es mir klauen."

„Das . . . das ist nicht dein Ernst."

„Sagen wir so: Cordone wird glauben, man hätte es mir gestohlen. Ganz raffiniert werde ich das einfädeln. Dazu brauche ich die Taifun-Bar."

„Aber, Guiseppe! Das ist doch lebensgefährlich!"

Sie ahnte nicht, in welchem Maße das zutraf.

Das Abendessen fand bei den Conradis statt. Mit-Ha, die Köchin, hatte frei. Aber Helga zeigte, daß sie nicht nur als Tierärztin großes Format besitzt. Gunter aß keinen Bissen, ohne entzückt die Augen zu verdrehen. Helga sagte: „Obwohl ich das Goulasch gekocht habe, muß ich sagen: Es könnte besser sein." Worauf Gunter protestierte.

Tom schaufelte in sich hinein, ohne das Mahl zu würdigen. Seine Gedanken waren woanders. Locke aß Fleisch nur gelegentlich und hielt sich mehr an den gesunden Salat.

Natürlich hatte das Pärchen längst berichtet, wie es in Ober-Plösel zugegangen war. Aber allmählich verlor der Schreck seine Wirkung. Und Mike, der zu Hause büffelte, wußte noch gar nichts davon.

Sie waren gerade fertig, als das Telefon klingelte.

Tom nahm ab, murmelte „Jawoll!" und hielt Gunter den Hörer hin. „Für dich. Irgendwer aus der Lokalredaktion."

Der Irgendwer hieß Müller. Ihn hatte das traurige Los getroffen, am Samstagabend arbeiten zu müssen. Jedenfalls hielt Müller Kontakt zur Kripo, um sofort einen Fotoreporter loszujagen, falls der Rote wider Erwarten doch aufgespürt wurde.

„Also, Chef, inzwischen steht fest: Er heißt bestimmt nicht Wilhelm Hartmann."

„Sondern?"

„Das weiß nur er. Will damit sagen, die Kripo fischt im Trüben. Hat alle Wilhelm Hartmanns der Stadt überprüft. Der Gesuchte ist nicht dabei."

„War ja fast zu erwarten."

„Die Fahndung in Ober-Plösel war ein Schlag ins Wasser. Nichts. Weiß der Himmel, wie sich der Kerl verdrückt hat. Aber es ist ihm gelungen."

„Sonst noch was, Müller?"

„O ja! Es muß zwei Rote geben."

„Was?"

„Die Polizei staunt. Ich habe gestaunt. Jetzt sind Sie dran,

Chef. Der Witz ist: Kurz vor 17 Uhr hat der Rote einen Überfall verübt. Auf ein Geschäft im Stadtteil Keppelsdorf. Also auf der andern Seite der Stadt. Um von Ober-Plösel dorthin zu kommen, braucht man . . . na, ich würde sagen: Mit dem Wagen eine Stunde."

Gunter pfiff unter seinem Rauhhaar-Schnurrbart hervor. „Das kann Hartmann nicht gewesen sein. War der Täter maskiert?"

„Maskiert und bewaffnet."

„Was für ein Geschäft?"

„Eine Fachhandlung für Uhren. Schmuck führen sie auch. Aber nichts, wofür man fünfstellig blechen müßte. Heute war dort langer Samstag und bis 16.30 Uhr geöffnet. Der Rote kam kurz nach Ladenschluß. Offenbar kannte er die Örtlichkeit. Er marschierte rein durch die Hintertür und hat einen netten Fischzug gemacht. Zig teure Uhren, Bargeld, etwas Schmuck. Verletzt wurde niemand. Der Geschäftsinhaber und die beiden Verkäuferinnen haben sich gefügt."

„Und der Überfall lief ab, wie es für den Roten typisch ist?"

„Genau so!"

„Müller, ich merke doch. Da ist noch was."

Müller, ein junger Redakteur, lachte. „Stimmt, Chef. Dem Roten ist eine Panne passiert. Er hat was verloren. Eine Verkäuferin sah, wie es ihm aus der Tasche fiel, als er Beute hineinstopfte: ein Streichholz-Briefchen. Eins mit Reklame-Aufdruck. Er preist eine Nachtbar an. Taifun-Bar nennt sie sich."

„Muß neu sein", murmelte Gunter. Er hatte noch nichts gehört von dieser Vergnügungsstätte. Allerdings – Bars gab's in der Stadt wie Sand am Meer. Gunter kannte nur die besten, wo er und Helga bisweilen einen Drink nahmen.

„Das könnte eine heiße Spur sein, Müller."

„Sie ist leider schon kalt."

„Waren Sie dort?"

„Ich nicht, aber die Kripo. Die Bar liegt in der Friedrichs-Straße und hat fast keine Stammgäste. Nur Laufkundschaft.

Schon viele hätten die Streichholz-Briefchen eingesteckt, lautet die Auskunft. An jemanden, der figürlich wie der Rote Nr. 2 aussieht, will sich keiner erinnern. Keiner – das sind die Typen hinter der Theke: ein Italiener und ein Deutscher."

„Ich frage mich: Wer ist der echte Rote und wer der Trittbrettfahrer *(Nachahmer)*?"

„Gefährlich sind sie beide. Vielleicht arbeiten sie zusammen." Müller lachte. „Vielleicht wimmelt es von Roten in der Stadt, und wir denken, es war immer nur einer."

„Bleiben Sie am Ball", sagte Gunter und legte auf.

Helga, Locke und Tom hatten zugehört. Gunter ergänzte, was ihnen entgangen war.

„Kommt das eigentlich häufig vor", fragte Helga, „daß ein Verbrecher Nachahmer findet?"

„Häufiger als man denkt", nickte Gunter. „Der Grund liegt auf der Hand: Eine Methode, die funktioniert, spricht sich rum. In unserem Fall hat der echte Rote für Angst und Schrecken gesorgt. Er ist berüchtigt. Wer also als Roter auftritt, kann damit rechnen, daß die Opfer keinen Widerstand leisten. Damit fährt er ab, der Trittbrettfahrer, der Rote Nr. 2. Natürlich gehört kriminelle Energie dazu. Wird er gefaßt, kann die Patsche sehr tief sein, in der er sitzt. Denn man wird ihm Verbrechen anlasten, die er gar nicht begangen hat. Sondern der andere."

„Was unseren Roten betrifft, gibt es keinen Zweifel", rief Locke. „Es war immer derselbe. Er hat Sabine Habeschaden überfallen, Kathie und mich und ist auch identisch (*personengleich*) mit Carlo Maranos Erpresser."

Tom nickte. „Ob Nr. 1 oder 2 – beide müssen gefaßt werden."

„Was aber nicht eure Aufgabe ist", sagte Helga.

„Natürlich nicht." Aus Lockes Glutaugen schoß ein Blick zu Tom hinüber – sozusagen mit Lichtgeschwindigkeit. „Wir haben was Besseres vor. Wir gehen ins Kino."

„Aha", nickte Gunter. „Und wann?"

„Heute. Der Film läuft nur noch heute. Die Hauptvorstellung verpassen wir leider. Aber die Spätvorstellung schaffen wir noch. Vorher gehen wir ein Eis essen. Nett, daß ich noch Ausgang habe, Papi."

„Bis jetzt habe ich das mit keiner Silbe erlaubt."

Lockes Lächeln war die Lieblichkeit selbst. Ehe sich Gunter versah, saß sie auf seinem Knie.

„Aber ich weiß, daß du's erlaubst, Papilein", flötete sie – und kraulte ihn mit Katzenpfoten unterm Kinn. „Nicht wahr? Wer solchen Schrecken überwunden hat wie ich, der muß sich jetzt ablenken."

„Soso, muß du das, du Schlange. Dann geht, in drei Teufels Namen, ins Kino. Tom, paß auf sie auf!"

8. Carezzo läßt sich berauben

Irmgards Abendessen hatte ihn müde gemacht. Aber Carezzo trank unterwegs drei Espresso und war wieder munter.

Er fuhr zum Hauptbahnhof.

Der Abend war lau. Im Bahnhofsviertel trieb sich allerlei Volk herum.

Carezzo hielt auf dem Parkplatz und überzeugte sich, daß er nicht beobachtet wurde. Er öffnete die Aktentasche, nahm 122 000 Mark heraus und schichtete die Geldbündel in einen Karton, den er dann verschnürte. 6 000 Mark blieben in der Aktentasche.

Er ließ sie im Kofferraum. Mit dem Karton ging er ins Bahnhofsgebäude – und dort zu den Schließfächern. Er achtete auf bekannte Gesichter. Aber eine Begegnung war unwahrscheinlich, die Stadt für solche Zufälle einfach zu groß.

Schließfach 409 nahm den Geldkarton auf. Er fütterte das Zählschloß mit Münzen. In der Toilette klebte er sich den Schlüssel mit einem Heftpflaster an die linke Wade.

Jetzt kam es auf andere Gauner an. Er kannte sie nicht, hatte nur von ihnen gehört – unter der Hand, in Ganovenkreisen. Er wußte, daß Ernesto Grottole in der Taifun-Bar hinter der Theke den Mixbecher schwang. Ein gewisser Sigi Burkart kellnerte. Offenbar waren das ausgebuffte Typen.

Klappt es nicht, dachte er, kann ich immer noch den Rückzug antreten. Aber warum sollten sie ausgerechnet mich verschonen? Die dicke Brieftasche – bei mir riecht man die förmlich!

Er ging zum Wagen zurück. Samtiger Nachthimmel spannte sich über die Stadt. Ungezählte Sterne blinkten. Aber dafür hatte Carezzo keinen Blick.

Er fuhr zur Friedrichs-Straße, wo um diese Zeit tote Hose war. Unschöne Bauten reihten sich aneinander in Richtung Industrie-Viertel. Ein naher Fabrikschlot stieß weiße Wolken aus. Schräg hinter dem Schornstein, aber Kilometer entfernt, setzte ein Jumbo-Jet zum Landen an.

Carezzo parkte an einer kahlen Fabrikmauer. Niemand war in der Nähe, die Gasse still. Er zog seine Krawatte zurecht, nahm die Aktentasche und ging zur Friedrichs-Straße zurück.

Es gab mehrere Kneipen in diesem Viertel. Stammgäste waren selten. Und wer nicht wiederkam, den konnte man ausnehmen.

Zwei jedenfalls sagten sich das: Ernesto Grottole und Sigi Burkart. Ihr Trick war einfach, wie Carezzo gehört hatte: Sie servierten Betäubungstropfen. Selbstverständlich nicht pur *(rein)*, sondern als unerwünschte Zugabe im Cocktail (Mixgetränk). Der Bewußtlose wurde dann ausgeraubt und wachte irgendwo am Straßenrand auf.

Hoffentlich kann man sich darauf verlassen! dachte Carezzo.

Die Taifun-Bar sah von außen nach nichts aus, jedenfalls nicht so wild wie ein Taifun: ein unscheinbares Nachtlokal im fünften oder sechsten Gebäude der östlichen Häuserzeile. Ringsum waren die meisten Fenster dunkel.

Als Carezzo eintrat, saß nur ein grellgeschminktes Mädchen an der Theke. Sie wedelte gleich mit den angeklebten Wimpern und versuchte, ihn anzumachen. Aber er mimte den müden Handelsvertreter, der nichts von Damengesellschaft wissen will, sondern ausschließlich nach Schnaps lechzt.

„Dann eben nicht", maulte sie. „Von einem wie dir lasse ich mich ohnehin nicht einladen."

Carezzo grinste, stellte sich in die Kurve der Bar und seine Aktentasche zwischen die Füße.

„Bestell dir einen Drink", meinte er.

Die Schöne trank zwei, dann wurde sie von Sigi Burkart an die frische Luft gesetzt.

Er war ein athletischer Bursche mit blond gefärbtem Haar,

Ernesto, der Barkeeper, eine flinke Ratte mit schiefen Zähnen und ständigem Grinsen.

„Solche Miezen sehen wir nicht gerne", meinte Sigi, als er zurückkam. Er streifte eine Hand an der andern ab.

„Nicht mal an einem toten Tag wie heute", grinste Ernesto Grottole. „Heute, mein Herr", er sah Carezzo an, „ist nämlich wirklich nichts los. Ich sage das nur, damit Sie nicht denken, hier läuft eine Party. Sonst haben wir den Laden voll. Aber manchmal bleiben eben alle netten Leute zu Hause. Außen Ihnen, natürlich."

„Bin froh, wenn's mal ruhig zugeht", sagte Carezzo und bestellte noch einen Whisky.

Ohne Hast begann er, sich zu betrinken. Das gehörte dazu.

Natürlich hatten die beiden seine 2000-Mark-Uhr bemerkt. Und die goldenen Manschettenknöpfe. Und die Aktentasche, die er mit beiden Beinen bewachte.

Zwei, drei Gäste kamen noch, einzeln, blieben aber nicht lange. Ein Bier, zisch und raus! Hier hatte man nichts verloren.

Carezzo erhöhte seine Zeche. Er vertrug eine Menge – vor allem dann, wenn er vorher gut gegessen hatte. Die gute Irmgard mit ihrer Betulichkeit. Ein richtiges deutsches Hausmütterchen. Aber solange sich nichts Besseres bot . . .

Er würfelte mit Grottole, dem Rattentyp. Grottole sagte, er komme aus der Gegend von Pisa. Carezzo erzählte Unverfängliches von sich. Sigi hatte nichts zu tun, las Zeitung und wischte dann die Tischplatten ab. Etwa 20 kleine Tische verloren sich in der Tiefe des Raumes. Der Hintergrund war dunkel. Nur über der Bar funzelte Licht.

„Darf ich Sie zu meinem Spezial-Cocktail einladen?" fragte Grottole. „Der fegt los wie ein Taifun und wird Ihnen schmecken."

„Sehr . . . gern . . .", Carezzo lallte bereits, und das war nicht gespielt.

Na, also! dachte er, während er das süße Gesöff trank.

Kurz darauf wurde ihm schwarz vor Augen.

Er sackte zu Boden.

Sie waren eingespielt aufeinander. Sigi Burkart flitzte zur Tür, schloß ab und kam händereibend zurück.

„Der bringt was!" freute sich Grottole. Jetzt grinste er nicht mehr.

„Hast du keine Gewissensbisse, einen Landsmann auszunehmen?" witzelte Sigi, der Blonde.

„Wie kommst du auf die Idee? Ich will dir was sagen, Sigi. Italiener sind auch nicht besser als Deutsche, jedenfalls nicht viel."

Zusammen schleiften sie Carezzo ins Hinterzimmer.

Als Sigi nach der Aktentasche griff, wurde an den Eingang gehämmert. Dreimal bebte die Tür. Pause. Zwei Schläge folgten. Wieder Pause. Drei Schläge beendeten das Signal.

„Der Chef", sagte Grottole. „Der kommt, weil er wissen will, was vorhin mit der Kripo war."

„Kannst nichts sagen. Er war lange nicht hier."

Sigi lief nach vorn und ließ drei Männer ein: Marcello Cordone, den Chef der hiesigen Mafia; Vittoria Leonessa, der gefürchtet wurde wie sonst keiner, und Enrico Palena, Cordones Leibwächter.

Cordone sah aus wie ein römischer Filmstar: groß, dunkel. Aber die Kälte in seinen Augen konnte einen Kühlschrank ersetzen. Palena war dürr wie ein abgenagter Knochen und hatte das gemeinste Gesicht in der Stadt. Vor Leonessa hätte sich Irmgard Möhring gefürchtet, darin war Carezzo nicht fehlgegangen. Wer diesem Typ nachts auf dem Friedhof begegnete, mußte glauben, er sei aus dem Grab gestiegen. Freilich – skelettartig war nur sein Schädel, die Figur eher stabil, bei mittlerer Größe.

„Was ist hier los?" fuhr Cordone den Kellner an. „Wieso habt ihr geschlossen? Ihr sollt Geld machen, verdammt!"

„Das machen wir ja." Sigi lächelte. „Eben haben wir einen

flachgelegt. Mit Ernestos Taifun-Spezial. Gerade wollten wir nachsehen, wieviel der Typ in der Tasche hat.“

Sie gingen ins Hinterzimmer.

Cordone starrte den Bewußtlosen an.

Palena gestattete sich ein schiefes Grinsen.

Leonessa beleckte lange, gelbe Zähne.

„Seid ihr wahnsinnig!“ brüllte Cordone. „Das ist einer meiner Leute. Mein Kassierer. Der . . . Zum Teufel mit ihm! Er hat die Tasche bei sich. Und läßt sich so reinlegen.“

Leonessas Stimme war heiser. „Vielleicht braucht er einen Denkzettel, Chef."

Palena nickte. Er stieß Carezzo mit der Fußspitze an, die ziemlich tief in dessen Rippenspeck tauchte. Palena mochte den Kassierer nicht.

„Keine schlechte Idee!" lobte Cordone. „Einen Denkzettel! Ja! Nehmt das Geld raus!"

Grottole, der Rattentyp, räumte die Aktentasche leer.

„Hm. Viel ist das nicht, Chef. Etwa 6 000 Mark. Irre ich mich, oder müßte der nicht gestern und heute 'ne Menge Geld eingesammelt haben?"

Cordones Schönling-Gesicht wurde starr. „Seine Brieftasche!" Er schnippte mit den Fingern.

Sigi gab sie ihm. Cordone blätterte in Carezzos schmalem Notizbuch. Es enthielt Zahlen, die nur er verstand.

„Es müßten über 120 000 Mark sein, diese Woche. Durchsucht ihn!"

Grottole und Sigi machten das. Sie fanden den Schließfachschlüssel.

Cordone betrachtete ihn lange. Dann ließ er ihn in Palenas Hand fallen.

„Sieh dich um, Enrico! Fang beim Hauptbahnhof an. Dort in der Nähe wohnt er. Und wie ich ihn kenne . . ."

Palena nickte und zog ab. Leonessa zeigte wieder seine langen, gelben Zähne.

Den beiden Taifun-Bar-Typen kroch es kalt über den Rükken. Sie kapierten, daß sich schwarze Wolken über dem Bewußtlosen zusammenzogen.

Cordone deutete auf ihn. „Er darf vorläufig nicht aufwachen. Flößt ihm was ein."

Sigi besorgte das mit einer Spritze. Auch auf solche Gelegenheiten war er vorbereitet.

„Wie ich feststelle", sagte Cordone, „schadet es nichts, wenn sich in unserem Verein nicht alle kennen. Auf diese Weise kommen Dinge ans Licht, die sonst begraben blieben.

Ihr kanntet Carezzo nicht. Er hat von euch keine Ahnung, weiß zumindest nicht, daß mir die Taifun-Bar gehört und ihr für mich arbeitet. Aber er scheint zu wissen, wie ihr mit K.O.-Tropfen umgeht. Seid in Zukunft noch vorsichtiger. Sonst haben wir die Bullen auf dem Hals." Er wandte sich an den blonden Sigi. „Du hast mich vorhin angerufen, weil die Kripo hier war. Es ging um den Roten?"

Der Kellner nickte. „Der Dreckskerl hat heute wieder einen Coup gelandet, aber dabei 'ne Spur gelegt. Am Tatort, einem Uhrenfachgeschäft in Keppelsdorf, hat er eins unserer Streichholzbriefchen verloren."

Cordones Augen wurden schmal. „Dann ist er mindestens einmal hier gewesen."

„Oh, Chef", stöhnte Sigi, „Tausende waren hier. Und die wenigsten kommen wieder. Wir konnten der Kripo nicht helfen."

Cordone lutschte an der Oberlippe, auf der ein strichdünner Schnurrbart wuchs.

„Trotzdem. Vielleicht kommt er wieder. 10 000 Mark Prämie dem, der diesen Hund findet. Wie haben ihn die Bullen beschrieben?"

„Die wußten nur, was die Überfallenen aussagen. Das Übliche: mittelgroßer, kräftiger Typ, rote Strumpfmaske, Pistole, heisere Stimme. Die Kleidung wechselt. Wir werden auf jeden Gast achten, der 'ne heisere Stimme hat."

Leonessa grinste mit fleischlosen Lippen. „Ein ziemlich dürftiger Hinweis. Heiser sind viele. Ich bin heiser. Enrico hat 'ne rauhe Stimme. Die Stadt ist voll von strapazierten Stimmbändern und Typen mit Raucherhusten. Um den Roten zu erwischen, müssen wir anders vorgehen. Ich baue darauf, daß er nochmal versuchen wird, unsere Schutzgelder abzuharken. Dann kaufe ich ihn mir, den Teufel."

„Falls du nicht abermals zu spät kommst", sagte Cordone.

Leonessa schwieg. Was er dachte, war ihm nicht anzusehen.

Kurze Zeit später kam Palena mit dem geldgefüllten Karton zurück.

Alle starrten auf die Geldbündel.

„Ich bin fair", sagte Cordone. „Will Carezzo nur vorsichtig sein, oder will er mich betrügen? Daß ihr", gemeint waren Sigi und Grottole, „zu uns gehört, weiß er nicht. Aber er könnte wissen, wie ich schon sagte, was ihr mit euren K.O.-Tropfen treibt. Vielleicht denkt er, daß es seinen Kopf nicht kostet, wenn das Geld weg ist, daß es euch aber an den Kragen geht. Denn wem würde ich wohl glauben, wenn ihr nicht auch meine Leute wärt?"

„Wie wäre es, du spielst Katze und Maus mit ihm", schlug Leonessa vor. „Er ist im Zugzwang. Morgen sehen wir, was er tut."

Cordone nickte. „Klebt ihm den Schlüssel wieder ans Bein, nehmt sein Geld und werft ihn dann irgendwo in die Gosse."

★

Sie rollerten nebeneinander. Die Straßen waren leer. Laternen kleckten gelbes Licht in die Sommernacht; und es wäre dem Pärchen nicht im Traum eingefallen, sich in ein Kino zu hocken.

Locke hatte keine Gewissensbisse wegen der Notlüge, meinte sogar, Gunter und auch Helga hätten sie durchschaut, aber keine Einwände gemacht, wohlwissend, daß es ohnehin zwecklos war. Abenteuerlust, wie sie in den beiden schäumt, läßt sich nun mal nicht eindämmen.

„Mein Papi versteht mich", sagte Locke. „Er ist ja genauso. Wäre ich ein Junge, würde er sämtliche Augen, einschließlich der Hühneraugen, zudrücken. Bei Mike war es so. Aber einem Mädchen gebührt eben – nur weil es ein Mädchen ist – besondere Obhut. Das meint alle Welt. Und davon kann sich auch Papi nicht freimachen – noch dazu als alleinerziehender Vater."

Tom verscheuchte Mücken, die vor seiner Nase tanzten.

„Mußt aber zugeben: Als Mädchen bist du stärker gefährdet."

„Wie meinst du das? Sittlich?"

„Nein. Ganz allgemein. Du kannst nicht so um dich hauen, wenn dir einer zu nahe kommt."

„Deshalb nehme ich ja dich mit."

„Ach so. Der Leibwächter bin ich. Und ich bildete mir ein, du würdest die Stunden zählen, die ich fern von dir weile."

Sie lächelte. „Zählst du denn die Stunden?"

„Die Stunden? Die Minuten!" Sein Ton blieb spaßig, obwohl die Behauptung der Wahrheit entsprach. „Aber ich werde weniger unter Sehnsucht leiden, wenn wir erstmal unter einem Dach leben."

„Himmel, hilf! Ist das ein Heiratsantrag?"

„Nö, noch nicht! Ein bißchen müssen wir noch warten. Ich meine nur, wenn unsere Elternteile irgendwann mal heiraten, werden wir doch alle zusammenziehen."

„Das gibt was! Die Tierärztin mit der Riesenpraxis und den vielen Notfällen, der Journalist, der Tag und Nacht unterwegs ist, der Fußball-Libero, der die Übersicht über seine Freundinnen verliert, sowie Nicki, Mausi und wir."

„Vergiß Mit-Ha nicht. Sie wird für uns kochen."

„Wir brauchen dann mindestens vier Telefone und drei Bäder."

„Drei Bäder?"

„Eins für Helga, eins für mich und eins für euch Männer."

„Aha! Langsam, Schatz! Wir müssen abbiegen."

Sie kannten die Friedrichs-Straße nicht. Aber Tom hatte auf dem Stadtplan nachgesehen. Ihr Ziel war die Taifun-Bar.

Neugier trieb sie dorthin. Sie hingen drin in dem Fall. Jedenfalls sahen sie das so. ‚Ihr' Roter konnte es nicht sein, der das Streichholzbriefchen verloren hatte. Doch vielleicht war der andere ein Komplice von ‚ihrem', der sich Hartmann nannte, aber garantiert anders hieß.

Die Taifun-Bar war zur Zeit die einzige Anlaufstelle. Daß dort die Kripo nichts fand, war kein Grund, nicht selbst die Nase hineinzustecken.

Sie rollerten jetzt durch ein Stadtviertel, in dem Locke – soweit sie sich entsann – noch nie gewesen war. Tom übernahm die Führung, hielt aber an jeder Ecke, um im Sternen- oder Laternenlicht das Straßenschild zu entziffern.

„Hier beginnt die Friedrichs-Straße", meinte er schließlich. „Das da hinten könnte die Kneipe sein. -aifun, lese ich, Dem T ist der Saft ausgegangen. Wenn schon Leuchtreklame über der Tür, dann richtig. Ich wette, das T ist nicht erst seit gestern kaputt."

„Huch, wie anheimelnd. Ob's hier Ratten gibt?"

„Zwei- oder vierbeinige?"

„Ich meine Nager, nicht Gelichter. Häßliche Häuser, was?"

„Kannst sicher sein, daß da keine Wohnung vier Telefone und drei Bäder hat."

„Tja, wenn man das sieht, kommt man sich direkt anmaßend vor. Ab sofort werde ich bescheidener. Du darfst dir, wenn wir unter einem Dach wohnen, in meinem Bad die Zähne putzen."

„Zähne putze ich mir nie."

„Versuch du nochmal, mich zu küssen!"

„Gern!" lachte er. „Gleich?"

„Engelbert Conradi! Wir sind doch hier, um uns in dem tropischen Wirbelsturm umzusehen. Oder?"

Sie rollerten die Straße entlang. Einige Wagen parkten am Bordstein. Vor der Bar stand ein amerikanischer Straßenkreuzer, gewaltig und aufgeblasen. Sein Chrom glänzte wie Christbaumschmuck.

Sie hielten und stellten ihre Roller säuberlich hintereinander.

Locke trug einen bunten, fast knöchellangen Rock und sah hinreißend aus mit ihrem Strohhut. Es war einer mit grünem

Band. Der vom Nachmittag hatte den Regen nicht überstanden.

Toms hellblauer Jeans-Anzug hatte fast keine Flecken, und seine Turnschuhe waren nicht schiefer gelatscht als das bei starken Typen seines Alters üblich ist.

Für die Taifun-Bar war das allemal die richtige Garderobe – fast zu schick.

An der Tür erlebten sie eine Enttäuschung. Geschlossen.

„Und das am Samstag!" Locke rückte ihren Hut gerade.

„Ist doch unmöglich. Außerdem höre ich Stimmen."

Tatsächlich. Und die Stimmen näherten sich. Was sie redeten, war nicht zu verstehen. Jetzt knackte ein Schlüssel im Schloß. Die Tür wurde geöffnet, und der erste von drei Männern trat heraus.

Ein Italiener! dachte Locke. Aber keiner von den Hübschen. Igitt! Hat der ein Gesicht!

Doch es kam noch schlimmer.

Hinter dem ersten schob sich ein Totenschädel ins Freie.

Beide Männer streiften das Pärchen mit einem Blick und gingen zum Wagen, dem Straßenkreuzer.

Der dritte, der folgte, sah auf talmihafte Weise gut aus: ein großer, dunkler Italiener. Er lächelte Locke zu. Er trug ein schwarzes Hemd mit weißem Schal zum hellen Jackett.

Tom sah noch, wie die drei in den Wagen stiegen, dann wandte er sich zur Tür. Aber ein blonder Kerl – mit weißem Hemd und Kellnerweste – verwehrte den Zutritt.

„Was wollt ihr denn?" fragte er durch die Zähne.

„Na, was wohl?" meinte Tom. „Ist das 'ne Bar oder ein Privatclub?"

„Wir haben jetzt geschlossen."

„Wie schade!" rief Locke. „Und ich habe solchen Durst auf Champagner."

Der Blonde hatte seine Stimme geölt. „Vielleicht beim nächsten Mal. Dann sind Sie mir herzlich willkommen, schönes Fräulein."

TAIFUN BAR

Blödmann! dachte Tom.

Der Blonde lächelte noch, als sich aus dem Hintergrund der Bar eine Quäkstimme meldete.

„Was ist, Sigi? Soll ich den Kerl vielleicht alleine rausschleifen?"

Sigi zuckte zusammen. „Halt's Maul! Ich komm ja schon."

Er trat zurück und riß die Tür zu.

Der Straßenkreuzer löste sich vom Bordstein und fuhr ab.

Locke und Tom sahen sich an.

„Rausschleifen?" flüsterte Locke. „Was heißt das? Haben sie einen Betrunkenen, den sie loswerden wollen?"

„Weiß nicht." Auch Tom flüsterte. „Ist dir's aufgefallen? Der Blonde reagierte, als hätte er eins mit der Peitsche gekriegt."

Locke legte Zeige- und Mittelfinger in die Mundwinkel und zog die Lippen auseinander. „Die drei eben. Zu elegant für Gastarbeiter. Zu protzig für Touristen. Der Wagen hat ein hiesiges Kennzeichen. Weißt du was, Tom: So stelle ich mir Mitglieder der Mafia vor."

„Mafiosi. Ich habe das gleiche gedacht."

„Wäre irre! Wir forschen nach dem Roten und stoßen auf Mafiosi. Aber ich spinne. Das sind Wunschträume. Bleiben wir mal mit den Füßen auf dem Boden. Was machen wir jetzt?"

„Wen wollen sie rausschleifen? Warum? Und wohin? Verziehen wir uns ein Stück. Ich glaube, wir kriegen noch was zu sehen."

Sie stiegen auf ihre Roller, fuhren bis zur nächsten Ecke, bogen in eine dunkle Gasse und hielten.

Vor ihnen parkte ein Wagen. Aber den beachteten sie nicht. Tom lugte um die Hausecke. Vor der Taifun-Bar rührte sich nichts.

„Wenn da was Übles abrollt, Liebling, werden sie ihren Kerl nicht durch den Haupteingang rausschleifen. Zur Zeit flaniert *(bummelt)* zwar niemand. Aber es könnte wer kommen. Die Bar hat doch sicherlich einen Hinterausgang. Vielleicht sehen wir dort mehr."

Jenseits der Friedrichs-Straße setzte sich die Gasse fort. Das Pärchen fuhr bis zur Parallel-Straße, die hinter der Taifun-Bar verlief: ein dunkler Schlauch, den auf einer Seite die Rückfronten einengten, auf der andern die Mauern eines Industrie-Betriebes.

Das Taifun-Bar-Gebäude verfügte über einen Hinterhof. Dort wurde in diesem Moment ein altersschwacher Motor gestartet. Scheinwerfer blendeten auf. Das Fahrzeug setzte sich in Bewegung. Es klapperte, ratterte, töste und zeigte ihnen dann die Rücklichter. Das linke war kaputt.

„Ein Pritschenwagen", sagte Tom. „So alt wie Methusalem *(sehr alter Mann)*. Der hängt uns nicht ab."

Sie folgten ihm. Der Pritschenwagen kroch. Er konnte nicht schneller und fuhr auch nicht weit. Nach fünf Minuten hielt er an einer Großbaustelle am Rande des Industriegeländes, wo es jetzt zuging wie in der Silvesternacht am Nordpol. Es war absolut nichts los.

Die Scheinwerfer erloschen.

Locke und Tom waren hinter eine Baubude gerollert und hatten Lampen und Motore ausgeschaltet. Sie peilten zum Pritschenwagen. Die Entfernung betrug mehr als 100 Meter. Aber die Nacht war klar, der Mond ließ sich nicht lumpen, und auch die Sterne bemühten sich.

„Es sind zwei", sagte Locke.

Sie lehnte sich an Tom. Er hatte beide Arme um sie geschlungen.

„Der Blonde leuchtet, als hätte er Phosphor im Haar."

„Wer weiß." Sie kicherte, aber nur ganz leise. Denn der Nachtwind wehte mal hierhin, mal dorthin. Und er trug die Geräusche mit.

Sie sahen, wie die beiden Männer die Heckklappe der Ladepritsche öffneten. Sie zerrten was Dunkles herunter, schleppten es ein Stück und ließen es neben einem Zementmischer fallen.

Die Heckklappe wurde geschlossen. Beide stiegen ein. Der Pritschenwagen wendete und rumpelte zurück.

Locke zitterte. „Wenn . . . das ein Mensch ist, den sie da abgeladen haben, Tom, dann . . . dann könnte er tot sein."

„Hm. Bleib mal hier. Ich sehe nach."

Er rannte los, stolperte über einen Eimer, fluchte halblaut und sah, als er den Zementmischer fast erreicht hatte, daß dort tatsächlich jemand lag.

Den also hatten sie rausgeschleift. Das war der ‚Kerl'.

Er beugte sich über die reglose Gestalt. Der Mann lag auf dem Rücken. War er tot? Nein! Er atmete.

Toms Augen hatten sich an das Mondlicht gewöhnt. Verblüfft starrte er auf das feiste Gesicht.

Zum Henker! Das war doch . . .

Er richtete sich auf. „Locke! Kannst kommen . . ."

Als sie neben ihm war, sagte er: „Erkennst du den Typ? Das ist der, den wir im Trastevere gesehen haben. Der Kassierer der Mafia. Carezzo heißt er, hat Kathie gesagt."

„Tatsächlich! Du, er regt sich."

„Ob er sich an uns erinnert? Egal! Wir haben ihn zufällig gefunden!"

„Ich möchte wissen, Tom, was das zu bedeuten hat. Er gehört zur Mafia. Und die drei Typen aus dem Straßenkreuzer . . . Vielleicht ist unsere Vermutung gar nicht so falsch. Aber warum bringen sie ihren Kumpel nicht nach Hause, wenn er sich sinnlos betrinkt? Ihn hier abzuladen, ist doch irgendwie roh."

„Pst!"

Carezzo sog stöhnend die Luft ein. Sein Kopf rollte auf den Schultern. Sie sahen, wie er die Augen öffnete. Er roch nach

Schnaps. Blöde starrte er zum Nachthimmel.

Tom beugte sich vor. „Können wir Ihnen helfen? Wir sind über Sie gestolpert. Hier können Sie nicht liegen bleiben."

Carezzo schob die Zunge aus dem Mund. Langsam richtete er sich auf.

„Wo . . . wo . . . Ach so! Ja, wo bin ich hier?"

„Auf einer Baustelle beim Industriegelände."

„Ah, ja! Erinnere mich. Habe einen Spaziergang gemacht und . . . bin wohl umgekippt, wie? Mein . . . Wagen steht in der Nähe der Friedrichs-Straße. Ist es weit bis dorthin?"

„Nö", sagte Locke. „Zweimal umfallen – und Sie sind da."

Carezzo stellte sich auf die Füße. Sein Stirnrunzeln war sogar im Mondlicht zu erkennen.

„Heh! Kenne ich euch nicht?" Er glotzte Tom an. „Du bist doch der mit dem Köter?"

„Köter? Sehen Sie hier vielleicht einen Köter?"

„Jetzt weiß ich's!" Die Erinnerung machte Carezzo munter. „Im Trastevere hast du deinen Köter auf mich gehetzt."

Auch Toms Stirn bezog sich mit Runzeln.

„Erstens, Sie Freiluftpenner, ist mein Hund ein Klasse-Wauwi und kein Köter. Zweitens habe ich ihn nicht auf Sie gehetzt. Er verfügt nämlich über Menschenkenntnis, und Sie wurden unter ferner-liefen eingestuft. Was die Sympathie betrifft."

„Trotzdem Mistköter!"

„Wenn Sie's noch einmal sagen, wird Sie hier, an diesem Fleck, die Morgenröte wachküssen. Daß Sie solange pennen, mindestens, dafür sorge ich."

Carezzo – damit beschäftigt, den Staub von seinem Anzug zu klopfen – wollte abermals schimpfen, besann sich aber und zerbiß nur ein paar italienische Flüche zwischen den Backenzähnen.

„Dort geht's zur Friedrichs-Straße", meinte Tom hilfreich und wies in die Richtung.

Dann nahm er Lockes Hand, und beide gingen zu den Rollern zurück.

9. Der Henker wartet zehn Tage

Irgendwie fand Carezzo die Friedrichs-Straße. Das Betäubungsmittel kreiste noch in seinem Blut. Er hatte Beine wie Blei und einen Kopf wie 'ne Eckkneipe. Nur von Ferne sandte er einen Blick zur Taifun-Bar.

Die Lichtreklame war erloschen. Offenbar glaubten Sigi und Grottole, sie hätten heute *den Reibach* gemacht. 6 000 Mark . . . Na, schön . . . Für die war das wohl was. Für ihn nur ein Trinkgeld. Er dachte an das Geld im Schließfach. Daß ihm der Schlüssel noch an der Wade klebte, davon hatte er sich überzeugt.

Er schleppte sich zu seinem Wagen und fuhr ins Zentrum zurück. Den Hauptbahnhof mied er. Das hatte Zeit.

Zuhause schlief er einige Stunden. Als der Sonntagmorgen wolkengraues Licht über die Stadt goß, stellte er sich minutenlang unter die Dusche.

Unentwegt mußte er an das Geld denken. 122 000! Endlich mal ein lohnendes Geschäft. Er trank seinen Espresso. Plötzlich zogen vor seinem inneren Auge die Gesichter der Komplicen vorbei: Cordone, Palena, Leonessa . . .

Ihm schauderte. Wenn die Verdacht schöpften, konnte er sich einsargen lassen. Aber, nein, das war unmöglich. Cordone würde Palena und Leonessa in die Taifun-Bar schicken. Sigi und Grottole würden auf Knien versichern, daß die Aktentasche nicht 128 000, sondern nur 6 000 enthalten hatte. Aber wer würde das glauben?

Er grinste. Noch einen Espresso mit viel Zucker. Vor dem Spiegel probte er eine zerknirschte Miene. Dann fuhr er zu Cordone.

Der Mafia-Boss hatte sich als Makler getarnt und in der Innenstadt eine Villa gemietet, wo er hauste und wo auch sein Büro war.

Carezzo hoffte, ihn allein anzutreffen. Aber Palena öffnete, nachdem er geläutet hatte.

„Buon giorno *(Guten Morgen)*, Enrico", grüßte er den Leibwächter.

Palena nickte, wedelte mit dem Sandwich, an dem er kaute, und verzog keine Miene.

Auch Leonessa war da. Er stand in der geräumigen Diele, die sich Cordone als Hausbar eingerichtet hatte, grinste mit langen Zähnen und sah aus, als hätte er zum Frühstück Kinder verspeist.

„Der Chef ist schon auf, ja?"

Leonessa deutete mit dem Daumen über die Schulter. Carezzo klopfte an die nächste Tür, hörte eine Stimme und trat ein. Seine Haltung drückte Niedergeschlagenheit aus.

Cordone saß am Schreibtisch. Rasierwasserduft füllte den Raum. Ein Radio brabbelte leise. Nur mit einem Auge blickte der Chef auf. Das andere war auf Zahlenkolonnen gerichtet.

„Setz dich, Guiseppe. Moment, wir können gleich abrechnen." Dann schien er die Veränderung zu bemerken und hob den Kopf. „Wo hast du die Tasche?"

„Chef, es . . . ich . . . ich habe sie nicht mehr."

Cordone lehnte sich zurück. „Was heißt das?"

Carezzos Herz dröhnte wie ein Hammer gegen die Rippen. In diesem Moment hätte er gern alles ungeschehen gemacht. Plötzlich wurde ihm klar, wie feige er war. Seinen Verein, die Mafia, zu bestehlen – das erforderte eiserne Nerven. Seine waren wie Spaghetti – immer schon gewesen. Und unter Cordones Blick trocknete sein Mund aus.

„Ich . . . habe . . . wurde . . . Chef, es ist schrecklich! Man hat mich beraubt. Letzte Nacht hat man mich . . . fertiggemacht."

Cordone strich mit dem Daumennagel über seinen Schnurrbart. „Willst du damit sagen, man hat dir das Geld abgenommen?"

Carezzo nickte. Er schwitzte auf der Oberlippe und unter den Achseln.

Die Stille war so vollkommen wie unter einem Galgen um

Mitternacht. Unerbittlichkeit stand in Cordones Augen. Sein Blick richtete sich zur Tür.

„Enrico! Vittorio! Kommt doch mal rein."

Carezzo spürte, wie sie hinter ihm eintraten. Er stand da wie ein Angeklagter vor Gericht. Nein! dachte er. Ich bin nicht der Angeklagte. Ich bin das Opfer. Anzuklagen sind diese verfluchten Burschen mit ihren Betäubungstropfen.

„Guiseppe hat sich 128 000 Mark abnehmen lassen", sagte Cordone. „Soviel ist es doch, Guiseppe, wenn ich überschlage. Nun erzähl mal."

„Es . . . ist nicht meine Schuld, Chef. Wer rechnet denn mit sowas. Ich wollte ja nur einen Drink nehmen. Nicht eine Sekunde habe ich die Tasche aus den Augen gelassen." Er sprach rasch. Schweiß lief jetzt in Strömen. Sein Blick irrte zum Fenster. In dem winzigen Garten auf der Rückseite tschilpten Sperlinge. „In . . . in der Bar haben sie mich mit einem Betäubungsmittel flachgelegt. Sonst, Chef, hätte ich das Geld mit meinem Leben verteidigt."

„Welche Bar?"

„Taifun-Bar, nennt sie sich. In der Friedrichs-Straße. Das ist bei . . . Jedenfalls finde ich sie wieder. Der Keeper hat mich zu 'nem Cocktail eingeladen. Kaum hatte ich den weg, wurde mir schwarz vor Augen. Im Freien bin ich aufgewacht. Die Brieftasche haben sie mir gelassen, die beiden. Es war nämlich noch einer in der Bar. So ein blonder Typ. Ein Deutscher. Ich bin dann zurück. Aber bei der Spelunke war es dunkel, alles verrammelt, niemand war mehr da. Ich stelle mir vor, wie überrascht die waren, als sie die Tasche aufmachten. Diese Summe! Bestimmt sind sie abgehauen."

Palena, links hinter Carezzo, prustete. Carezzo zuckte zusammen, drehte sich aber nicht um. Was, zum Henker, war daran lustig?

Cordones Finger trommelten auf die Schreibtischplatte.

„Du hast kläglich versagt, Guiseppe Carezzo. Daß kein Schaden entstand, ist nicht dein Verdienst."

„Kein . . . kein Schaden?" Carezzo verstand nicht.

„Kein Schaden. Ernesto Grottole und Sigi Burkart – das sind die beiden – würden es nämlich nie wagen, uns, die Mafia, zu berauben. Als sie das Geld zählten, wurde ihnen plötzlich klar, wem es gehört. Noch während der Nacht riefen sie mich an. Sie kamen dann her, lieferten deine Tasche ab und die gesamte Summe. 128 000 Mark. Außerdem haben sie sich natürlich entschuldigt."

„Ent . . . ent . . . schuldigt?"

„Ja."

„Das . . . ganze Geld haben sie gebracht?" Carezzo glaubte zu träumen. Er fror. Sein Magen war ein schmerzender Klumpen.

„Nicht ein Pfennig fehlt."

Cordone bückte sich zur Seite und nahm die schwarze Aktentasche, die neben seinem Sessel stand. Er legte sie auf den Tisch. Sie wurde geöffnet. Er schüttelte sie. Gleich einer knisternden Lawine quoll das Geld heraus.

„Wir haben schon nachgezählt, Guiseppe. Es sind 128 112 Mark."

Carezzo ächzte.

Der Laut verhallte. Schweigen breitete sich aus.

Cordones Augen glichen der Zwillingsmündung einer doppelläufigen Flinte.

Carezzo versuchte zu denken. Aber blaß und schlaff hingen seine Gehirnzellen rum. Kein Gedanke formte sich. Nur Leere im Kopf. Er begriff nichts. Doch sein Instinkt lebte noch. Und er spürte Angst.

Das Schweigen dehnte sich aus.

Leonessas Zähne rieben aufeinander. Das Schaben klang schauerlich.

„Wie willst du sterben, Guiseppe Carezzo?" fragte Cordone. „Möchtest du, daß wir dich erschießen? Oder hängen? Oder ersäufen? Vittorio hat an allem Spaß. Ich nehme an, er kommt dir entgegen; und dein letzter Wunsch wird erfüllt."

„Chef, bitte . . ." Carezzo winselte.

„Arrivederci, Guiseppe! Das heißt, wiedersehen werden wir uns nicht mehr. Jedenfalls nicht hier. Und ans Jenseits glaube ich nicht. War nett, dich gekannt zu haben. Schafft ihn raus!" wandte er sich an die beiden andern.

„Chef, bitte . . .", Carezzo fiel auf die Knie. „Bitte, laß dir erklären! Ich . . . habe es doch nur getan, weil . . . Ich . . . stand unter Drogen. Ja, ich wußte nicht, was ich tat. Ich flehe dich an! Schenk mir das Leben. Ich tue alles für unsere Vereinigung. Alles. Keiner wird ihr und dir treuer ergeben sein als ich."

Leonessas Hand fiel auf seine Schulter. Er schrie auf, als spüre er schon die Schlinge seines Henkers. Auf den Knien rutschte er zum Schreibtisch.

„Chef", wimmerte er. „Was kann ich tun, um meine Schuld wieder gutzumachen?"

Cordone betrachtete ihn wie ein ekliges Insekt. Sein Schurrbart zuckte, aber es wurde kein Grinsen daraus.

„Du weißt, was dich erwartet, du widerlicher Dieb."

„Ja, ich habe es verdient." Tränen liefen über Carezzos Gesicht. „Aber ich bitte um Gnade."

Cordones Augen glitzerten.

„Mir kommt eine Idee. Bei allen Heiligen, sie ist gut. Sie ist ein bißchen wie Russisches Roulette *(selbstmörderisches Spiel mit dem Revolver)*, denn es geht um dein Leben. Ich werde mit dir wetten, Guiseppe Carezzo. Wenn du deine Aufgaben löst, wirst du weiterleben. Wenn du sie nicht löst, wird Vittorio das Todesurteil an dir vollstrecken. Dein Einsatz ist das Leben. Aber du hast eine Chance."

„Ja?" Carezzos Stimme zitterte wie sein Körper.

„Finde den Roten!" sagte Cordone. „Bring ihn mir, tot oder lebend. Aber lieber wäre mir, er würde noch leben. Es war Vittorios Aufgabe. Aber er hat es bis jetzt nicht geschafft. Nun bist du dran. Und ich gebe dir zehn Tage Zeit. Die Frist beginnt jetzt."

zehn
Tage!

Carezzo mußte auch die Hände aufstützen. Vor seinen Augen verschwamm alles.

„Chef, wie soll ich . . . Ich bin Kassierer . . . Ich . . . Nie habe ich . . . Diese Aufgabe . . ."

„Zehn Tage", unterbrach ihn Cordone. „Und bilde dir nicht ein, du könntest abhauen. Du weißt: Wir würden dich finden – im letzten Winkel der Welt."

★

Gunter schlief sich aus. Mike rumorte in seinem Zimmer. Locke hatte Mausi versorgt und dann eine halbe Stunde in der Badewanne gesessen. Jetzt schob sie ihr ‚Hirschkalb' aus der Garage. Die Straße war sonntäglich leer und der Himmel grau. Aber es sah nicht nach Regen aus.

Auf der Schiefertafel war vermerkt, sie fahre mit Tom zur Marano-Tankstelle: Klenzburger Straße 248. Allerdings war ihr Freund längst dort. Er nahm seinen Tankwart-Job ernst, jedenfalls heute noch.

Während sie zur Stadt hinaus rollerte, spulten ihre Gedanken zurück. Hinsichtlich des Roten war die letzte Nacht eine Pleite gewesen. Aber der Mafia waren sie – vielleicht – einen halben Schritt nähergekommen. Die Sache mit Carezzo gab Rätsel auf. Warum behandelte man ihn so? Steckten nur die beiden Männer aus der Taifun-Bar dahinter? Bestimmt nicht. Das waren wahrscheinlich nur Handlanger. Aber wer gab die Befehle?

Die drei mit dem Straßenkreuzer, dachte sie. Die sehen danach aus. Die wurden rausgelassen, obwohl die Taifun-Bar geschlossen hatte. Also sind sie privat dort gewesen. Und der Blonde wäre ihnen fast um den Hals gefallen.

Sie benutzte den Radweg durchs Klenzburger Moos. Bei Tage konnte sie die Landschaft genießen. Nur nachts war es hier unheimlich. Auf der Straße rollte der Verkehr; und als sie die Tankstelle erreichte, hatten Tom und Carlo Marano kaum Zeit, sie zu begrüßen.

„Ich will Gina besuchen", rief sie. „Sie ist doch da?"

„Sie hat schon versucht, dich anzurufen", antwortete Marano.

Gina ging es wieder besser. Sie freute sich über Lockes Besuch.

„Eben habe ich mit deinem Bruder telefoniert. Der ist aber nett. Er sagte was von einer Tafel – und daß du schon unterwegs wärst."

Locke lachte und erklärte, was es mit der Tafel auf sich hatte. Sie saßen in Ginas Zimmer. Aus der Küche roch es nach Kakao, den Gina gerade kochte. Er schmeckte vorzüglich, und Locke trank zwei Tassen, obwohl sie ihr Frühstück – ein großes Glas Milch mit Honig – gerade erst hinter sich hatte.

„Und weshalb hast du angerufen?"

Gina lächelte. „Erinnerst du dich an Dr. Eichhorn – mit dem wir im Trastevere am Tisch saßen? Er hat so ein Teufelsgesicht."

„Natürlich erinnere ich mich. Es ist ja noch keine Ewigkeit her."

„Er ist ganz begeistert von euch. Und weil er meint, daß wir – also Sabrina und ich – uns mit euch gut verstehen, hat er uns alle eingeladen. Dich, Tom, mich und Sabrina. Für morgen abend, wenn ihr könnt."

„Ich kann. Und Tom kommt bestimmt."

„Prima. Weißt du, Dr. Eichhorn sorgt sich ganz rührend um uns. Um Gastarbeiterkinder überhaupt. Er hat keine Familie und es sich zur Aufgabe gemacht, uns Gastarbeiterkinder einzugliedern. Nicht nur, daß er uns kostenlos Nachhilfe-Unterricht erteilt. Er fördert auch Kontakte untereinander, wo es möglich ist."

„Finde ich gut. Und wo findet die Einladung statt? Im Trastevere?"

„Das hätte sich angeboten. Aber Herr Aiano würde von Dr. Eichhorn niemals Geld nehmen. Wo er ihm doch so zu

Dank verpflichtet ist. Um nicht zu nassauern *(auf Kosten anderer leben),* muß Dr. Eichhorn deshalb woanders hingehen, wenn er Gäste einlädt: meistens in die Fattoria zu Benito Benitone. Das ist ein Freund von Herrn Aiano, und man ißt dort fast genauso gut. Dort gibt es die beste Polenta *(italienisches Maisgericht).*"

„Ich freue mich", sagte Locke.

★

Carezzo lag auf der Couch. Die Narbe auf seiner Wange zuckte. Das sonst rosige Feistgesicht war bleich.

Irmgard Möhring, seine Freundin, beugte sich über ihn. Behutsam legte sie ein feuchtes Tuch auf seine Stirn.

„Geht es dir besser, Liebling?"

Er stöhnte statt einer Antwort.

„Und wenn ich zu Cordone gehe und ihn bitte . . ."

Er fuhr hoch. „Bist du wahnsinnig! Willst du ihm sagen, daß du alles weißt? Das wäre unser beider Ende."

„Ach so." Sie nickte. „Ja, du hast recht. Aber . . ."

„Aber, aber!" Er sank zurück. „Ich weiß selbst, daß es keinen Ausweg gibt. Dieser Hund weidet sich an meiner Qual. Wie soll ich den Roten aufspüren? Es ist unmöglich. Und ganz unmöglich in zehn Tagen. Himmel, wer konnte denn ahnen, daß dem Chef die Taifun-Bar gehört! Außer Palena und Leonessa hat es niemand gewußt. Und ausgerechnet dort fädele ich meinen Coup ein! Sowas ist Schicksal."

Sie rang die Hände. „Was . . . wollen wir jetzt tun?"

„Bring mir einen Cognac."

Sie lief in die Küche, wo die Flasche stand. Sie hatte sie gebraucht, um eine Süßspeise zu verfeinern.

Carezzo leerte ein Glas und nahm dann die Kompresse *(feuchter Umschlag)* von der Stirn.

„Wüßte ich doch nur, ob er seine Drohung wirklich wahr macht – und mich umbringen läßt, wenn ich den Roten nicht finde! Spielt er mit mir, oder ist es ihm ernst? Welche

Frage! Er ist grausam. Nach den Gesetzen der Mafia habe ich mein Leben verwirkt. Aber ich will mich nicht abschlachten lassen."

„Was kannst du dagegen tun?" fragte sie mit bebender Stimme.

„Fliehen. Er meint zwar, die Mafia werde mich überall finden. Aber das ist nicht wahr. Ich weiß, daß es einigen gelungen ist, sich für immer aus dem Staube zu machen. Wenn ich ein paar Tage vergehen lasse, wird man glauben, ich füge mich. Dann stehe ich nicht mehr unter Beobachtung. Und dann werde ich zeigen, was in mir steckt. Bevor ich verschwinde, fülle ich mir die Taschen. Cordone wird denken, ich bin sonstwo. Aber ich bleibe hier, wo man mich am wenigsten sucht. Erst wenn die Luft rein ist, gehen wir fort. Gemeinsam. Dich nehme ich mit."

Sie seufzte. „Dann ginge mein alter Traum endlich einmal in Erfüllung."

★

Für einen Moment hatte Tom Ruhe. Er äugte zum Haus. Aber Locke und Gina ließen sich nicht blicken. Also schlenderte er ins Kassenbüro, um wenigstens Marano Gesellschaft zu leisten.

„Macht's noch Spaß?" Der Italiener lächelte.

„Klar. Anstrengend ist nur, daß ich aufpassen muß wie ein Luchs. Ich muß ihn zuerst sehen, den Roten, wenn er kommt."

„Ich glaube nicht, daß er dich erkennt. Du bist gut maskiert."

„Na, ich weiß nicht."

Zweifelnd blickte Tom in eine spiegelnde Scheibe des Kassenbüros. Er hatte sich eine Jeansmütze aufgesetzt und bis auf die Ohren gezogen. Das Schild berührte die Brauen und beschattete das Gesicht, das er zusätzlich hinter einer Sonnenbrille versteckte.

„Wer dich nur einmal gesehen hat, Tom, erkennt dich bestimmt nicht."

Das Telefon klingelte. Marano meldete sich.

„Sonntagsdienst. Aha!" sagte eine Männerstimme. „Wie geht das Geschäft?"

Marano riß die Augen auf, als sehe er den Mond auf sich zurasen. Rasch deckte er eine Hand über die Sprechmuschel.

„Er ist es! Der Rote!"

Sofort stand Tom neben ihm. Marano drehte den Hörer so, daß er mithören konnte.

„Gut! Das Geschäft könnte nicht besser sein", sagte Marano. „Wer spricht dort?"

„Wir kennen uns doch schon. Du erinnerst dich. Ich bin der Vertreter der Schutz-AG."

Marano schwieg.

„Ich habe gehört", sagte der Rote, der sich Hartmann nannte, „daß deiner Tochter übel mitgespielt wurde. Beinahe hätte sie ihr hübsches Gesicht eingebüßt, wie? Das wäre nicht passiert, hättest du mein Angebot angenommen."

„Ich verstehe."

„Was hast du den Bullen gesagt, Marano?"

„Ich konnte nichts sagen. Ich war nicht dabei, als das mit meiner Tochter passierte. Gina hat ihre Aussage gemacht."

„Was hast du von mir erzählt?"

„Nichts. Ich habe Sie nicht erwähnt."

„Das ist klug von dir. Du bist Italiener. Du weißt, was es heißt, sich mit einer mächtigen Organisation anzulegen. Wir sind viele. Selbst wenn die Bullen mich kriegen – du entgingst unserer Rache nicht."

„Ich weiß." Marano war blaß. Er rieb sich die Stirn.

„Wie isses nu?" kaute der Kerl durch die Zähne. „Wirst du Mitglied?"

„Wenn ich dann meine Ruhe habe?"

„Dafür garantiere ich. Also, ich komme vorbei und hole das Geld ab."

„Bis mittag bin ich hier", sagte Marano.

Die Leitung war noch offen. Aber der Rote erwiderte nichts. Sekunden später hängte er ein.

Der Italiener blickte Tom an. „Jetzt ist mir mulmig zumute. Er wird jeden Moment hier sein."

Tom nickte. „Er hätte Gina mit dem Rasiermesser bearbeitet. Er hat Locke gewürgt. Herr Marano, ich freue mich auf die Begegnung."

10. Die Verschwörung

Vittorio Leonessa haßte Spiegel. In Jahrzehnten hatte er sich nicht an den Anblick seines fleischlosen Schädels gewöhnt. Gelingen würde es ihm nie. ‚Skelett' hatten sie ihn zu Hause in Palermo genannt. Sein Anblick erschreckte Kinder. Frauen und Mädchen wandten sich ab mit Grausen. Womit hatte er das verdient?

Doch danach fragte er schon lange nicht mehr. Er hatte gelernt, daß man nicht schön sein muß, um im Leben voranzukommen. Tüchtigkeit zählte. Sie garantierte Geld und Erfolg. Und kaufen, meinte er, ließe sich alles. Deshalb war sein Ehrgeiz maßlos.

Jetzt, am späten Vormittag dieses Sonntags, stieg er vor Cordones Haus in den Wagen. Er beeilte sich. Den Kopf hielt er abgewandt. Vielleicht standen Cordone oder Palena am Fenster. Sie brauchten nicht zu sehen, daß ihn sein Gelächter fast erstickte.

Er hatte Tränen in den Augen. Die in Heiterkeit gefletschten Zähne machten sein Gesicht noch schlimmer.

Carezzo! Ausgerechnet der sollte den Roten suchen! Dem Chef war es ernst damit. Den Roten! Hahah! Nicht nur, daß der Chef 10 000 Mark als Prämie aussetzte – nein, er bot jedes Mittel auf, um den Feind zu finden. Sogar Versager wie den dicken Carezzo!

Vielleicht findet er den anderen Roten, dachte er, meinen Nachahmer. Den könnte sogar die Polizei erwischen, aber mich – nie! Dabei wird der andere immer dreister. Mach nur so weiter, Bürschchen! Dann kümmere ich mich um dich.

Leonessa gefiel sich in seiner Rolle als der Rote! Umsichtig hatte er den berüchtigten Gangster aufgebaut – mit dem Endziel, Cordone lächerlich zu machen. Das war sein Plan. Und alles lief bestens.

Als Roter hatte Vittorio Leonessa Überfälle verübt, manches Opfer schwer verletzt und viel Beute gemacht. Aber erst

in den letzten Tagen war er zu Phase zwei übergegangen, wie er es nannte. Das hieß: Er benutzte den Ruf, der dem Roten voranging, und spekulierte *(seinen Vorteil berechnen)* darauf, daß die Opfer vor Angst erstarrten, sobald er auftauchte. Seine Opfer, auf die alles abzielte, waren die italienischen Restaurantbesitzer, die der Mafia Schutzgelder zahlen mußten. Denen nahm er ab, was der Mafia gebührte. Er kassierte dort, wo Cordone seine Hand drauf hatte, indem er schneller war als Carezzo – oder wen sonst Cordone in Zukunft schicken würde.

Damit unterhöhlte er Cordones Macht. Schon drangen die ersten Nachrichten von dessen Unfähigkeit nach Palermo, in die Zentrale der Mafia. Nur noch wenige Coups – dann war erwiesen, daß Cordone das Heft aus der Hand glitt.

Alle wußten, was das bedeutete. Man würde Cordone von seinem Posten abberufen. Er würde in der Versenkung verschwinden und irgendwo in einem Provinznest landen, betraut mit lächerlichen Aufgaben, für die sich der Einsatz kaum lohnte.

Aber er, Vittorio Leonessa, rückte dann auf. Ihn würde man zum Chef der hiesigen Zweigstelle machen. Daran führte kein Weg vorbei, zumal er in Palermo einflußreiche Freunde hatte.

Aus diesem – und nur aus diesem Grunde – hatte er den Roten geschaffen und ihn benutzt, um Cordones Stellung zu untergraben.

Dazu gehörte auch, daß er für Publicity *(Bekanntsein in der Öffentlichkeit)* sorgte. Die Briefe, mit denen er die Polizei verspottete, sollten das bewirken. Aber leider hatte man die zurückgehalten, jedenfalls nicht in der Presse veröffentlicht.

Noch einen Versuch mache ich, dachte er, während er jetzt zu seiner Wohnung fuhr. Bringt das nichts, schicke ich die nächsten Briefe an die Presse. Oder sollte ich das gleich tun?

Er wohnte in einem teuren Appartementhaus, wo sich keiner um den Nachbarn kümmerte und man sich nur gelegentlich im Lift sah. Diese Anonymität *(Namenlosigkeit, Unbekanntsein)* war nach seinem Geschmack.

Er fuhr in die Tiefgarage, parkte in seiner Box, schloß den Wagen ab und ging zum Lift.

Er wohnte in der vierten Etage, straßenseitig, mit Blick auf einen Park, den die Städter von früh bis abends bevölkerten. Rentner hielten bei schönem Wetter die Bänke besetzt. Auf dem Rasen jagten sich Hunde. Radfahren war auf den Parkwegen verboten – was in der Praxis bedeutete, daß sich Kinder und Jugendliche Sechstagerennen lieferten. Die alten Leute schimpften, aber das änderte nichts.

Im Bad wusch sich Leonessa die Hände, ohne in den Spiegel zu sehen. Er hängte sein Jackett in den Kleiderschrank und legte den Tascheninhalt auf den Tisch: Papiertücher, Geldbörse, Schlüsselbund, zwei Schachteln Zigaretten, Brieftasche . . . Er vermißte das Feuerzeug.

Ärgerlich suchte er alle Taschen ab. Aber es war nicht mehr da. Verloren! Schon das dritte in diesem Monat.

Sicherlich – es war nur ein billiges Wegwerf-Produkt. Aber darauf kam es nicht an. Verhängnisvoll war diese Zerfahrenheit, unter der er litt, seit er sich erinnern konnte. Er kämpfte dagegen an, aber ohne Erfolg. Alle naselang verlor er irgendwas. Entweder es fiel ihm aus der Tasche, oder er ließ es irgendwo liegen. Wie das Streichholzbriefchen, das ihm – ohne daß er es merkte – bei dem Überfall auf das Uhrenfachgeschäft aus der Tasche gerutscht war.

Das hätte schiefgehen können. Eine verdammte Panne! Und es schmeckte ihm gar nicht, daß seine Macke die Kripo zur Taifun-Bar geführt hatte.

Mit einem Streichholz zündete er sich die nächste Zigarette an. Er war Kettenraucher. An manchen Tagen schaffte er hundert Sargnägel – und redete sich ein, das wäre seiner Gesundheit bekömmlich.

Er schenkte ein Glas Wein ein und setzte sich an den Tisch.

Zwei Dutzend alte Zeitungen lagen bereit, außerdem Schere, Pinzette, Kleister, Papier zum Aufkleben und Umschläge.

Er begann, Papierschnipsel auszuschneiden: Worte und Silben, die er zu seinem Text zusammensetzte. Sorgfältig vermied er Fingerabdrücke, indem er die Schnipsel und das Blatt nur mit der Pinzette *(kleine Greifzange)* berührte.

Dabei rauchte er unablässig, trank aber nur das eine Glas Wein. Manchmal irrten seine Gedanken ab. Der gestrige Überfall hatte nichts mit dem Komplott *(Ränkespiel)* gegen Cordone zu tun. Es war eine Fingerübung gewesen. Außerdem sollte nicht der Eindruck entstehen, der Rote hätte es nur noch auf Mafia-Schutzgelder abgesehen. Immerhin war Cordone nicht blöd. Bald würde er sich ohnehin fragen, woher der Rote denn wußte, welche italienischen Wirte Schutzgeld entrichten mußten. Deshalb war es nötig gewesen – nachdem er bei Carlo und Franco abkassiert hatte –, einen andern Coup einzustreuen.

Aber jetzt, dachte er, ist wieder einer unserer Kunden dran: die Fattoria von Benito Benitone.

★

Während Marano einen Wagen abfertigte, lief Tom zum Wohnhaus und schärfte den Mädchen ein, keinen Fuß vor die Tür zu setzen.

Gina wurde blaß. „Aber jetzt ist doch noch Zeit, die Polizei zu verständigen."

„Und was würde passieren?" meinte Tom. „Ein Streifenwagen käme. Er stünde in der Einfahrt, und der Rote wäre gewarnt. Das nächste wäre dann, daß sich Hartmann wirklich an euch rächt: an dir oder deinem Vater. Nein, jetzt müssen wir ihn erwischen."

Auch Locke war beunruhigt. „Er ist bewaffnet."

„Das ist ja mein Vorteil, daß ich's weiß. Kann ich auch eine Tasse Kakao haben?"

Er war die Ruhe selbst, trank, nachdem Gina ihm eingeschenkt hatte, und schnalzte mit der Zunge.

„Sonst mag ich Kakao nicht. Aber der schmeckt."

Gina errötete, als hätte er ihr ein galantes Kompliment gemacht.

Tom verließ das Haus. Die beiden Mädchen standen hinter der Gardine. Von hier konnte man das Gelände der Tankstelle überblicken und einen großen Abschnitt der Straße.

Wagen rauschten vorbei: stadtwärts oder in Richtung Autobahn. Das Gebiet jenseits der Straße gehörte noch zum Klenzburger Moos, war aber ziemlich kahl und wurde in der Ferne vom Saum eines Waldes begrenzt.

Es ging jetzt auf Mittag. Schwüle lag in der Luft. Der Himmel war grau. Mückenschwärme tanzten über feuchten Niederungen. Gereiztheit breitete sich aus. Die Nervösen fuhren schneller als sonst. Andere bummelten und schimpften auf jene, die halsbrecherisch überholten.

Locke beobachtete, wie Tom hinter dem Flachbau der Waschanlage stehenblieb. Er spähte um die Ecke, riskierte aber nur ein Auge. Was hatte er entdeckt?

Jetzt sah sie den Wagen, einen unscheinbaren, hellen Kombi. Er fuhr langsam, auffällig langsam an der Tankstelle vorbei. Nur der Fahrer saß drin. Er schien herüber zu sehen.

„Gina, der weiße Kombi. Ich glaube, das ist er."

„Ich kann den Mann nicht erkennen. Er fährt weiter."

„Er peilt erstmal die Lage. Bestimmt kommt er zurück."

Sie beobachteten, wie er hinten in der Kurve verschwand. Bäume verstellten die Sicht.

„Es gibt noch ein paar Stellen, wo er wenden kann – bevor er auf die Autobahn muß", sagte Gina.

Drei Minuten später kam der Wagen zurück.

Im Moment gab's keinen Gegenverkehr.

Er blinkte, querte die Straße, bog in die Tankstellen-Einfahrt, rollte aber nicht zu den Zapfsäulen, sondern hielt vor der Waschanlage.

Dort war er den Blicken der Mädchen entzogen.

„Das ist er“, flüsterte Locke. „Jetzt passiert’s. O Gott! Tom ist ja wirklich stark und kampferprobt. Aber der Verbrecher hat eine Waffe. Gewinnen kann Tom nur, wenn er ihn überrumpelt.“

Das wußte Tom auch. Immer noch versteckte er sich hinter der Waschanlage.

★

Tom hatte den Wagen beobachtet, während der sich näherte, und den Fahrer erkannt.

Es war Hartmann.

Na, also! dachte Tom. Du Saukerl! Darauf habe ich gewartet. Dich an wehrlosen Mädchen zu vergreifen, scheint deine Spezialität zu sein. Aber damit ist jetzt Schluß.

Er hörte, wie der Kombi hielt. Der Motor wurde ausgeschaltet. Ein Schlag fiel zu.

Jetzt geht er zum Kassenbüro, dachte Tom.

Hartmann, der Rote – vielmehr: einer der zwei Roten – hatte den Zeitpunkt gut gewählt. Auf der Straße war Ebbe, kein Wagen im Moment. Und Marano konnte Däumchen drehen. Der Grund war die Mittagszeit. Wer sich jetzt nicht daheim zu Tisch setzte, der kämpfte um einen Platz in einem Ausflugslokal oder einer Autobahnraststätte.

Aus Toms Sicht befand sich das Kassenbüro rechts neben der Waschanlage.

Er pirschte an der linken Längswand nach vorn, lugte um die Ecke und sah gerade noch, wie Hartmann durch die Glastür verschwand.

Er trug heute einen hellblauen Anzug, dazu eine Art Sheriffshut, einen gewaltigen Schattenspender. Wahrscheinlich hielt er das für schick.

Der Kombi war nicht schräg geparkt, sondern stand in Fahrtrichtung und wandte Tom das Heck zu.

Er blickte zur Straße. Eine Limousine rollte vorbei, besetzt mit Papa, Mama und vier Töchtern. Zwei, die auf dieser Seite saßen, winkten. Tom hob die Hand.

Dann huschte er hinter den Kombi und kauerte sich nieder zu dem Auspuffrohr. Konnte Hartmann ihn sehen, wenn er zurückkam?

Tom machte sich noch etwas kleiner, zog auch den Kopf ein und wartete.

Er wußte, was jetzt im Kassenbüro geschah. Widerwillig würde Marano das Geld aushändigen: mindestens 500 Mark.

Hoffentlich kam jetzt kein Kunde!

Tom hoffte vergebens.

Ein Wagen näherte sich aus Richtung Stadt. Es war ein-himbeerrotes, schickes Coupé. Das mäßige Tempo wurde jetzt noch mehr gemäßigt. Die Fahrerin blinkte, und das Coupé rollte in die Tankstellen-Einfahrt und weiter bis zu den Zapfsäulen.

Tom machte Stielaugen.

Die Fahrerin war nicht irgendeine, sondern ihm wohlbekannt.

Sabine Habeschaden! dachte er entgeistert. Nein, nein! Bitte, nicht jetzt!

Er betete noch, er hätte sich verguckt. Aber es war tatsächlich die Dame, mit der alles begonnen hatte – vielmehr: mit dem Überfall auf sie. Am Freitag, beim Beerenpflücken, auf dem Rastplatz Eichengrund, wo der Rote – der Hartmann – sie gewürgt und beinahe ausgeraubt hätte, wäre er nicht durch Locke verscheucht worden.

Sie stieg aus und blickte, leicht verwundert, zu Tom her.

Er nahm Brille und Mütze ab.

Jetzt erkannte sie ihn. Ein Lächeln breitete sich über ihr Gesicht. Schon wollte sie winken.

Aber mit beschwörender Geste legte Tom den Finger auf die Lippen. Eine abwehrende Bewegung bedeutete ihr, nicht auf ihn zu achten.

Sie begriff. Aber ihre Verwunderung nahm zu. Schließlich kam sie her, um zu tanken. Daß der Tankwart mit irgendwem Verstecken spielte, befremdete ein bißchen. Und überhaupt: Was machte Tom hier?

Gleich, dachte er, sieht sie ihren Peiniger, ohne zu wissen, daß er's ist. Sie kennt ihn ja nur mit Maske. Aber er? Wenn er sie erkennt, was ist dann?

Die Tür des Kassenbüros wurde geöffnet und fiel dann hart in den Rahmen.

Schritte.

Sabine Habeschaden mißverstand Hartmanns Rolle in dieser Szene. Vielleicht wollte sie auch Tom einen Gefallen tun und von ihm ablenken.

Jedenfalls rief sie: „Bitte, ich möchte volltanken. Aber ich kriege den Deckel nicht ab."

„Ich . . . äh . . . bin nicht der . . ."

Hartmann stotterte. Also hatte er sie erkannt. Klar, der Überfall lag ja nur zwei Tage zurück. Natürlich wußte er, daß sie sein Gesicht nicht gesehen hatte. Aber der Schreck der Begegnung kam doch etwas plötzlich, nachdem er eben abkassiert hatte.

Tom riskierte einen Blick. Das mußte er sehen!

Hartmanns 08-15-Gesicht *(Allerwelts-)* zeigte einen dämlichen Ausdruck. Aber dann grinste er wie der Vampir vom Dienst und trat zu den Zapfsäulen.

„Ich bin nicht der Tankwart. Was aber nicht heißt, schöne Frau, daß ich Ihnen nicht helfe."

„Sehr freundlich!" lächelte sie. „Gibt's also noch Kavaliere? Der Deckel klemmt etwas."

Sie meinte den Deckel vom Einfüllstutzen.

Hartmann brach sich fast die Fingernägel ab, als er ihn aufschraubte. Zweimal äugte er ins Kassenbüro. Aber Marano verdiente das Mißtrauen nicht. Reglos saß er hinter seinem Tresen und rührte das Telefon nicht an.

Hartmann dehnte seine Hilfsbereitschaft aus, griff auch

zum Schlauch und schob die Zapfpistole in den Einfüllstutzen.

„Voll, sagten Sie?"

„Ja, bitte!"

Benzin strömte.

5,70 DM verriet der Füllmengenanzeiger, als Hartmann eine Bewegung hinter sich spürte. Im selben Moment wurde ihm auf die Schulter getippt.

Er drehte nur den Kopf.

Tom grinste ihn an.

„Na, Wilhelm! Mal auf ehrliche Weise Geld verdienen?"

Das Gesicht erstarrte. Die Kälte in den Augen wurde zu Eis. Der Adamsapfel hüpfte. Offenbar würgte der Kerl einen Brocken hinunter. Dann wirbelte er herum, wich gleichzeitig zurück und wollte mit der Hand unter die Jacke, wo die Pistole griffbereit in einem Lederhalfter steckte.

Toms Karate-Tritt hätte einen Ochsen gefällt.

Hartmann flog gegen den Kofferraum, stieß die Zapfpistole aus dem Stutzen, segelte über roten Lack auf die andere Seite und krächzte eine Tonfolge, deren sich ein Rabe geschämt hätte.

An der Zapfpistole war das Häkchen eingerastet, das den Benzinstrom auslöst. Treibstoff zischte heraus, hob sich zu glitzernder Fontäne *(Springbrunnen)* und traf Sabine.

Sie war im Schreck erstarrt. Die Benzindusche taute sie auf.

Schreiend sprang sie zurück. Aber das änderte nichts mehr. Ihr Kostüm hatte ein Benzinbad erhalten.

Hartmann war über den Kofferraum gekegelt und zu Boden gegangen. Er schrie nicht mehr. Tom setzte nach, um den Gegner notfalls ganz auszuschalten. Aber zu weiteren Handgreiflichkeiten bestand kein Anlaß mehr.

Der Verbrecher lag auf dem Rücken und japste nach Luft. Er hatte den Hut verloren. Seine Pistole war in Richtung Ausfahrt geschlittert.

Marano rannte herbei. Sein erster Griff galt der Zapfpistole, die Lachen ausbreitete – was bei längerer Dauer teurer gekommen wäre als die Schutzgeld-Erpressung.

„Den haben wir!“ rief Tom.

Er winkte zum Haus hinüber, wo er Locke und Gina am Fenster sah. Dann sammelte er die Pistole ein.

Sabine Habeschaden blickte umher und brachte kein Wort hervor.

„Nicht daß Sie denken, hier werde jeder Kunde so behandelt", rief er fröhlich. „Wissen Sie, wer dieser Kerl ist? Sie kennen ihn, Frau Habeschaden. Er hat auch Sie überfallen. Aber da trug er seine rote Maske."

„Der . . . Rote?" stammelte sie.

„Genau. Wir haben ihm eine Falle gestellt. Mit Erfolg, wie Sie sehen. Herr Marano, ich glaube, jetzt sollten wir die Polizei benachrichtigen. Und vielleicht auch den Notarzt. Dem Herrn Hartmann geht es nicht gut."

Die Kripo war ein bißchen sauer, weil nicht sie, sondern ein Jugendlicher von knapp 16 Jahren den Roten – einen der Roten – gefangen hatte. Immerhin – man würdigte Toms Beherztheit.

Wilhelm Hartmann hieß nicht so, sondern Karl-Erich Schöps. Er war ungelernter Arbeiter, aber nicht auf den Kopf gefallen. Jedenfalls hatte er den großen Mann überzeugend gespielt. Sogar Kathie Weber war auf ihn hereingefallen.

Elf Überfälle gestand er. Und dabei sagte er anscheinend die Wahrheit. Allerdings – 28 Straftaten insgesamt legte man dem Roten zur Last.

„Das war der andere", sagte Schöps. „Ich bin doch nur in seine Fußstapfen getreten. Vor dem zittern alle. Da habe ich mir gedacht, warum soll ich mir das nicht zunutze machen. War richtig. Denn bis auf die beiden Pleiten zuletzt bin ich nirgendwo auf Widerstand gestoßen."

Für seine Überfälle hatte er immer gestohlene Wagen benutzt.

Von dem andern Roten wußte er nur, was jedermann wußte, nämlich was die Zeitungen veröffentlicht hatten.

„Mafia?" Er grinste verzerrt, denn Toms Tritt hatte seine Innereien beschädigt. „Mit der habe ich nichts zu tun. Da kenne ich kein Aas. Aber man hört doch so einiges. Zum Beispiel, daß jetzt auch hier in der Stadt von italienischen Geschäftsleuten Schutzgelder erpreßt werden. Versuchst es, dachte ich. Wenn ich im Namen des Roten kassieren kann – warum nicht auch im Namen der Mafia. Natürlich wußte ich, daß ich dabei hart vorgehen muß. Einschüchterung war nötig. Deshalb habe ich Gina Marano mit dem Rasiermesser bedroht. Brutalität ist sonst nicht meine Art."

„Natürlich nicht", nickte der vernehmende Kommissar. „Sonst sind Sie ein Beispiel an Sanftmut. Wen – außer Marano – haben Sie sonst noch erpreßt?"

„Keinen. Er war der einzige."

11. Die Spur wird heißer

Carezzos Nerven flatterten. Zur Beruhigung hatte Irmgard einen Spaziergang empfohlen. Und so pilgerten sie jetzt durch ihr Viertel, durch sonntagsleere Straßen, vorbei an Schaufenstern, für die Carezzo kein Interesse hatte.

Unentwegt dachte er nach über sein Schicksal, begreiflicherweise. Wo war der Ausweg?

Irmgard stand vor dem Schaufenster eines Pelzgeschäftes und machte verträumte Augen. Ihre Sehnsucht galt einem Luchsmantel, der jetzt – bei sommerlicher Affenhitze – mindestens zwei Prozent billiger war als im Winter. Aber der nächste Winter käme bestimmt, drohte ein Werbespruch an.

Und Guiseppe hätte beinahe ein Vermögen erobert, dachte sie. Wäre sein Plan gelungen, hätte er mir dann einen solchen Mantel gekauft?

Sie wollte ihn fragen, ließ es aber. Bei leerem Portemonnaie war seine Antwort ohne Wert.

Statt dessen erkundigte sie sich: „Guiseppe, du hattest 128.000 Mark in der Aktentasche. Sind das alles", sie senkte die Stimme, obwohl niemand in der Nähe war, „Schutzgelder gewesen?"

„Natürlich nicht", brummte er. „Ich sagte es doch: Der größte Teil stammt aus anderen Geschäften."

„Aus . . . Rauschgifthandel?" lispelte sie.

„Neiiiiin. Dazu gebe ich mich nicht her. Aber Cordone macht auch in Brandstiftung. Dabei geht es um Versicherungsbetrug und fette Geschäfte. Sie blühen, und wir sind . . . Madonna!"

Er hielt inne und sperrte den Mund auf wie ein Karpfen, der zwar nicht auf gebratene Tauben im Anflug wartet, wohl aber auf Regenwürmer.

„Irmgard! Das ist es. Das ist meine Möglichkeit, Cordone in Schwierigkeiten zu bringen. O ja, du Menschenquäler. Jetzt wirst du dich wundern."

Sie war beunruhigt. „Was hast du vor, Guiseppe? Nicht, daß du wieder auf dem Bauch landest."

„Komm! Schnell nach Hause! Ich muß telefonieren."

Unterwegs erklärte er: „Freitag findet das nächste Großfeuer statt. Diesmal in eigener Sache. Du weißt, daß Cordone Makler ist. Er hat zu günstigem Preis eine Mietskaserne erstanden. Sie ist alt und bricht bald zusammen. Aber er hat Interessenten, die das Fünffache dafür zahlen würden. Nicht für die Bruchbude, sondern für den Bauplatz. Weil die Geschäftslage günstig ist."

„Aber warum Großfeuer? Will er das Gebäude abbrennen?"

„Klar. Es ist nämlich randvoll mit Mietern, mit Rentnern zum Teil. Die kriegt er nicht raus. Das Gesetz schützt sie. Von denen weicht keiner. Einige wohnen dort seit Jahrzehnten, ein Opa ist ansässig seit 46 Jahren. Freitagnacht wird die Scheune entmietet. Heiß. Dann kassiert Palena – auf seinen Namen ist der Grundbesitz eingetragen – die Versicherungssumme. Und dann folgt durch Verkauf des Bauplatzes das große Geschäft."

„Denkt ihr denn nicht an die armen Menschen?"

„Ich dächte an sie. Aber ich habe mit der Sache nichts zu tun. Cordone ahnt nicht, daß ich überhaupt davon weiß. Daß ich ihm – hahah – damit ein Bein stellen kann. Palena war sturzbesoffen, als er mir davon erzählte. Wenn er wieder nüchtern ist, erinnert er sich an nichts mehr."

„Du willst die Polizei verständigen?"

„Ja. Aber ich sage nichts Genaues. Nur soviel, daß mein Verein in Schwierigkeiten kommt. Das erzeugt Unruhe. Keiner wird mehr auf mich achten. Cordone hat dann andere Sorgen. Außerdem braucht er jeden verfügbaren Kopf. Für mich ist das von Vorteil."

In Irmgards Wohnung griff er zum Telefonbuch. Er sah nach unter POLIZEI und knickte die Seite ein. Doch dann besann er sich und suchte die Rufnummer vom TAGBLATT heraus.

Es war zwar Sonntag. Aber er wußte, daß in Zeitungsredaktionen trotzdem gearbeitet wird – mit kleiner Besetzung. Schließlich gibt's ja eine Montagszeitung, und die macht sich nicht von selbst.

Er verlangte einen leitenden Redakteur, und die Telefonistin sagte: „Ich verbinde Sie mit Herrn Rehm."

„Rehm", meldete sich eine sympathische Stimme.

„Ich will was melden", flüsterte Carezzo. „Freitagnacht gibt's ein Großfeuer. Es wird Brandstiftung sein. Eine Mietskaserne wird auf diese Weise entmietet und als Spekulationsobjekt verfügbar. Die Mafia steckt dahinter. Verstehen Sie, die Mafia. Nein, wo das ist, sage ich nicht."

Indem er auflegte, schnitt er Gunter das Wort ab.

★

Was Schöps, alias Hartmann – den Trittbrettfahrer des Roten – betraf, waren die Formalitäten überstanden.

Das Pärchen verließ das Polizei-Präsidium. Locke seufzte so ausdrucksvoll, daß sich ein Zementblock in Streichkäse verwandelt hätte.

Tom meinte, die Bürokratie sei wirklich ein Scheiß. Mehr Bewegung vor Ort, im Brennpunkt des Geschehens, täte den Schreibtischtypen gut. Aber zum Glück gäbe es ja Ausnahmen.

„Mein munteres Mütterlein", sagte er, „erwartet uns erst spätnachmittags, um ihre Überraschung aufzutischen. Also haben wir noch Zeit. Was machen wir?"

„Auf die Überraschung bin ich gespannt." Locke nahm ihren Hut ab und einen Kamm aus der Umhängetasche. „Wenn Helga eine Überraschung ankündigt, dann fegt das Ahnungslose vom Hocker. Du weißt gar nichts?"

„Habe keinen blassen Dunst."

Er sah zu, wie sie ihre lange dunkle Mähne kämmte. Kleine Goldohrringe blitzten auf. Aber dann verschwanden sie und die Ohren wieder unter der Fülle der Haarpracht.

„Vielleicht weiß es Nicki", mutmaßte Locke.

„Der bestimmt. Gunter und Mike kommen auch?"

„Papi bestimmt, Mike vielleicht. Das heißt, er kommt nicht. Er ist mit einer Freundin verabredet, mit der er sich eigentlich nicht verabreden wollte. Aber Stefanie ist energisch und hat's durchgesetzt. Er kann einem leid tun. Die Mädchen und der Fußball werden eines Tages sein Schicksal besiegeln."

„Es gibt Schlechteres", lachte Tom.

„Wenn du mit ihm tauschen willst, sag's gleich, damit ich meine Jahrgangsschwestern vor dir warne."

„Um Himmels willen, Schatzi! Das doch nicht. Du füllst mein Leben aus – kaum daß für mich selbst noch Platz ist. Wer mit dir befreundet ist, der hat wirklich sein Tun – eh – ich meine, da gibt's keine ruhige Minute. Und überhaupt: Du bist *das* Mädchen schlechthin – vom kleinen Zeh bis zum Dutt *(Haarknoten)*."

„Dutt? Willst du damit sagen, ich sollte mir die Haare hochstecken?"

„Stünde dir sicherlich auch gut. Aber so ist es Klasse."

Sie verstaute ihren Kamm, gab Tom einen flüchtigen Kuß und setzte den Hut auf.

„Wir fahren jetzt ins Trastevere, Engelbert."

„Hast du Hunger?"

„Wir werden nicht speisen, sondern unser Ziel im Auge behalten. Wir wollen doch die Mafia entlarven, nicht wahr? Denk an die drei Straßenkreuzer-Typen, die aus der Taifun-Bar kamen. Ein großer Schönling, der Kerl mit dem Totenschädel und der mit der gehässigen Visage (*Gesicht)*. Sind das nun Mafiosi oder sind sie's nicht?"

„Ich habe mir die Kfz-Nummer gemerkt."

„Ich auch, Tom. Aber das nützt zunächst gar nichts. Erst fragen wir mal Sabrina oder Kathie, ob die drei schon dort waren. Ich denke mir, sie waren. Denn einer Schutzgelderpressung geht eine saftige Drohung voraus. Kannst du dir vorstellen, daß gleich alle das Zittern anfangen, wenn der dicke Carezzo auftaucht? Nein! Bevor der in Aktion trat, waren andere am Werk. Das stellen wir jetzt fest. Dann sind wir ein Stück weiter."

Tom nickte, meinte, der Gedanke sei zwingend, und stieg auf seinen Motorroller.

Im TRASTEVERE saßen nur drei oder vier Gäste. Um diese Zeit füllten sich die Cafés. Die Speise-Restaurants konnten ausruhen bis zum Abend.

Sabrina war nicht zu sehen, aber Kathie kam gerade aus der Küche, winkte den beiden, servierte ihren Gästen Espresso und hatte dann Zeit für das Pärchen.

„Hartmann heißt Schöps", sprudelte Locke hervor. „Halt dich fest, Kathie! Tom hat ihn vorhin erwischt. Gina und ich waren Augenzeugen. Bei Maranos Tankstelle war's."

Sie erzählte, und Kathies Teint wechselte zwischen Blässe und pfirsichfarbener Genugtuung.

„Gut so! Hat's nicht anders verdient, der Kerl. Mir kommen die Lasagne *(Nudelgericht)* hoch, wenn ich nur an ihn denke."

Trotzdem wollte sie alles wissen. Ihre Neugier wurde befriedigt. Dann war Locke an der Reihe.

„Wir haben eine Frage, Kathie, was die Mafia betrifft. Carezzo holt das Schutzgeld ab. Aber wer hat deinen Chef eingeschüchtert? Wir können uns nicht vorstellen, daß das telefonisch geschieht. Da war doch bestimmt jemand hier?"

Kathie zögerte, gab sich dann einen Ruck und dämpfte die Stimme zum Hauch.

„Nicht nur einmal. Sie kommen gelegentlich zum Essen. So weit geht die Unverfrorenheit! Aiano selbst muß sie bedienen. Sein Gesicht müßtet ihr sehen. Sie lassen sich's schmecken. Aber sie bezahlen natürlich nicht. Es sind drei."

„Drei", nickte Locke. „Typen, die man nicht vergißt, wie? Einer ist groß und sieht gut aus, der andere wie der Sensenmann persönlich und der dritte, als hätte er Vater und

Mutter umgebracht, um dann vor Gericht mildernde Umstände zu fordern – als elternlose Waise. Stimmt's?"

„Ihr kennt sie?"

„Nur vom Sehen. Was weißt du von ihnen?"

„Sonst nichts. Sie kommen immer in einem amerikanischen Wagen."

„Wissen wir. Das war's, Kathie."

Draußen bei den Rollern sagte Tom: „Über die Kfz-Zulassungsstelle kriegen wir raus, wie sie heißen und wo sie wohnen. Gunter könnte das machen. Aber das geht erst morgen. Jetzt fahren wir zu uns. Ich bin gespannt auf Mutters Überraschung."

Nicki tobte im Garten und geriet völlig aus dem Häuschen, als die beiden ankamen. Lachend mußte Locke zulassen, daß er ihr über die Nase leckte.

Noch während sie ihn bändigte, rollte Gunters Saab um die Ecke. Rehm parkte in der Einfahrt und schnitt den beiden eine Grimasse, was wohl heißen sollte: Na, ihr? Trifft man euch überall?

„Der Herr Redakteur schwänzt seine Arbeit", sagte Locke. „Oder ist die Montagsausgabe schon fertig?"

Gunter nahm sein Töchterchen in den Arm. „Wenn du mich so fragst, hast du doch eine Neuigkeit in petto *(im Hintergrund)*, bei der dein alter Vater mit den Ohren schlakkert."

„Lag dir der Polizeibericht vor?"

„Um den kümmert sich Müller. Aber erst um halb acht. Was habt ihr angestellt?"

„Tom hat den Roten gefangen. Unseren Roten, der nicht Hartmann heißt, sondern Schöps."

„Gratuliere!" Gunter klapste Tom auf die Schulter.

Die Einzelheiten sparten sie sich auf, bis sie im Haus waren, damit auch Helga alles erfuhr, ohne daß man zweimal erzählen mußte.

Sie war stolz und erschrocken zugleich, nahm ihren Sohn

bei den Ohren und betrachtete ihn mit verzweifelter Miene. Er nahm es hin, daß sie ihn auf die Stirn küßte. Für ihn hatte es nicht den Reiz wie für Gunter, der jetzt nachträglich einen Kuß erhielt – denn die Begrüßung war vernachlässigt worden zugunsten der Neuigkeit.

„Aber es ist nur der eine Rote", sagte Locke. „Der Trittbrettfahrer mit dem kleineren Sündenregister. Der andere erfreut sich der Freiheit. Ach, Papi, könntest du morgen mal feststellen, wem ein bestimmtes Auto gehört?"

„Hat es euch die Vorfahrt geschnitten?" erkundigte er sich mißtrauisch.

Locke und Tom tauschten Blicke.

„Möglicherweise", sagte Tom, „handelt es sich um den Dienstwagen der Mafia."

Gunter nahm seine Shagpfeife aus dem Lederbeutel und hätte sie beinahe über dem Teppich ausgeklopft. Gerade noch, daß er das Entsetzen in Helgas Blauaugen bemerkte.

„Also seid ihr ihnen doch auf der Spur? Das Grau meiner Haare wird sich bald in Schneeweiß verwandeln. Helga, Liebling, ich liebe dein Blond so. Bitte, bleib dabei. Tu so, als gäbe es die beiden nicht. Damit deine Nerven durchhalten. Eins sage ich euch, ihr Sargnägel: Mich könnt ihr ja seelisch mißhandeln. Aber wenn ihr euch an meiner künftigen Frau vergreift, weise ich euch ein in ein Heim für schwererziehbaren Nachwuchs."

Alle lachten. Tom sagte: „Ich wette, Locke, die nehmen uns nicht. Für schwere Fälle wie uns gibt's nur einen einzigen Platz: zu Hause."

Gunter begann seine Pfeife zu stopfen. Er rauchte sehr wenig – eigentlich nur in Helgas Gegenwart, denn sie mochte den Duft von schwarzen Kentucky-Spitzen und anderem ‚Kraut'.

„Dienstwagen der Mafia", sagte er. „Soso. Das interessiert mich. Seit vorhin habe ich nämlich ein enges Verhältnis zu den Brüdern. Einer, den sie offenbar gekränkt haben, rief mich an. Es klang glaubhaft, was er verpfiffen hat. Jedenfalls meint die Kripo, da sei was dran. Aber leider ist es unmöglich, die Brandstiftung zu verhindern. Mietskasernen stehen zu Tausenden in der Stadt. Wo sollen sie auch sonst stehen. Im Wald stehen Bäume."

Er erzählte, was der unbekannte Anrufer gesagt hatte.

„Dem wäre kein Stein aus der Krone gefallen", meinte Locke, „wenn er dich mit ein paar Einzelheiten gefüttert hätte."

Gunter hob die Achseln. „Er wird seinen Grund haben."

„Freitagnacht weiß man mehr." Tom sah seine Mutter an. „Willst du uns noch lange auf die Folter spannen?"

Helga lächelte. Sie trug ein elegantes Kostüm, hatte die langen Beine übereinander geschlagen und dezenten *(unaufdringlichen)* Schmuck angelegt. Sicherlich – sie sah immer elegant und gepflegt aus. Schlampigkeit gab's bei ihr nicht. Aber daß sie zu Hause im lässigen Pullover und in Jeans rumlief, barfuß – auch das gehörte zu ihr. Jetzt vermittelte sie den Eindruck, sie erwarte jemanden.

„Kommt noch wer?" fragte Gunter.

Helga nickte. „Dr. Weber, mein Anwalt. Muß gleich hier sein. Und der Makler, der die Papiere bringt."

„Makler?" Gunter beugte sich vor. „Davon weiß ich gar nichts."

„Das ist ja die Überraschung."

„Hast du einen Schrebergarten gekauft?"

„Sowas ähnliches."

„Eine Berghütte mit eigenem Ski-Hang?"

„Damit ihr euch die Beine brecht? Nein!"

Tom hatte die Augen aufgerissen. Das blaue leuchtete mit dem grünen um die Wette.

„Aber es geht um Grundbesitz, Mutter? Ein Schloß in Südfrankreich?"

Ein wehmütiges Lächeln glitt über Helgas Gesicht. „Du machst dir falsche Vorstellungen von den Einkünften einer

Tierärztin. Solange ich nicht das Lieblingspferd eines Ölscheichs behandele, müssen wir uns von kleinen Honoraren ernähren. Also, Kinder und Zukünftiger: Ich habe ein Landhaus gekauft. Nichts Großartiges. Aber immerhin!"

Die Aufregung rief einen so hohen Geräuschpegel hervor, daß Nicki aus der Diele hereinstürzte und von einem zum andern sprang. Dann holte er sein Knautschtier, einen Teddy – so groß wie ein Schulanfänger, und schleuderte es wild umher. Das war seine Art, an der Freude der Zweibeiner teilzuhaben.

„Ist ja stark!" rief Tom. „Ein Landhaus. Hoffentlich in der Nähe. Wenn es mit dem Roller erreichbar ist, könnte es mein zweiter Zuhause werden. Mein drittes", verbesserte er sich. „Bei euch", er meinte Locke und Gunter, „fühle ich mich auch wie bei Muttern."

„Also wo?" fragte Gunter.

„Am Froschhauser See."

„Kenne ich", rief Locke. „Leute, da ist es toll! Von Fröschen keine Spur. Aber idyllisch."

„Also, Liebling, die Überraschung ist dir gelungen." Gunter war aufgestanden und küßte Helga die Hand, nicht respektvoll, sondern zärtlich. „Etwa 100 Kilometer sind's bis dorthin. Immer schlankweg nach Süden. Prima."

Helga mußte erzählen. Vom Preis, von der Grundstücksgröße, der Lage am See, der Zimmerzahl, dem Baujahr und wie sie dazu gekommen war.

„Dr. Weber hat mich darauf gebracht. Es gehörte einem seiner Kollegen, der plötzlich verstorben ist. Die Witwe wollte es verkaufen, aber ich kam um eine Nasenlänge zu spät. Leider hatte sie's schon an einen Makler gegeben. Mich ärgert, daß ich ihm nun die Provision *(Vermittlungsgebühr)* zahlen muß – wofür eigentlich? Was hat der geleistet, was getan? Daß der drin hängt, verteuert die Sache."

Gunter nickte. „Aber der Preis ist günstig – im Verhältnis zur Größe. Hast du ein Foto vom Haus?"

„Der Makler bringt es mit." Helga sah auf ihre Armbanduhr. „Er – und auch Dr. Weber – müßten bald hier sein."

Etwas Zeit blieb noch. Gelegenheit für Locke, auf das Thema zurückzukommen, bei dem es ihr noch an Durchblick fehlte.

„Papi, du weißt doch bestimmt, was das mit der Brandstiftung auf sich hat. Weshalb wird da gezündelt? Warum macht das die Mafia?"

„Um zu kassieren", erklärte er. „Professionelle *(berufsmäßige)* Brandstifter lassen sich ihre Arbeit bezahlen. Allerdings ist das nichts im Vergleich zu dem Reibach, den die Spekulanten *(Glücksritter)* machen, in deren Auftrag sie brandschatzen. ‚Warm abreißen' nennt man das. Es ist so: Zunächst streicht der Eigentümer die Versicherungssumme ein, mit der das Gebäude gegen Feuer versichert ist. Dann kommt es zum Verkauf. Meistens ist die Ruine noch nicht ganz ausgeglüht, wenn der nächste Besitzer, der Käufer, seine Mannschaft mit Spitzhacke und Schaufelbagger antreten läßt."

„Was für Käufer sind das?"

„Konzerne, die Ketten aufbauen: Läden, Supermärkte, Hotels, Tankstellen, Garagen. Von einer Schuld dieser Konzerne kann man nicht reden. Sie sehen nur irgendwo eine Lücke in ihrem Netz: eine weiße Stelle auf der Generalstabskarte. Sie suchen und finden ein Grundstück, das ihnen paßt. Aber irgendein – meist schon recht wertloser – Wohnsilo steht drauf. Sie wenden sich an den Besitzer und machen ihr Angebot. Der ginge gern darauf ein, weiß aber nicht, wie er die Mieter rauskriegen soll. Sie rausekeln? Das zieht nicht immer. Außerdem dauert es lange. Renoviert *(erneuert)* wurde ja schon seit langem nicht mehr. Aber das hat keinen geschreckt. Erst wenn alles in Schutt und Asche fällt, ist er sie garantiert los, die Mieter."

Locke überlegte. „Dann wäre es doch das beste Geschäft für die Mafia, wenn sie solche Gebäude billig aufkauft, hoch versichert und abbrennt, sobald Interessenten dafür da sind".

„Allerdings. Auf die Weise würde jede Mark in ihre Vereinskasse fließen."

Es klingelte. Tom ließ Dr. Weber ein, den Anwalt, einen seriösen *(vertrauenswürdigen)* Endfünfziger mit grauen Schläfen.

Nicki benutzte die Gelegenheit, um durch die Haustür zu entwischen. Tom lief ihm nach. Auch Locke, die das beobachtet hatte, seilte sich ins Freie ab.

Der Vierbeiner hatte auf dem gegenüberliegenden Gehweg eine Katze entdeckt und wollte durch die Einfahrt sausen – gerade, daß ihn Tom noch am Halsband erwischte.

In diesem Moment rollte der Wagen heran.

Locke hatte das Gefühl, sich in eine Salzsäule zu verwandeln – was einiges heißen will, bei einem so süßen Geschöpf. Ihre Glutaugen wurden groß. Sie glaubte zu träumen.

Tom ging es ähnlich. Er schielte fast.

Der Wagen hielt an der Pforte. Es war ein mächtiger Schlitten, ein US-Fabrikat, hellbeige und chromreich – kurzum: ein Straßenkreuzer, versehen mit einem Kfz-Kennzeichen, das die beiden auswendig kannten.

Der Fahrer – und einzige Insasse – stieg aus. Er war groß, dunkel, südländisch. Auf talmihafte Weise sah er gut aus – mit seinem strichdünnen Schnurrbart. Er bewegte sich wie ein römischer Filmstar, der von einer Party kommt und zur nächsten eilt. Unter dem Arm trug er eine Kollegmappe.

Nach einem Blick auf Helgas Praxis-Schild fragte er – überflüssigerweise: „Bin ich hier richtig bei Frau Dr. Conradi?"

„Ja", krächzte Tom. „Goldrichtig."

Der Mafia-Typ, dem sie gestern abend vor der Taifun-Bar begegnet waren, sagte: „Tag! Kennen wir uns?"

„Weiß nicht. Ich bin Tom . . . eh . . . Engelbert Conradi."

„Freut mich." Spöttisch deutete er eine Verbeugung an, auch in Lockes Richtung. „Marcello Cordone. Makler. Eure Frau Mutter erwartet mich wohl schon. Ich komme wegen des Landhauses."

Das ist ja ein Hammer! dachte Locke – und lockerte ihre Haltung, indem sie eine Hüfte nach links schob und auf der andern Seite die Hand in die Taille stemmte. *Der* ist der Makler! Ein Glück, daß Helga ihren Anwalt gerufen hat.

12. Der verlorene Brief

Zigarettenrauch durchzog sein Apartment. Die Schere klirrte, als er sie auf den Tisch legte. Klebstoff haftete an allen Fingern. Die Pinzette sah aus, als hätte er damit in einem Leimtopf gerührt. Aber der Brief war fertig.

Leonessa säuberte sich die Hände, zog dann dünne Handschuhe an und schob die zusammengeklebte Mitteilung in den Umschlag. Er klebte ihn zu. Auch die Anschrift bestand aus Druckbuchstaben, die er ausgeschnitten hatte. Auf den Absender hatte er begreiflicherweise verzichtet.

An – Polizei-Präsidium . . . So hatte er den Brief adressiert.

Minutenlang suchte er nach Briefmarken. Er fand keine, hatte nämlich keine, entdeckte aber Gegenstände, die er längst als verloren abgeschrieben hatte: eine Krawattennadel, zwei seltene Münzen im Lederetui, den Zahnstocher aus Gold – der so gut zu seinen gelben Zähnen paßte – und einen Zeitungsartikel über Gebäudeversicherungen, den er aufgehoben hatte, um sich beruflich fortzubilden, sozusagen.

Briefmarken!

Er zog sein Jackett an, schob den Brief in die Außentasche, steckte ein, was er brauchte, und verließ die Wohnung.

Da er nun unterwegs war, wollte er auch gleich einige italienische Zeitungen besorgen.

Er fuhr zum Bahnhof. Das Getümmel in der Halle ging ihm auf die Nerven. Am Kiosk für ‚Ausland-Presse' erstand er die Zeitungen. Eilig marschierte er zurück, wobei er die Zeitungen erst unterm Arm hielt, dann faltete und in die linke Außentasche seiner Jacke schob.

Zehn oder 15 Schritte weiter fiel ihm ein, daß er auf diese Weise den Brief zerdrückte.

Er blieb stehen, nahm die Zeitungen heraus und griff in die Tasche.

Sofort tauchte die rechte Hand in die rechte Tasche. Aber auch dort war der Brief nicht.

Verloren? Wiedermal! Aber wann? Aber wo?

Kann nur passiert sein, dachte er, als ich eben meine Taschen nach der Geldbörse abgesucht habe. Also beim Kiosk.

Er beeilte sich.

Der Kiosk für Ausland-Presse lag in einem Seitentrakt des Bahnhofsgebäudes. Als Leonessa in den Gang einbog, wo der Strom Reisender und Müßiggänger nicht so stark war, sah er seinen Brief. Er lag auf schmutzigem Steinboden und hatte schon zwei, drei Tritte erhalten, ohne aber Schaden zu nehmen.

Der Mafioso war noch ein Dutzend Schritte entfernt, als sich jemand bückte und den Brief aufhob.

Leonessas Zähne gruben sich in die Unterlippe. Er bremste sein Tempo und fiel ins Schlendern.

Es war ein älterer Mann, der den Brief in der Hand hielt. Verwundert betrachtete er ihn. Er drehte ihn um, vermißte den Absender, runzelte die Stirn und las die Anschrift zum zweiten Mal. Daß er sich was dachte, war von seinem Gesicht abzulesen – einem Gesicht, das aus spitzen Winkeln bestand und an einen gutmütigen Teufel erinnerte.

Die ganze Mühe umsonst!

Am liebsten hätte Leonessa den Alten mit dem Messer angegriffen.

Konnte er hingehen und sagen: Mein Brief! Her damit! Danke! Konnte er das?

Unmöglich! Vielleicht fing die Polizei morgen damit an, die Spottbriefe des Roten zu veröffentlichen. Sie würde auch mitteilen, wie die Briefe äußerlich beschaffen waren. Dann konnte sich der Alte melden und den entscheidenden Hinweis liefern, was hinsichtlich der Personenbeschreibung kein Kunststück war – nicht bei Leonessas Gesicht.

Er stand jetzt neben dem Alten und musterte – scheinbar – die Zeitungen in der Auslage.

Alter, wirf ihn in den Papierkorb! Los, avanti! Tu's! Was willst du damit? Dir nützt er doch nichts.

Aber Dr. Eichhorn schob ihn in die linke Brusttasche seines Sommerjacketts und fand es sonderbar, daß ein – an die Polizei gerichteter – Brief eine aus Druckbuchstaben zusammengesetzte Anschrift trug. Das Beste war sicherlich, wenn er ihn beim Präsidium abgab.

Auch er hatte sich eine fremdsprachige Zeitung gekauft, eine englische. Als Philologen *(Sprachwissenschaftler)* interessierte es ihn nach wie vor, was im Schrifttum geschah.

Jetzt ging er quer durch die Halle zum Ausgang. Leonessa folgte ihm. Aber das merkte der alte Studienrat nicht.

Zu spät begriff der Mafioso, daß Eichhorn zum Taxi-Stand wollte. Erst als er sah, daß der Alte einstieg, machte er kehrt. Er rannte zu seinem Wagen. Aber der parkte jwd *(janz-weit-draußen, scherzhaft für: abgelegen).*

Als Leonessa mit jaulenden Reifen heranpreschte, war das Taxi verschwunden.

Wütend drosch er aufs Lenkrad. Also doch umsonst! Den halben Nachmittag umsonst geschnippelt und geklebt! Und keine Möglichkeit mehr, dem Alten den Brief abzunehmen – mit einem Taschendiebtrick, den er von klein auf beherrschte!

Ein Wagen hupte ihn an. Er blockierte die Einmündung zum Frachtgutschalter.

Während er weiter fuhr, beruhigte er sich. Na, wenn schon! Vielleicht war der Alte ein Menschenfreund. Vielleicht opferte er eine Briefmarke und schickte den Brief ab.

Indes unterhielt sich Dr. Eichhorn mit dem Taxifahrer. Es war ein junger Mann mit intelligentem Gesicht: ein Lehrer, wie sich herausstellte, der gerade sein Studium abgeschlossen hatte, aber leider keine Anstellung fand. Um sich über Wasser zu halten, arbeitete er aushilfsweise als Taxichauffeur.

Sie unterhielten sich angeregt, Dr. Eichhorn und sein – fast 50 Jahre jüngerer – Kollege: über die allgemeine Misere

(Notlage), die Arbeitslosigkeit und die Situation an den Schulen.

Als das Taxi schließlich hielt, hatte Eichhorn den Brief vergessen.

Er gab ein großzügiges Trinkgeld und stieg aus. Der Fahrer wünschte ihm einen schönen Sonntag, und das Taxi entfernte sich.

Eichhorn besaß ein kleines Haus in Gartenau, dem ländlichsten Viertel der Stadt. Seine Gedanken beschäftigten sich noch mit dem Gespräch, als er zur Gartenpforte ging. Im selben Moment schoß Pedro heran.

Das war ein riesiger Mischling unbestimmbarer Herkunft, gutmütig wie ein Lamm und sehr verspielt mit seinen knapp anderthalb Jahren. Er liebte den Nachbarn Eichhorn, der immer Hundekuchen für ihn bereit hielt – manchmal auch einen Knochen. Ohne Zweifel war Pedro für jedermann eine Freude. Man verzieh ihm auch, daß er nicht besonders gut erzogen war. Er sprang nämlich an, wen er mochte. Aus Übermut und Freude. Aber das änderte nichts daran, daß seine beachtlichen Pfoten Schmutzflecke hinterließen: auf Jacken, Mänteln und Kostümen.

Eben hatte Pedro in seiner Wanne geplantscht, die in Frauchens Garten stand und bei schwülem Wetter, wie heute, immer mit Wasser gefüllt war.

Pedros nasse Pfoten saugten den Schmutz förmlich an. Freudig winselnd sprang er an Eichhorn hoch – mit beiden Vorderpfoten vor die Brust, bzw. an die hellbraune Sommerjacke, die der Studienrat schon lange besaß.

„Na, Pedro, mein Hund!"

Er tätschelte ihm den Kopf. Pedro begleitete ihn zum Hauseingang und erhielt sein Leckerli. Schweifwedelnd trollte er sich nach nebenan zurück.

Erst vor dem Garderobenspiegel bemerkte Eichhorn, wie er aussah: verschmutzt über die ganze Breite der Brust.

Du lieber Gott! dachte er.

Aber der war nicht verantwortlich, und Eichhorn beschloß, das Jackett morgen in die Reinigung zu bringen. Denn an heißen Tagen bevorzugte er dieses Wams, und der Sommer begann ja erst.

★

Locke wagte nicht, ihren Freund anzusehen. Wenn Tom so fühlte wie sie, würde ihn jeden Moment inneres Gelächter zerreißen. Sie biß sich auf die Lippen und blickte starr auf den Tisch. Aber ihr Näschen bebte, und Tom, der auf der anderen Seite stand, grunzte wie ein Spanferkel.

So kann's also gehen! dachte sie. Ausgerechnet dieser halbseidene Mafia-Angestellte vermittelt Helga das Haus. Ausgerechnet er, den wir suchen. Immerhin – es scheint alles in Ordnung zu sein. Dr. Weber hat sämtliche Papiere geprüft und alles für gut befunden. Klar doch! Der kannte ja den Vorbesitzer und kennt noch dessen Witwe. Und der schöne Marcello macht ausnahmsweise mal ein ehrliches Geschäft. Als Tarnung seiner sonstigen Greuel? Oder tun wir ihm Unrecht, und unsere ganze Vermutung ist nur eine alberne Seifenblase? Nein, ist sie nicht. Da wette ich meine Locken gegen . . . Ach, ist ja egal!

Helga, Gunter, Dr. Weber und Cordone saßen am Tisch und erledigten, was es hier und jetzt bei so einer Sache zu erledigen gab. Alles übrige würde Dr. Weber besorgen.

Immerhin – ab sofort konnte sich Helga als Besitzerin des Froschhauser Landhauses fühlen.

Plötzlich sprang Cordone auf.

„Bei allen Heiligen! Das hätte ich doch beinahe vergessen."

Er rannte hinaus.

„Nanu?" wunderte sich Gunter. „Läuft sein Motor noch?"

Toms Blick tauchte in Lockes dunkle Augen. Zu weiteren Verständigungen reichte die Zeit nicht. Cordone kam zurück.

Er riß einen Blumenstrauß aus papierner Umhüllung und überreichte ihn Helga.

„Herzlichen Glückwunsch, gnädige Frau. Sie und die Ihren sollen nur glückliche Tage erleben in diesem prachtvollen Haus."

Helga dankte und nahm die Hausschlüssel entgegen. Ihre Augen leuchteten. Im Überschwang der Gefühle umarmte sie Gunter.

„Nächstes Wochenende weihen wir's ein, ja?"

„So lange noch?" Gunter seufzte. „Wie soll ich die Woche überstehen? Das sind Aussichten, Kinder", wandte er sich an Locke und Tom. „Wir werden ein Fest veranstalten, daß sich der Froschhauser See wie der Pazifik fühlt. Aber müssen nicht noch die Handwerker rein, Liebling?"

Helga schüttelte den Kopf. „Es ist alles wie neu, und die Möbel habe ich übernommen. Nur Geschirr und Bettwäsche nehmen wir mit, wenn wir Samstag rausfahren – in aller Frühe, versteht sich."

„Oh!" sagte Gunter. „Verdammt und zugenäht. Der Minister! Den kann ich nicht übergehen."

„Was Berufliches?"

„Leider! Um den Termin für das Interview *(Befragung)* habe ich mich lange bemüht. Jetzt ist der Samstag vereinbart, 17 Uhr. Ausgerechnet. Liebling, das heißt, ich komme Sonntagfrüh nach."

„Na, schön!" Etwas von ihrem Lächeln fiel für Dr. Weber und Cordone ab. „Journalisten sind immer im Dienst. Damit habe ich mich abgefunden."

„Anstrengend, aber bestimmt nie langweilig", meinte Weber.

Cordone grinste wie ein Dressman *(Vorführer von Herrenkleidung)* bei der Anprobe neuer Seidenhemden. Zu sagen hatte er nichts.

„Euch nehme ich Samstagfrüh mit", sagte Helga zu Locke und Tom.

„Ich wage kaum, es auszusprechen", mit einem Faustschlag vernichtete Tom einen unsichtbaren Feind, „aber wir können erst mit Gunter kommen."

„Hast recht!" pflichtete Locke bei. „Am Samstag ist Schulfest. Das müssen wir mitmachen. Schwänzen können wir nicht, Helga. Tom spielt abends bei der Band mit – als vierter Zupfgeiger, will sagen: Gitarrist. Wenn er schön leise spielt, wird's gar nicht auffallen, daß er unmusikalisch ist. Ich bin bei der Tanzgruppe dabei. Wir treten spätnachmittags auf."

„Und wenn du schön still stehst", sagte Tom, „wird's gar nicht auffallen, wie unmusikalisch du bist."

„Bäh!" streckte sie ihm die Zunge raus.

Die Erwachsenen lächelten.

„Alle lassen mich allein", stellte Helga fest. „Aber damit werde ich fertig. Den Mike frage ich gar nicht erst. Daß er Zeit hätte, wäre ein Wunder. Ich jedenfalls werde Samstagfrüh von meinem Landhaus Besitz ergreifen und – was bleibt mir anderes übrig! – das Einweihungsfest vorbereiten. Wenn ihr dann eintrudelt, ist alles bestens getan."

„Du verhilfst uns zu Schuldgefühlen", lachte Gunter.

Den Abschluß der denkwürdigen Stunde bildete ein kleiner Umtrunk mit Sekt, wobei sich Locke und Tom ein Glas teilten, denn Alkoholisches war nicht ihr Bier.

Die Stimmung war bombig. Von dem Verhängnis ahnte keiner was. Erst viel später würde man begreifen, daß Cordone das soeben geführte, harmlose Gespräch in teuflischer Weise für sich ausnutzen konnte. Jetzt wußte er das selbst noch nicht.

Er verabschiedete sich als erster. Handgeschrieben auf einem Zettel hinterließ er Helga seine private Telefonnummer – falls es noch Fragen gäbe.

Tom lotste Locke in sein Zimmer, wohin sie voran lief. Sie schlossen die Tür.

„Ich bin dafür, jetzt nichts zu sagen", sprudelte sie hervor. „Von unserem Verdacht, meine ich, was Cordone betrifft. Es wäre wie eine kalte Dusche. Helga täte mir leid. Sie freut sich so. Papi ist begeistert. Heute ist kein Tag wie jeder andere. Vielleicht werden sie im Landhaus ihre Flitterwochen verbringen. Jedenfalls wäre es unmenschlich und stimmungstötend, wenn wir damit rauskommen, daß Cordone wahrscheinlich unser Erzfeind ist, nämlich Mitglied der Mafia."

„Du sprichst mir aus dem Herzen." Tom legte seine Hand auf die linke Brustseite. „Wenigstens heute möchte ich ihr den Kummer fernhalten. Ein ekliger Laffe, dieser Seidengekleidete, wie?"

„Als er kam, dachte ich, ich falle lang auf den Rücken."

„Irre! Aber das Glück ist auf unserer Seite. Wir wissen, wie er heißt, wo er wohnt, und sogar seine Telefonnummer schreibt er uns auf. Komisch, ich hätte vermutet, der besäße Visitenkarten, goldgeprägt."

„Wir werden ihn anrufen."

„Cordone?"

„Von dem reden wir doch."

„Und?"

„Er kriegt eins auf die Nase. Wir drohen ihm."

„Du meinst: Daß er gefälligst seine Landsleute in Ruhe läßt, andernfalls wir gegen ihn vorgehen werden. Aber wer ist ‚wir'?"

„Jedenfalls dürfen wir uns nicht zu erkennen geben. Und es darf auch nicht der Eindruck entstehen, daß wir die Restaurant-Besitzer sind, die Schutzgeld-Zahler."

„Sonst werden die reihenweise zusammengehauen", nickte Tom.

„Ich weiß es. Wir sind die Bürger-Initiative *(erste tätige Anregung zu einer Handlung)* Saubere Stadt. Und wir lassen nicht zu, daß sich hier die Mafia breitmacht."

Tom hielt das für gut.

In der Telefonkladde fand er den Zettel, auf den Cordone seine Privatnummer geschrieben hatte.

Zum Abendessen wollten alle in das Rehmsche Stammlokal DIE DREI MOHREN. Aber vorher machten Locke und Tom mit Nicki eine Runde durchs Viertel.

An einer Telefonzelle wurde der treue Vierbeiner festgebunden. Das Pärchen betrat den Glaskäfig. Locke hatte Herzklopfen, obwohl Tom das Gespräch führen sollte. Er war, wie immer, die Ruhe selbst.

Sie vergewisserten sich, daß niemand des Weges kam und sie nicht beobachtet wurden. Dann legte Tom sein gefaltetes Taschentuch über die Sprechmuschel, was bewirkt, daß die Stimme des Sprechenden am andern Ende der Leitung dumpf und verzerrt klingt.

„Hoffentlich ist er zu Hause, Tom."

„Wenn nicht – irgendwann erreichen wir ihn."

Er hatte sich die Nummer gemerkt und wählte.

Sie hörten das Läuten. Nach dem dritten Mal wurde abgehoben.

„Ja, hallo?" fragte eine heisere Stimme mit deutlichem Akzent. Cordone war's nicht.

„Geben Sie mir Marcello Cordone", verlangte Tom unheilvoll.

„Wer spricht?"

„Das geht Sie einen Dreck an! Holen Sie Cordone! Aber schnell!"

Offenbar wurde eine Hand über die Sprechmuschel gedeckt. Sie hörten entferntes Quaken. Stimmen, natürlich – aber zu verstehen war nichts.

„Cordone", kam es dann messerscharf durch den Draht.

„Hören Sie genau zu, denn ich werde nichts wiederholen", trumpfte Tom auf. „Wir sind eine Bürger-Initiative. Wir zählen ein paar Dutzend Mitglieder. Und wir werden verhindern, daß uns Typen wie Sie auf der Nase rumtanzen. Saubere Stadt – das ist unser Motto *(Leitspruch)*. Damit meinen wir, daß wir die Stadt säubern werden. Für die Mafia, Cordone, ist hier kein Platz!" Er hörte scharfen Atem. „Unterbrechen Sie mich nicht! Wir wissen, daß Sie und Ihr Gelichter hier als Mafia auftreten. Die Polizei kann noch nicht gegen Sie vorgehen, weil es an Beweisen fehlt. Aber wir können, Cordone. Und wir machen Sie fertig, wenn Sie Ihre üblen Geschäfte nicht augenblicklich einstellen: Schutzgeld-Erpressungen, Gewalttätigkeiten und so weiter. Das ist unsere erste und einzige Warnung. Wenn Sie weitermachen, haben Sie sich die Folgen selbst zuzuschreiben. Aber dann möchte ich nicht in Ihrer Haut stecken, denn die kriegt Risse und Beulen."

Er hängte ein.

„Nun, wie war ich?"

Bewundernd sah Locke ihn an. „Großartig. Wenn ich Cordone wäre, könnte ich jetzt vor Angst nicht mehr schlafen."

„Eigentlich eine tolle Idee – das mit der Bürger-Initiative. Wir sollten Mitglieder werben."

„Er ist bestimmt dabei."

Lachend wies sie auf Nicki, der brav neben der Telefonzelle saß, die beiden mit angelegten Ohren beobachtete und jetzt wedelte – wußte er doch, daß es gleich weiterging.

13. Die Sache mit der Telefonnummer

Renato Portabiti lebte schon lange in der Stadt. Seine Kunden hielten ihn für einen Italiener, und in dem Glauben ließ er sie auch. Doch er war Sizilianer.

Seine Schnellreinigung am Rande von Gartenau ernährte ihren Mann. Aber die besseren Geschäfte machte Renato, wenn er für die Mafia arbeitete. Nicht ausschließlich, sondern immer dann, wenn er gebraucht wurde. Immerhin war er es gewesen, der hier ausgekundschaftet hatte. Aufgrund seiner Berichte war dann in Palermo die Entscheidung gefallen. Eine Zweigstelle der Mafia sollte aufgebaut werden. Cordone und Konsorten rückten an.

Der Montagvormittag war heiß.

Renato hob den Kopf, als die Tür geöffnet wurde.

Dr. Eichhorn trat ein. Über dem Arm trug er die leichte, hellbraune Sommerjacke.

„Buon giorno, Signore!" grüßte der Studienrat.

Renato erwiderte den Gruß, und sein pockennarbiges Gesicht verzog sich zu einem Grinsen. Gleich würde der alte Esel seinen Satz anbringen – garantiert den einzigen, den er auf italienisch konnte.

Dr. Eichhorn hielt das Grinsen für Freundlichkeit und sagte: „Vuol occuparsi dei miei vestiti pulirli e stirarli? *(Wollen Sie bitte meine Kleidungsstücke reinigen?)*"

„Aber gern, Herr Doktor."

Eichhorn legte die Jacke auf den Tresen. Außer ihr hing ihm noch eine Leinenhose über dem Arm. Sie wies ein paar Fettflecke auf.

„Der Hund meiner Nachbarin hat mich angesprungen." Er deutete auf den Schmutz an der Jacke.

„Hoffentlich ist es kein gefährlicher Hund."

„Im Gegenteil. Ein lieber Kerl. Sehr verspielt."

„Aber Sie lassen sich von der Besitzerin die Kosten erstatten, Herr Doktor?"

Eichhorn schüttelte den Kopf. „Frau Meier weiß nichts davon. Und mit so einer Lappalie *(Kleinigkeit)* werde ich sie nicht behelligen."

„Morgen früh können Sie beides abholen, Herr Doktor", versicherte Renato und schrieb den Bon aus.

Als Eichhorn gegangen war, bürstete er den Schmutz ab. Außerdem prüfte er gewohnheitsmäßig, ob in den Taschen vergessener Inhalt war. Nichts.

Dann jedoch – bevor er Hose und Jacke dem chemischen Reinigungsvorgang übergab – bemerkte er den Gegenstand.

Er steckte im Brustfutter der Jacke, links, und war hinuntergerutscht bis zum Saum. Durch den Stoff fühlte er sich an wie Postkarte oder Brief.

Renato machte die Brusttasche links auf. Tatsächlich – das Futter war aufgerissen, der Inhalt von dort in die Tiefe gerutscht. Er zog einen Briefumschlag heraus. Der war schmutzig, als hätte er auf dem Boden gelegen.

Er starrte darauf. Seine Augen wurden schmal. Madonna! Die Adresse war aufgeklebt. Sie bestand aus ausgeschnittenen Buchstaben. So teilen sich Erpresser und Kidnapper mit. Das wußte er aus Erfahrung. Aber dieser Brief war an die Polizei gerichtet. Und – natürlich! – der Absender fehlte.

Er pfiff durch die Zähne. Sein Blick wieselte zur Tür. Wann vermißte Eichhorn den Brief? Kam er zurück?

Renato lief in die kleine Kaffeeküche, die zu seinem Geschäft gehörte. Über Wasserdampf öffnete er den Umschlag.

Als er das Blatt entfaltete, fiel sein Blick zuerst auf die Unterschrift.

Auch sie bestand aus den Druckbuchstaben einer Zeitung.

Der Rote – stand dort, Renato hielt den Atem an.

Aufgeregt las er. Der Text lautete:

Ihr blöden Bullen habt anscheinend noch nicht begriffen, daß es zwei Rote gibt. Ich bin der echte – der, von dem Ihr 11 Briefe erhalten habt. Der andere ist nur ein Trittbrettfah-

rer. Hoffentlich erwischt Ihr ihn bald. Oder seid Ihr auch dazu nicht fähig? Meine Briefe, scheint mir, sind Euch peinlich. Oder wie muß ich das verstehen, daß in der Presse noch keiner veröffentlicht wurde? In den nächsten Tagen hört Ihr wieder von mir. Ich habe große Pläne – und von Euch ist ja nichts zu befürchten. Der Rote

Renato blähte die Nasenflügel. Seine Gedanken jagten. Eichhorn – der! Der war der Rote! Ein alter Kerl, aber . . . Wer hätte das gedacht! Und warum auch nicht? Hinter der roten Maske konnte sich jeder verbergen.

Grinsend rieb er sich die Hände. So ein Glück! Cordone hatte eine hohe Belohnung ausgesetzt. Die gehörte jetzt ihm. Und der Chef würde aufatmen, daß der Strolch, der da anfing, die Geschäfte der Mafia zu stören, entlarvt war. Entlarvt und . . . schon so gut wie eingesargt. Für einen wie den gab's keine Gnade. Woher der wohl wußte, welche Wirte Schutzgeld zahlen mußten?

Renato schloß sein Reinigungsgeschäft, setzte sich in den Wagen und fuhr zu Cordone.

Dessen Straßenkreuzer parkte vor dem Haus. Leonessa öffnete. Sein Skelettschädel schien noch knochiger als sonst.

„Dicke Luft", erklärte er. „Wir haben einen neuen Gegner. Bürger-Initiative Saubere Stadt nennen sich diese Spinner. Gestern riefen sie an . . ." Er erzählte.

Renato fluchte. Aber dann schwenkte er den Brief.

„Ich jedenfalls bringe eine gute Nachricht. Ich serviere euch den Roten."

„Was? Wen?" schnappte Leonessa und starrte auf den Brief. „Es . . . soll zwei geben. Einer wurde gestern erwischt. Heute steht's in der Zeitung."

„Ach?" Renato fühlte Enttäuschung. „Ich habe noch nichts gelesen. Welchen haben sie erwischt: den echten oder den Trittbrettfahrer?"

„Den Trittbrettfahrer." Leonessa konnte den Blick nicht vom Brief abwenden. „Wer . . . ist es dann?"

„Ein alter Kerl. Ein Lehrer. Dr. Dieter Eichhorn. Kunde von mir. Und so kam's auch, daß . . . Aber gehen wir doch erstmal zum Chef."

Cordone und Palena saßen im Büro, tranken Espresso und sülzten. Unter Cordones Augen zeigte sich der Ansatz von Tränensäcken. Offenbar hatte er eine schlaflose Nacht verbracht. In den Mundwinkeln saß Wut, in den Augen glomm Haß. Er nickte Renato zu, kippte seinen Sessel zurück und legte die Füße auf den Schreibtisch.

„Bei allen Teufeln", knurrte er, „ich spüre, daß ich dem Kerl auf der Spur bin, ganz dicht. Er hat einen Fehler gemacht. Aber ich . . . komme nicht drauf."

„Du meinst den Anrufer, den Saubermann?" fragte Leonessa.

Cordone nickte. „Es ist so ein Gefühl. Kenne ich seine Stimme? Nein. Das ist es nicht. Sie war verzerrt, verstellt, nicht einzuordnen. Jeder von euch hätte es sein können. Was ist, Renato?"

„Ich bringe den Roten", triumphierte der Schnellreiniger. „Den echten, nicht den Trittbrettfahrer. Hier!"

Cordone nahm den Brief und las. Sein Gesicht rötete sich.

„Woher hast du den?"

Nachdem Renato erzählt hatte, herrschte andächtiges Schweigen.

Es wird immer verrückter, dachte Leonessa. Mein Brief ist ein Irrläufer, buchstäblich. Der Alte vergißt, ihn aus der Jacke zu nehmen. Und das besiegelt jetzt sein Schicksal. Wie wird Cordone entscheiden? Soll der Alte beseitigt werden? Oder genügt es, wenn er für den Rest seiner Tage an Krükken geht?

Cordone bewegte sich wie in Zeitlupe. Langsam nahm er die Füße vom Schreibtisch. Langsam stand er auf. Mit theatralischer Geste legte er sich die Fingerspitzen an die Stirn.

„Ich hab's!" flüsterte er. „Ich hab's!" brüllte er dann, daß die drei zusammenfuhren, als hätte man auf sie geschossen.

Leonessa brannte vor Neugier. „Du hast was Besonderes vor mit diesem Eichhorn?"

„Was? Mit Eichhorn? Der wird fertiggemacht. Was sonst? Nein! Ich hab's, was hinter der sogenannten Bürger-Initiative steckt. Nichts! Eine Kinderei. Und ich weiß, wer der Anrufer ist. Jahhh, jetzt hat mein Scharfsinn ihn aufgespießt. Jetzt, wenn ich's mir vergegenwärtige, kann ich die Stimme einordnen. Der Bursche wird Tom genannt, heißt Tom Conradi."

Die drei schwiegen respektvoll.

Cordone spazierte auf und ab. Die Daumen hakte er in seinen Schlangenledergürtel. Das Gehirn des Chefs arbeitete. Alle merkten es.

Am Eingang wurde geläutet.

Leonessa ließ Carezzo ein, den Kassierer. Auf dessen Feistgesicht wackelte ein unsicheres Grinsen.

„Du kannst aufatmen", sagte Leonessa. „Wie sich herausstellte, gibt es zwei Rote. Der eine hat dem echten nachgeahmt und wurde gestern erwischt. Und jetzt spielt uns das Schicksal den andern in die Hände. Brauchst also deine detektivischen Fähigkeiten nicht mehr zu beweisen. Vielleicht weist dir der Chef eine andere Aufgabe zu – als Chance, dein Leben zu retten."

Carezzo zuckte zusammen. Aber Cordones Stimmung hatte sich inzwischen gewandelt. Er war begeistert von sich selbst und begrüßte Carezzo mit breitem Grinsen.

„Den Mächtigen ist es gestattet, Gnade zu üben. Dir, Guiseppe Carezzo, verzeihe ich. Du wirst schweren Einsatz leisten, um deine Schuld abzutragen. Aber ich schenke dir das Leben, obwohl du soviel Güte nicht verdienst."

Beinahe wäre der Kassierer abermals auf die Knie gesunken. „Danke, Chef . . .", stammelte er. „Danke! Mit meiner Treue werde ich's dir danken."

Was nichts daran ändert, daß ich's mir vielleicht anders überlege, dachte Cordone. Dann wird der Tod so plötzlich vor dir stehen, daß du nicht mal erschrecken kannst. Aber jetzt brauche ich Ruhe in den eigenen Reihen. Zu viel wartet auf uns.

Himmel! dachte Carezzo. Er verzeiht mir. Und ich habe ihn verraten. Die Polizei wird ihm auf die Spur kommen, wenn Freitagnacht die Mietskaserne brennt. Was daraus wird, ist nicht abzusehen. Aber . . . jetzt kann ich nichts mehr ändern.

Cordone hatte sich wieder hinter den Schreibtisch gesetzt.

„Jeder von euch muß verstehen, was läuft. Also: Ich erhielt diesen Anruf des Unbekannten, des angeblichen Sprechers der Bürger-Initiative Saubere Stadt . . ." Er berichtete knapp. „Und jetzt erkläre ich euch, wieso ich darauf komme, daß dieser Bursche dahinter steckt. Gestern habe ich seiner Mutter, einer Frau Dr. Conradi, ein Landhaus vermittelt. Bevor ich mich verabschiedete, hinterließ ich meine private Telefonnummer. Unter der wurde ich angerufen. Wohlgemerkt unter der! Nicht unter meiner Geschäftsnummer."

Er blickte in die Runde.

Keiner hatte verstanden.

„Meine Privatnummer", erklärte er, „steht nicht im Telefonbuch. Erst am Freitag erhielt ich den Anschluß. Er gehörte bisher einem gewissen Bielschofski. Niemand kennt die Nummer. Nicht mal ihr. Niemandem habe ich sie bisher gegeben, weil noch keine Veranlassung bestand. Mit Ausnahme, wie gesagt, gestern bei Frau Dr. Conradi. Der Junge hat die Nummer benutzt. Er und das Mädchen. Sie wird Locke genannt. Und jetzt begreife ich auch, weshalb mich beide so entgeistert anstarrten, als ich kam. Die beiden wissen was. Irgendwie sind sie uns auf die Spur gekommen."

Carezzos Kopf ruckte vor. „Er ein Blonder, kräftig, etwa 16. Und sie eine grazile Schöne mit langem braunen Haar und sooolchen Augen?" Er zeigte Augen wie Untertassen.

Cordone nickte.

„Die kenne ich", Carezzo genoß es, daß er zur Klärung beitragen konnte. „Die haben mich gefunden, nachdem man mich in der Taifun-Bar . . ."

„Taifun-Bar!" unterbrach ihn Cordone. „Jetzt weiß ich, wieso mir die beiden bekannt erschienen! Erinnert ihr euch, Enrico, Vittorio? Als wir Samstagabend rausgingen, stand ein junges Pärchen am Eingang."

„Stimmt", sagte Leonessa.

„Entsinne mich dunkel", meinte Palena.

„Aber das ist noch nicht alles", sagte Carezzo rasch. „Vorher bin ich den beiden schon im Trastevere begegnet. Einen gefährlichen Köter hatten sie bei sich."

„Trastevere?" Cordones Augen wurden schmal. „Dann haben sie dich dort beobachtet, Guiseppe. Hat sie das auf unsere Spur gebracht?"

Carezzos Knie wurden weich. „Chef, ich . . . habe mich ganz unauffällig verhalten. Wie immer. Wirklich! Eher wäre es möglich, daß Aiano oder dessen Tochter – daß die was . . . Richtig! Ich erinnere mich. Das Pärchen saß mit Aianos Tochter am Tisch."

Für einen Moment herrschte Stille.

Dann sagte Palena: „Sehe ich das richtig: Jugendliche haben uns den Krieg erklärt."

Cordones Grinsen fror ein. „Das haben sie. Aber sie haben keine Tatsachen in der Hand, um die Polizei einzuschalten. Schon möglich, daß Aianos Tochter getratscht hat. Aber der Alte – da wette ich meinen Kopf – schweigt. Kein Wort würde die Polizei aus ihm rauskriegen. Er weiß – wie jeder Schutzgeldzahler –, was es für ihn bedeuten würde, wenn er uns beschuldigt. Das heißt, wir haben es nur mit diesen Jugendlichen zu tun."

„Was schlägst du vor?" fragte Leonessa.

„Wir machen dem Bengel klar, worauf er sich eingelassen hat."

„Eine Abreibung?"

„So billig kommt er nicht weg. Ihm tun wir nichts. Aber es

wird seine Mutter treffen. Und er wird wissen, daß er daran schuld ist. Es paßt gut. Dr. Helga Conradi fährt am kommenden Samstag zu ihrem Landhaus am Froschhauser See. Allein. Ihre Mischpoke *(Sippschaft)* kommt erst am Sonntag nach. Sie verbringt dort also eine einsame Nacht. Und die wird sie zeitlebens nicht vergessen. Ich schicke ihr den Rattenkönig."

„Oh!" machte Carezzo.

Palena verzog das Gesicht.

„Arme Frau!" meinte Leonessa und grinste.

Ziemlich harte Strafe! dachte Renato.

„Diese Woche treten wir kurz!" verfügte Cordone. „Guiseppe, du kassierst heute abend noch Benitones Fattoria ab. Dann halten wir still. Bis Freitagnacht. *Die* Sache steigt. Enrico, Vittorio – ihr wißt Bescheid."

Auch Carezzo wußte Bescheid. Aber er verriet das mit keinem Wimpernzucken.

„Und der Rote", meldete sich Renato schüchtern. Er dachte unentwegt an die Prämie. „Seine Adresse habe ich aufgeschrieben." Er legte den Zettel auf den Schreibtisch.

„Das ist dein Job, Vittorio." Cordone schob ihm den Zettel hin.

Leonessa warf einen Blick darauf und steckte ihn ein.

„Heute nacht", fuhr Cordone fort, „kannst du ihn dir vornehmen. Es ist nicht nötig, daß du ihn umbringst. Aber er soll einige Wochen auf der Intensiv-Station im Krankenhaus verbringen. Sicherlich reicht das, bei einem alten Kerl wie ihm. Mach ihm klar, daß er nicht überlebt, wenn er uns noch einmal in die Quere kommt."

Zum Totlachen! dachte Leonessa. Mir gibt er den Auftrag. *Ich* soll den Roten fertigmachen. Na schön! Cordone, du Dummkopf! Du bist kein Chef. Du durchschaust nichts. Du mußt weg. Ich gehöre an deinen Platz. Wie du dich geirrt hast, wirst du merken, wenn der Alte im Krankenhaus liegt und der Rote weitermacht. Bis man dich absetzt. Schon

heute abend geht's weiter. Bei Benitone in der Fattoria hole ich mir das Schutzgeld ab, bevor der dicke Carezzo dort aufkreuzt.

Mit ruhigem Gesicht sagte er: „Alles klar, Chef. Kannst dich auf mich verlassen."

★

Ein milder Sommerabend breitete sich über die Stadt. Locke hatte nachmittags für die Schule gearbeitet. Jetzt zog sie sich um. Sie wählte eine gelbe Bluse und einen moosgrünen Rock. Nachdem sie ihr Haar gebürstet hatte, setzte sie einen ihrer Strohhüte auf.

Gunter und Mike saßen auf der Terrasse, aßen belegte Brote und tranken Bier.

„Na, dann viel Spaß", meinte Gunter. „Aber daß es nicht so spät wird!"

„Bin ja in bester Gesellschaft", lachte sie.

„Siehst so schnieke aus", sagte Mike, der noch nicht wußte, worum es ging. „Führt dich Tom aus?"

„Wir sind eingeladen. Dr. Eichhorn ist der Gastgeber. Wir essen in der Fattoria, wo es die beste Polenta gibt. Sabrina und Gina sind auch dabei."

Es klingelte. Tom holte seine Freundin ab.

„Hast du einen neuen Hut?" fragte er.

„Wieso?" Sie schob ihren Roller aus der Garage.

„Du hattest noch nie einen mit gestreiftem Band."

„Ach so. Ja, das Band ist neu, das Stroh nicht. Hast du ein sauberes Hemd an?"

„Sieht man das nicht?"

„Optisch *(die Augen betreffend)* ist es ein Grenzfall."

Sie rollerten zur Fattoria, fanden aber die Adresse nicht gleich und kamen drei Minuten zu spät.

Dr. Eichmann und die beiden Mädchen saßen schon am Tisch.

Lächelnd versicherte der pensionierte Studienrat, daß er sich freue, im Kreise der Jugend zu speisen. Sie bestellten.

Dic FATTORIA war ein gepflegtes Restaurant. Die Gemälde an den Wänden zeigten italienische Landschaften. Aus versteckten Lautsprechern rieselte Musik.

„Dein Familienname, Locke", sagte Eichhorn, „geht mir nicht aus dem Kopf. Rehm – kompliziert ist er nicht, trotzdem selten. Und in meiner Jugend . . ."

Er sprach nicht weiter, sondern lächelte versonnen, als hänge er einer alten Erinnerung nach.

Locke ließ ihm drei Sekunden Zeit, ehe sie fragte: „Ja? Was war da?"

„Es liegt schon so lange zurück. Ein halbes Jahrhundert. Damals habe ich eine junge Frau verehrt. Bis über die Ohren war ich in sie verknallt. Sie hieß auch Rehm, war aber leider schon verheiratet. Sie war meine heimliche Liebe. Aber sie hat es nie erfahren."

„Wie romantisch! War das hier in der Stadt?"

Er nickte. Der Kellner brachte den Wein für ihn und die Limonaden für die Jugendlichen.

„Ich wurde in dieser Stadt geboren und habe mein ganzes Leben hier verbracht", sagte Eichhorn, nachdem er den Chianti gekostet hatte. „Meine Flamme hieß Elisabeth! Ja, Elisabeth Rehm."

Locke hätte fast ihr Glas umgestoßen. „Doch nicht etwa meine Oma?"

Eichhorn sah erschrocken aus. „Du meinst . . . Lebt sie denn noch?"

„Draußen in Birkenrode", nickte Locke. „Sie ist 72. Opa war Lehrer. Er starb vor zwei Jahren. Als er noch unterrichtete, wohnten sie am Lindenhofplatz. Mein Papi ist der einzige Nachwuchs. Er heißt Gunter und ist jetzt 44, benimmt sich aber wie 39, weil Helga", sie wies auf Tom, als erkläre das alles, „wie 35 aussieht. Höchstens."

Die Dreiecke in Eichhorns Teufelsgesicht spitzten sich zu. „Lindenhofplatz . . .", stotterte er. „Und dein Opa war . . . Stimmt! Stimmt alles! Auch, daß sie jetzt 72 . . . ja, so alt muß sie sein. Ist denn das zu fassen! Vor Jahrzehnten habe ich sie aus den Augen verloren. Absichtlich. Denn die Elisabeth war ja nicht mehr zu haben. Also nein!" Er schüttelte den Kopf.

„Ich glaube", sagte Locke, „meine Großeltern waren sehr glücklich miteinander. Seit Opas Tod ist Oma etwas einsam. Wir besuchen sie zwar häufig, und sie kommt häufig zu uns – aber das ersetzt den Opa nicht. Haben Sie meine Oma persönlich gekannt?"

„Das ja. Aber sie hat nicht geahnt, was sie mir bedeutet."

„Sicherlich erinnert sich Oma an Sie."

„Das glaube ich nicht. Allerdings – wer ein Gesicht hat wie ich, den vergißt man nicht so schnell."

„Sie können sie ja fragen. Rufen Sie an! Über Ihren Besuch würde sie sich bestimmt freuen. Und wenn sie erfährt, daß Sie ein alter Verehrer sind . . . Tom, wie findest du das?"

Tom grinste. „Stark."

„Du kennst sie?" fragte Eichhorn.

„Na und ob!" Tom dehnte die Brust. „Wir sind ein Clan. Daß Oma in ihrer Jugend eine Schönheit war, sieht man heute noch, finde ich. Außerdem sieht sie süß aus auf alten Fotos."

Eichhorns Gesichtsfarbe war fast so kräftig wie die des Weins.

„Locke, das Rendezvous *(Verabredung)* mußt du für mich arrangieren *(vorbereiten)*. Aber jetzt essen wir erstmal."

Das Mahl wurde serviert. Es schmeckte vorzüglich.

Sabrina erzählte, daß Benito Benitone – der Besitzer der FATTORIA – aus demselben Ort stamme wie ihr Vater.

„Sie kennen sich von klein auf und sind befreundet. Daß sie zusammen herkamen, hat ihnen den Anfang erleichtert."

„Habt ihr Sehnsucht nach Italien, oder fühlt ihr euch im Herzen als Deutsche?" fragte Locke.

„Ich fahre gern zu meinen Verwandten und bin in den Ferien häufig dort", antwortete Sabrina. „Aber ich werde hier bleiben. Ich gewinne immer mehr Freunde. Hier bin ich zu Hause."

Gina bestätigte, sie empfinde genauso.

Beim Nachtisch passierte Locke ein Mißgeschick. Etwas Erdbeereis kleckste auf ihren Rock.

Sie lief sofort zur Toilette, rieb den Fleck aus, benutzte die Gelegenheit, um sich zu kämmen und blickte dann aus dem Fenster. Draußen lag ein Hinterhof.

Auf den freien Plätzen der Stadt war es sicherlich noch hell. Aber hier fingen Mauern und Häuserrückfronten die Dämmerung ein. Blaue Schatten häkelten sich aus den Ecken hervor. Man erkannte noch die Umrisse, aber nicht mehr die Einzelheiten.

Locke bemerkte den Mann, der durch die Einfahrt huschte. Er bewegte sich rasch. Seine Haltung drückte Heimlichkeit aus. Bei der Hintertür blieb er stehen.

Er zog etwas aus der Tasche und streifte es über den Kopf – wie einen Sack, nein, wie eine . . . Maske!

Locke stockte der Atem.

Der Mann öffnete die Tür. Der Flur war erleuchtet. Für einen kurzen Augenblick stand der Mann im Licht.

Seine Strumpfmaske war rot. Metall schimmerte in seiner Faust. Eine Pistole!

Er verschwand im Haus.

„Der . . . Rote!“ flüsterte sie.

Sie eilte zurück. Vor der Toilettentür stieß sie mit einer fülligen Dame zusammen. Für Entschuldigungsworte war keine Zeit. Locke sauste vorbei.

Hinter sich hörte sie eine unfreundliche Bemerkung über die schlechten Manieren der heutigen Jugend. Aber das tat ihr nicht weh.

Schon wollte sie zum Tisch zurück, als ihr einfiel, was daraus entstehen konnte: Tom würde handeln. Nichts würde ihn bremsen. Er würde zu den Wirtschaftsräumen rennen und den Roten stellen. Aber der war bewaffnet.

Nein! dachte sie. Heldenmut, geliebter Tom, ist nicht gefragt. Der Rote könnte dich erschießen. Wozu haben wir eine Polizei?

Sie lief zum Telefon, das im Vorraum war, schob zwei Groschen in den Münzschlitz und wählte 4 54 56 66.

14. Auftrag für den Rattenkönig

Vier Fälle von schwerer Körperverletzung hatten sie ihm nachgewiesen. Vier Fälle von über 30. Dreißig? Es konnten auch 50 sein. Genau entsann er sich nicht. Aber das spielte ohnehin keine Rolle.

Seine letzte Gefängnisstrafe hatte er abgesessen. Selbst dort hatten ihn die anderen Häftlinge gemieden. Er war isoliert *(vereinsamt)* gewesen. Na gut! Er war auch hier isoliert – in dieser verdammten Stadt, durch die er sich schleppte: bösartig, lauernd und immer sprungbereit wie eine Ratte.

Wie ein Rattenkönig! Denn das war sein Spitzname.

Niemand mochte ihn. Er wußte das. Brosamen fielen nur für ihn ab, wenn irgendwo eine Dreckarbeit getan werden mußte.

Den Tag hatte Edgar Holsen verschlafen. Jetzt fuhr er im Bett hoch und preßte sofort eine Hand an den Mund, um nicht zu schreien. Seine Zähne gruben sich in den Handballen. Während ihm Schweiß in die Augen rann, ließ die Wirkung des Traums etwas nach.

Immer derselbe Traum. In letzter Zeit träumte er immer denselben. Er träumte, er hänge am Galgen.

Blaue Dämmerung tropfte durchs Fenster herein. Die Scheibe war heil, aber es gab keine Vorhänge. Seine Bude, ein feuchtes Loch, lag im Keller eines Wohnblocks an einer lauten Straße. Um neugierige Blicke fernzuhalten, hatte er die Scheibe mit Zeitungspapier beklebt. Was draußen vorging, interessierte ihn sowieso nicht.

Er stand auf und machte Licht. Er fröstelte. Was er auf dem Leib trug, war durchschwitzt.

Zu der Kellerwohnung gehörten zwei Zimmer und ein schäbiges Bad mit schwindsüchtigen Kakerlaken. Im Bad stand der Elektrokocher. Holsen machte sich Pulverkaffee.

Seine Hände waren jetzt ruhig genug, um sich naß zu rasieren. Daß er sich von den Pennern unterschied, darauf legte er Wert. Soweit würde es – trotz allem – nie mit ihm kommen.

Er war 38 Jahre alt, groß und fleischig. Er hatte weiße, weichliche Hände. Sonnenbestrahlung erzeugte auf seiner Alabasterhaut Sommersprossen, allenfalls Röte. Selbst jetzt, im Sommer, war er bleicher als Ziegenkäse, und das rote Haar sah aus wie gefärbt. Er hatte eine schwere Unterlippe, die immer etwas zernagt war, eine gebrochene Flachnase, durch die er schlecht atmen konnte, und Augen wie Schlitze. Das rote Haar wuchs ihm tief in die Stirn.

Es war ein Gesicht, an das man sich nicht gern erinnert.

Er setzte sich an den Tisch, schlürfte eine zweite Tasse Kaffee und dachte an nichts.

In dem Gang vor der Wohnungstür näherten sich Schritte.

Er horchte. Unwillkürlich zog er die Schultern hoch. Er erwartete niemanden. Und wer unverhofft kam, brachte meistens nichts Gutes.

Eine Faust pochte an die Tür.

Holsen setzte die Tasse ab. Mit einem Blick überzeugte er sich: Der Schlüssel steckte innen. War abgeschlossen? Bestimmt. Am besten also, er rührte sich nicht.

„Holsen", sagte eine heisere Männerstimme. „Ich weiß, daß du da bist. Mach auf! Ich komme von Cordone."

Das war natürlich was anderes. Er öffnete.

Draußen stand ein eckiger Typ mit einem Gesicht wie ein abgenagter Knochen. Sein cremefarbener Sommeranzug hatte nur wenige Knautschfalten in der Ellbogenbeuge.

„Ah, Signore Palena!" meinte Holsen. „Sie sind heiser. Habe Ihre Stimme nicht gleich erkannt."

„Blödsinn! Meine Stimme ist immer so." Mit unverhohlenem Widerwillen sah er den Rattenkönig an. „Bist du allein?"

Holsen nickte. Palena kam herein, blickte angeekelt umher, trat zu einem der Stühle, als wollte er sich setzen, verzichtete aber.

Holsen hatte die Tür geschlossen. Auf seinem Gesicht stand Erwartung.

„Es ist ein Auftrag", sagte Palena, „eine delikate Angelegenheit, für die du Spezialist bist. Es wird dir Spaß machen. Außerdem zahlt dir der Chef 2000 Mark. Die Hälfte sofort, die andere nach – häh! – getaner Arbeit."

„Kommt mir wie gerufen. Wo ich gerade so knapp bei Kasse bin."

„Du sollst dir eine Frau vornehmen. Und zwar so, daß sie es nie mehr vergißt. Es ist eine Bestrafung. Klar?"

„Verstehe."

„Sie heißt Helga Conradi", fuhr Palena fort, „ist Tierärztin und bestimmt eins der hübschesten Weiber, das hier rumläuft. Das nächste Wochenende verbringt sie in ihrem Landhaus am Froschhauser See. In der Nacht zum Sonntag ist sie dort allein."

„Verstehe."

Palena zog ein Foto aus der Brusttasche. Es war mit einer Sofortbildkamera gemacht worden und nicht sehr deutlich.

Holsen betrachtete es und leckte sich die Lippen.

„Das hat einer unserer Jungs heute mittag gemacht", erklärte Palena, „als sie aus dem Haus kam. Es mußte schnell gehen, und er konnte nicht näher ran, sonst hätte sie's gemerkt. Aber du siehst genug, oder?"

„Genug", nickte Holsen.

Er drehte das Foto um. An der Rückseite klebte ein Zettel mit der Froschhauser Adresse.

„Alles klar, Holsen?"

„Natürlich. Ja, gut. Wird mir ein Vergnügen sein."

Er sah zu, wie Palena zwei Bündel 20-Mark-Scheine auf den Tisch warf.

„Weshalb soll ich die Frau . . ."

„Keine Fragen, Mann! Du machst, was dir gesagt wird. Und zwar so, daß sie anschließend ins Krankenhaus kommt."

Holsen zog den Kopf zwischen die fetten Schultern und starrte auf das Geld.

„Und häng dir was über dein Gesicht", sagte Palena, „damit sie dich nicht beschreiben kann."

„Das mache ich doch immer."

Palena ließ seinen Blick über den Rattenkönig gleiten. Dann nickte er knapp und ging hinaus.

★

Locke hatte die Polizei alarmiert, war zum Tisch zurückgekommen und saß jetzt wie auf Kohlen.

Eichhorn und die beiden Mädchen merkten nichts. Aber Tom kannte seine hübsche Freundin genau. Zärtlich legte er seine Hand auf ihre.

„Was ist los, Locke?"

„Versprich mir, daß du hier bleibst. Daß du nicht aufstehst!"

„Weshalb?"

„Er . . . hat eine Pistole."

Toms Blick wurde starr. „Wer? Und wo ist er?"

Mindestens fünf Minuten sind vergangen, dachte sie. Bestimmt ist der Rote längst weg. Keine Gefahr mehr, wenn Tom losstürmt. Oder?

„Ich sah, wie der Rote durch die Hoftür ins Haus kam. Er hielt seine Pistole in der Hand. Bei der Polizei habe ich schon angerufen. Bitte, Tom! Ich hatte gleich kein gutes Gefühl. Du wärst nicht zu bremsen gewesen, aber vielleicht hätte er auf dich geschossen."

Sein Hintern schwebte schon handbreit über dem Stuhl.

„Schatz, bitte entbinde mich von dem Versprechen, das ich gar nicht gegeben habe. Ich geh mal nach hinten. Bin ganz vorsichtig – Ehrenwort! – und gleich wieder da."

Weg war er! Während Eichhorn noch seinen Schrecken verdaute, wurde Locke von den Mädchen mit Fragen bestürmt. Sie berichtete, was sie gesehen hatte.

„Dann ist das der andere Rote, der echte", Eichhorn fand seine Sprache wieder. „In der Zeitung stand doch, daß gestern einer der beiden Verbrecher gefaßt wurde. Von einem Jugendlichen, einem gewissen Engelbert C."

Locke lächelte und wies auf Toms leeren Stuhl. „Er wird zwar Tom genannt, heißt aber Engelbert Conradi."

Natürlich mußte sie erzählen. Eichhorn staunte. Sabrina wußte schon Bescheid. Gestern hatte sie alles von Gina erfahren.

Noch bevor Locke unruhig wurde, kam Tom zurück. Er zuckte die Achseln.

„Der Kerl war längst weg. Also wirklich, Locke, du brauchst mich nicht in Watte zu packen. Vielleicht hätte ich ihn überwältigen können – trotz seiner Pistole: auf dem Hof, hinterrücks. Naja, jetzt ist es vorbei. Ich habe mit Signore Benitone gesprochen. Es war so: Der Rote kam in sein Büro, wo Benitone allein war, und hat – haltet euch fest! – Schutzgeld kassiert. Eigentlich wollte Benitone das nicht zugeben. Das Wort ist ihm rausgerutscht. Da habe ich ihn festgenagelt. Und gesagt, daß wir über die Mafia informiert sind. Aber – bitte! – es muß unter uns bleiben. Auf keinen Fall will er das der Polizei sagen. Dieser Fischzug eben ist irgendwie ein Witz. Benitone saß vor geöffneter Kasse. Eine Menge Geld ist drin. Aber der Rote wollte nur das Schutzgeld für diesen und nächsten Monat. 2000 Mark insgesamt. Er wäre jetzt der Kassierer, hat er gesagt. Der Kassierer der Mafia. Finde ich komisch. Ob der wirklich dazu gehört? Hat man Carezzo gefeuert? Daß ein Maskierter kommt, muß doch auffallen."

Eichhorn machte ein verwirrtes Gesicht. Sie erklärten ihm soviel, wie er wissen mußte. Und natürlich wurde er zum Schweigen vergattert.

Die Polizei kam. Locke wurde in Benitones Büro gebeten. Sie sagte, was sie beobachtet hatte. Mehr nicht. Benitones Blicke flehten sie an. Er war so rundlich wie Sabrinas Vater und etwa im gleichen Alter.

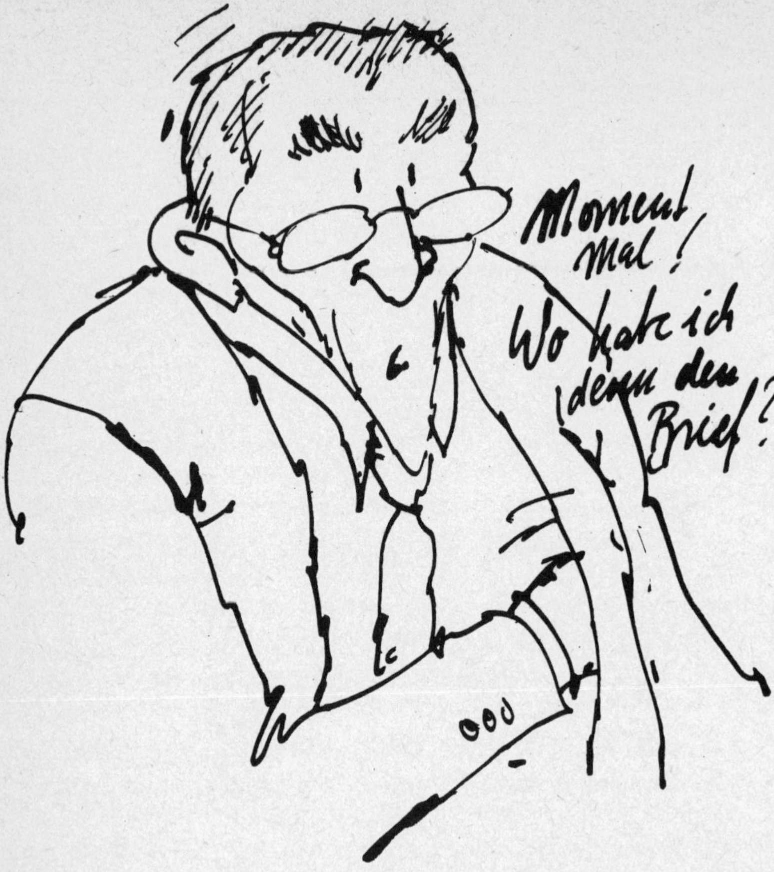

Locke wurde dann nicht mehr gebraucht und ging zum Tisch zurück.

„Der Rote, der echte Rote, schickt der Polizei Briefe“, sagte Tom in diesem Moment. „Wir wissen das von der Kripo. Elf Briefe sind bisher angekommen. Er verspottet die Polizei. Demnächst sollen die Briefe in der Presse veröffentlicht werden. Weil das vielleicht einen Hinweis bringt.“

„Das ist aber unvorsichtig vom Roten", sagte Eichhorn. „Die Handschrift könnte ihn verraten – zumindest als Beweis herhalten, wenn man einen Verdächtigen aufgreift. Und selbst wenn er eine Schreibmaschine benutzt . . ."

„Dazu ist er zu schlau", fiel ihm Locke ins Wort. „Der Kripo-Beamte sagte uns, daß der Rote Worte und Silben aus Zeitungen ausschneidet, zum Wortlaut zusammenfügt und aufklebt. Das kennt man ja."

Eichhorn vergaß, den Mund zu schließen. „Moment mal! Wo habe ich denn den Brief?"

Er begann, wie wild in allen Taschen zu suchen.

Locke fing Toms Blick auf – einen Blick, der besorgt fragte: Ist dem alten Herrn der Wein nicht bekommen?

„Um Himmels willen!" stöhnte der Studienrat. „Jetzt fällt es mir ein. Der Brief steckt noch in der leichten Jacke. Und die ist in der Reinigung. Also, nein! Jetzt glaube ich wirklich, ich werde alt. Und vertrottelt. Bedenklich, bedenklich – was ich in letzter Zeit alles vergesse."

„Man kann mal was vergessen", tröstete Locke. „Deshalb sind Sie noch lange nicht vertrottelt. Ist Ihr Brief denn so wichtig? Wohl an einen lieben Freund, ja?"

„Nein, nein! Den Brief habe ich gefunden. Eure Schilderung von den Spottbriefen des Roten hat mich daran erinnert. Mein Brief sieht nämlich genau so aus. Die Adresse besteht aus zusammengefügten Druckbuchstaben, und der Absender fehlt. Das macht mich jetzt wirklich stutzig. Denn gerichtet ist er ans Polizei-Präsidium."

„Wie?" Lockes Stimme kickste – wie immer bei Aufregung.

„Das bedarf einer Erläuterung", rief Tom.

Eichhorn berichtete, wie, wann und wo er den Brief gefunden hatte und wo er sich jetzt, vermutlich, befand.

„Wenn der Portabiti meine Jacke gleich ins Reinigungsbad gehängt hat, ist von dem Brief nichts mehr übrig", schloß er.

Tom stand schon neben dem Tisch. „Aber vielleicht wurde

er gefunden – und liegt jetzt in der Schnellreinigung. Wissen Sie die Telefonnummer, Herr Doktor?“

Eichhorn wußte sie nicht. Aber das dickleibige Telefonbuch war vorhanden. Das Pärchen suchte gemeinsam. Locke diktierte dann die Nummer, während Tom wählte. Natürlich waren die Geschäfte längst geschlossen, doch vielleicht saß Signore Portabiti beim Abendessen und . . .

Tatsächlich! Er meldete sich.

„Renato Portabiti“, drang die Stimme an Toms Ohr.

„Guten Abend, Signore! Ich rufe im Auftrag von Dr. Eichhorn an“, sagte er. „Er hat Ihnen – Sie erinnern sich? – heute vormittag eine Hose und eine Jacke zum Reinigen gebracht. In der Jacke befand sich ein Brief. Den, um Himmels willen, müssen wir retten. Es ist nämlich, wie wir soeben rekonstruiert *(nachgebildet)* haben, ein Brief des Roten. Des berüchtigten Verbrechers. Sicherlich haben Sie von dem schon gehört. Dr. Eichhorn fand den Brief im Hauptbahnhof. Und jetzt müssen wir ihn, den Brief, der Polizei übergeben. Für die Ermittlungen ist das ungeheuer wichtig. Sie verstehen. Bitte, sagen Sie: Ist die Jacke schon im Reinigungsbad?“

In der Leitung war nur Stille.

„Hallo!“ sagte Tom. „Sind Sie noch da?“

„Gefunden?“ krächzte der Italiener. „Äh . . . ich meine, er hat einen gefundenen Brief in der Jacke . . . Unmöglich!“

„Doch! Es ist Tatsache!“

„Un . . . unmöglich! Ich meine, daß der Brief in der Jacke war . . . ist. Denn selbstverständlich überprüfe ich alle Taschen, bevor ich . . . In der Jacke war nichts. Nur Staub. Nur Krümel.“

„Sind Sie sicher, Signore?“

„Ganz sicher. Nichts. Gar nichts.“

„Dann ist der Brief sicherlich woanders. Entschuldigen Sie die Störung.“ Tom legte auf.

Locke hatte alles mitgehört. „Vielleicht ist er wirklich vertrottelt", meinte sie leise, „und hat den Brief in den Müll geworfen. Hm. Schade! Der Kripo hätte es geholfen."

Sie gingen zum Tisch zurück, wo die andern gespannt warteten.

„Dann weiß ich nicht, wo er geblieben ist", meinte Eichhorn, nachdem sie erzählt hatten. „Ich könnte beschwören, er muß noch in der Jacke sein. Ob ich ihn irgendwo verloren habe?"

Locke blickte an ihm vorbei in Richtung Eingang und begann, mit dem Wimpern zu fächern.

„Tom!" flüsterte sie. „Carezzo!"

Der Kassierer der Mafia kam eiligen Schritts. Er durchquerte das Restaurant, ohne rechts oder links zu blicken, und verschwand durch die Tür, die nach hinten führte.

„Jetzt verstehe ich fast gar nichts mehr", sagte Tom.

„War das der . . . der Carezzo? Der Kassierer?" Eichhorn stürzte ein Glas Wein hinunter. Allmählich überfordeten ihn die Ereignisse. Soviel Aufregung war er nicht mehr gewöhnt – in seinem Pensionärs-Dasein.

„Das war er", hauchte Locke. „Was will er hier? Der Kassierer, der Rote, war doch schon da! Aber Carezzo geht nach hinten, zu Benitone, ins Büro. Die Polizei ist schon weg. Schade! Wenn man sie braucht, ist sie gerade woanders."

Sabrina und Gina duckten sich förmlich. Sie hatten sich auf einen unbeschwerten Abend gefreut. Die Einladung ehrte sie. Und besonders toll war, daß Eichhorn sie mit Locke und Tom zusammenbrachte – bei so festlichem Anlaß. Und jetzt dies! Der Rote! Die Mafia! Immer wieder die Mafia! Carezzo! Die graue Wirklichkeit verfolgte sie bis in den privatesten Winkel ihrer Freizeit.

„Ist doch alles seltsam." Locke überlegte laut. „Der andere Rote – Schöps, alias Hartmann – hat vorgegeben, er sei von der Mafia, und versucht, bei deinem Vater", sie sah Gina an, „Schutzgeld einzutreiben. Der echte Rote gehört offenbar wirklich dazu. Aber ich will wissen", fast hätte sie unterm

Tisch mit dem Fuß aufgestampft, „was dann Carezzo hier sucht!“

„Ich auch.“ Tom trommelte auf die Tischplatte.

Seine Ungeduld erlebte eine Fünf-Minuten-Probe. Dann tauchte Carezzo im Hintergrund auf. Auf seinem Gesicht stand ein Fragezeichen – so deutlich wie aufgemalt. Aber in den Augen glomm Ärger. Er drückte die schwarze Aktentasche an sich und hastete zum Ausgang.

„Wir sind gleich wieder da“, meinte Locke.

Sie ließ sich führen von Tom, der den Weg zum Büro kannte.

Sie brauchten nicht zu klopfen. Die Tür stand halb offen. Benito Benitone saß am Schreibtisch. Mit einem Taschentuch wischte er sich Angstschweiß von seinem Küchenchef-Gesicht.

„Das ist Nina Rehm“, stellte Tom vor. „Ja, meine Freundin. Wie ich schon sagte, weiß sie über die Mafia genau soviel wie ich. Eben hat's mit Carezzo eine Auseinandersetzung gegeben, nicht wahr?“

Benitone atmete, als hätte er den Polenta-Vorrat der ganzen Woche gegessen. Doch der Luftmangel war nervlich-seelischen Ursprungs. Er nickte, schickte Blicke zur Zimmerdecke und trocknete auch seinen Hals ab.

„Madonna, hilf! Dieses Unglück! Ich werde zerrieben zwischen den Mühlsteinen des Verbrechens. Die Mafia, der Rote – wem soll ich das Schutzgeld geben? Beide drohen mir mit dem Tod. Bezahle ich beide, bin ich pleite. Versteht ihr? Ich verdiene mein Geld nicht leicht. Ich muß knapp kalkulieren, aber das Beste bieten.“

Locke schob die Brauen zusammen. „Wollen Sie damit sagen: Erst hat der Rote im Namen der Mafia kassiert – und jetzt wollte Carezzo das Schutzgeld abholen?“

„So ist es. Als ich Carezzo vom Roten sagte, hat er mich einen Idioten genannt. Der Rote gehöre nicht zu ihnen. Im Gegenteil. Er sei der Feind. Ein Todfeind. Aber seine Stunden wären gezählt. Heute nacht noch werde ihn das Schicksal ereilen."

„Bandenkrieg in der Unterwelt", meinte Tom. „Sollen sie! Immer drauf auf die Miesen! Wenn die sich die Köpfe einhauen, kann sich die Bürger-Initiative Saubere Stadt nur freuen. Haben Sie etwa zweimal bezahlt, Signore?"

Benitone schüttelte den Kopf. „Ich sagte, das könnte ich nicht. Das sei troppo caro *(zu teuer).* Er will es seinem Chef sagen. Wie wird der entscheiden? Oh, mi sento male *(ich fühle mich nicht wohl).*"

„Der Chef wird es Ihnen sicherlich erlassen", Locke polierte ihren Hintergedanken, „und sich das Geld vom Roten zurückholen. Heute nacht. Eh . . . Sie kennen den Chef?"

Benitone war so mit seiner Angst beschäftigt – die beiläufig gestellte Frage hätte ihn überrumpelt. Aber er schüttelte den Kopf.

„No, nur Carezzo. Er sagte, mein Freund Emilio Aiano wüßte, daß hinter ihm, hinter Carezzo, die Mafia steht. Emilio hat mir das bestätigt. Er kennt die Verbrecher vom Sehen. Weil sie manchmal zu ihm kommen. Die Namen kennt er nicht. Und er will sie auch gar nicht wissen. So wenig wie ich das hören möchte. Was wir nicht wissen, können wir nicht verraten. Und was wir nicht verraten, kann uns nicht das Leben kosten. Wir wissen nur, daß der Kassierer Carezzo heißt. Aber wer weiß, ob das sein wirklicher Name ist."

Immer tief rein mit dem Kopf in den Sand! dachte Locke. Und die wundern sich, daß sie ausgebeutet werden.

„Nur Mut!" sagte sie. „Vielleicht gibt es die Mafia nicht mehr lange – jedenfalls nicht in unserer Stadt."

15. Peinliche Begegnung

Cordone saß in seinem Büro und hielt den Hörer ans Ohr. Am anderen Ende der Leitung verklang Renato Portabitis Stimme. Er hustete noch zweimal und fühlte sich vermutlich wie auf dem Schleudersitz.

Idiot! dachte Cordone. Verkauft uns diesen Eichhorn als den Roten und überlegt keine Sekunde, daß das unmöglich ist. Er hätte es wissen müssen. Er kennt den Alten. Er müßte ihn richtig beurteilen. Jetzt hätten wir also beinahe den Falschen zum Krüppel geschlagen, einen Tattergreis, der den Brief nur gefunden hat. Ich bin von Dummköpfen umgeben. Und von Betrügern. Carezzo, der Schweinehund! Portabiti, der Hornochse! Was würde ich wohl erleben, wenn ich die Gedanken von Enrico und Vittorio lesen könnte?

„Gut, Renato", sagte er mit mühsam beherrschter Stimme. „Ich hoffe, ich kann Vittorio noch zurückpfeifen – bevor er diesen Eichhorn auseinandernimmt."

Er legte auf.

Nach einem Blick auf die Uhr wählte er Leonessas Nummer.

Aber der hob nicht ab.

Cordone versuchte es ein Dutzendmal im Abstand weniger Minuten. Ohne Erfolg. Wo war der Kerl? Wo trieb der sich rum? Draußen sank die Dämmerung herab. Zu früh, um sich diesen Eichhorn vorzunehmen. Oder? Wenn Leonessa schon unterwegs war, dann drängte die Zeit.

Ich muß ihn abfangen, dachte er. Also hin zu Eichhorn!

Er verlor keine Sekunde, setzte sich in seinen Straßenkreuzer und fuhr in den Stadtteil Gartenau. Von Portabiti hatte er sich Eichhorns Adresse geben lassen.

Als er dort ankam, fegte ein warmer Wind durch die Straße, und in den Garten raschelten die Blätter. Laternen brannten. Hinter den Fenstern der kleinen Häuser brannte Licht. Aber niemand flanierte, die Gärten waren verwaist.

Cordone fuhr an Eichhorns Haus vorbei. Es war dunkel. Er hielt in geringer Entfernung und stieg aus. War Leonessa schon drin? Eingedrungen auf der Rückseite? Dann mußte er den Wagen bemerken.

Und er wird sich wohl denken, daß ich nicht zum Spaß hier bin! überlegte Cordone.

Er schlenderte am Zaun entlang und spähte in die Fenster. Aber er konnte nichts Verdächtiges entdecken.

★

„Cameriere! Il conto! *(Kellner! Die Rechnung!)*"

Dr. Eichhorn war sichtlich stolz auf seine italienischen Sprachkenntnisse.

Nachdem er gezahlt hatte, verließen sie die FATTORIA, zu fünft. Draußen wartete das Taxi. Der Studienrat, Sabrina und Gina stiegen ein. Locke und Tom starteten ihre Motorroller.

Sie folgten dem Taxi. Eichhorn hatte dem Fahrer Anweisung gegeben, so langsam zu fahren, daß die beiden den Anschluß nicht verloren. Denn es ging noch nicht nach Hause. Ziel war Eichhorns Haus in Gartenau, wo ihm die Jugendlichen helfen wollten, nach dem Brief des Roten zu suchen. War er doch überzeugt, der Studienrat, daß er ihn, den Brief, im Hause verloren hatte. Und zehn Augen sehen bekanntlich mehr als zwei, zumal wenn diese schon etwas altersschwach sind.

Es dunkelte, als sie ankamen. Das Taxi hielt, die drei stiegen aus. Dann wendete das Taxi, und sein Scheinwerferlicht strich über den Straßenkreuzer.

Locke bemerkte ihn sofort.

„Tom!" wisperte sie. „Cordones Wagen! Dort!"

„Hab ihn gesehen."

Sie stellten die Motoren ab, schalteten die Lampen aus und schoben die Roller zum Zaun. Gedanken zuckten Locke durch den Kopf. Aber sie führten zu keinem Ergebnis.

„Dann kommt mal rein", sagte Eichhorn fröhlich, „zusammen finden wir den mysteriösen *(geheimnisvollen)* Brief bestimmt."

Einige Schritte entfernt lehnte eine Gestalt am Zaun. Es war ein hochgewachsener Mann. Mehr ließ sich in der Dunkelheit nicht erkennen. Aber in diesem Moment knipste Dr. Eichhorn die Lampe über der Haustür an. Das Licht erreichte die Gestalt.

„Guten Abend, Signore Cordone!" sagte Tom.

Cordone hüstelte. „Nanu! Ihr? So spät noch unterwegs? Aber es ist ja ein schöner Abend, nicht wahr?"

Er stieß sich vom Zaun ab, machte drei, vier unschlüssige Schritte in ihre Richtung und schob sich dann eine Zigarette zwischen die Lippen.

„Der richtige Abend, um noch ein bißchen zu bummeln."

Er ließ sein Feuerzeug aufflammen. „Schönen Gruß zu Hause! Und Gute Nacht."

„Dann schlafen Sie mal gut", meinte Tom, und das konnte man auslegen, wie man wollte.

Aber Cordone hatte sich abgewandt und schlenderte zu seinem Wagen.

Locke und Tom folgten den drei andern ins Haus. Bevor Locke die Tür schloß, sah sie, wie der Straßenkreuzer abfuhr.

„Mich laust der Affe" zischelte Tom. Die andern waren schon im Wohnraum. „Ist der zufällig hier? An solche Zufälle glaube ich nicht!"

Locke spürte, wie ihr Gesicht glühte. Aufregung siedete in ihr. Sie japste förmlich nach Luft, denn ein Gedanke war in ihr aufgeblitzt: eine Eingebung wie aus dem Nürnberger Trichter.

„Tom, weißt du, was ich glaube! Cordone war absichtlich hier. Er wollte zu Eichhorn."

„Weshalb?"

„Wegen des Briefes vom Roten."

„Von dem kann er nichts wissen, denn . . ." Er stockte. „Moment mal! Es sei denn, dieser Renato Portabiti hätte . . . Locke, du Goldköpfchen! Ich meine, was deinen Verstand betrifft! Also, jetzt lausen mich zwei Affen. Portabiti ist Italiener, vielleicht Sizilianer, vielleicht sogar Angehöriger der Mafia. Und ich Rhinozeros sabbele ihm die Story vom Brief vor. Portabiti verständigt seinen Chef, und der macht sich sofort auf die Socken. Denn – wie wir von Benitone wissen und wie der von Carezzo weiß: Die Mafia betrachtet den Roten als Feind. Als Todfeind, sogar. Und Cordone denkt sich: Vielleicht komme ich ihm mit dem Brief auf die Spur."

„Könnte meine Rede sein", sagte Locke. „Aber ist das nun kühne Phantasie, oder wandeln wir auf den Pfaden der Wirklichkcit?"

Darauf konnte Tom nicht mehr antworten.

„Wo bleibt ihr denn?" rief Dr. Eichhorn aus dem Wohnzimmer. „Wir suchen schon eifrig."

★

Cordone wäre am liebsten im Boden versunken. Zu peinlich, daß er den beiden ausgerechnet hier begegnete. *Dann schlafen Sie mal gut!* Dieser unverschämte Bengel! Der glaubte wohl, ein Mafioso schliefe schlechter als andere Menschen, die ihr gutes Gewissen als sanftes Ruhekissen benutzen. Mistkerl!

Aber warte nur! dachte er. Bis der Rattenkönig deine Mama zurichtet. Ein anonymer *(namenloser)* Anruf wird dich erreichen. Na, Söhnchen, werde ich sagen, wie hat dir das geschmeckt: der Vorfall mit deiner Mutter? Hast du immer noch Bock auf die Bürger-Initiative Saubere Stadt? Wenn ja, dann ist als Nächste deine Freundin dran. Und niemand kann irgendwem etwas nachweisen. Also, vergiß, was du weißt! Und kein Wort über die Mafia! Sonst kommt keiner von euch mit dem Leben davon. Das mit deiner Mutter – das war nur eine Warnung.

Cordones Wut war noch nicht verraucht, als er vor einer Telefonzelle hielt.

Er rief Leonessa an. Diesmal meldete er sich.

„Mann, wo steckst du", knurrte Cordone. „Hab's schon zigmal versucht."

„Ich war unterwegs." Leonessas Stimme klang schuldbewußt. Gerade eben hatte er sein Apartment betreten. Vor ihm auf dem Tisch lag die rote Strumpfmaske. In der Hand hielt er die 2 000 Mark, die er Benitone abgeknöpft hatte.

„Den Eichhorn kannst du streichen. Mit dem Roten hat er nichts zu tun."

„Was? Wieso nicht? Er *muß* es sein."

„Er hat den Brief nur gefunden." Cordone berichtete, was er von Portabiti wußte. „Damit sind wir, was den Roten betrifft, wieder bei null. Das heißt, du suchst weiter nach ihm. Und auch Carezzo wird seinen Hintern bewegen. Im übrigen scheint es da eine Querverbindung zu geben: zwischen diesem Dr. Eichhorn und dem Burschen, der uns an den Kragen will: Tom Conradi. Und dem Mädchen, natürlich. Aber das ist wohl zufällig und ohne Bedeutung."

„Dann kann ich mich also ins Bett legen." Leonessa gähnte.

„Von mir aus schlaf bis Freitag. Solange unternehmen wir nichts. Freitagnacht reißen wir die Mietskaserne warm ab und machen wieder ein großes Geschäft."

Cordone fuhr nach Hause. Dort erwartete ihn die nächste Überraschung.

Carezzo stand vor der Tür. Mit Leichenbittermiene berichtete er, daß ihm der Rote zuvorgekommen sei und das Schutzgeld im Namen der Mafia abgeholt habe – diesmal in Benitones FATTORIA.

„Wie gut, Chef, daß das Eichhorns letzter Coup war. Heute nacht endet seine Laufbahn als Roter, nicht wahr?"

„Einen Dreck tut sie!" brüllte Cordone ihn an. „Er ist es nicht. Portabiti hat Mist gebaut. Und für dich gilt wieder, was war: Finde den Roten! Sonst geht es dir schlecht."

★

Was selten vorkommt: Locke und Tom verbrachten ruhige Tage, denn die Mafia tat so, als gäbe es sie nicht. Weder Benitone noch die Aianos wurden behelligt. Auch der Rote rührte sich nicht. Leider blieb sein Brief unauffindbar. Bei Eichhorn jedenfalls hatten die vier Jugendlichen vergeblich gesucht.

„Man könnte meinen, unser Anruf hat Cordone beeindruckt", sagte Tom. „Aber daß die Mafia so schnell die Waffen streckt, glaube ich nicht."

„Vielleicht ist es die Ruhe vor dem Sturm", sagte Locke. „Der Sturm ist für Freitagnacht angesagt. Brandstiftung. Papi sagt, die Polizei wird in Alarmbereitschaft sein. Und natürlich auch die Feuerwehr. Wenn es zu einem Großbrand kommt, schaltet sich die Brandfahndung ein. Aber vielleicht war alles nur eine Gehässigkeit. Nur der Anruf eines Wichtigtuers. Sollte es aber doch ein – buchstäblich – heißer Tip sein, so verhindert er nichts. Man kann unmöglich feststellen, welche Mietskaserne gemeint ist."

Am Mittwochnachmittag besuchte Dr. Eichhorn seine heimliche Jugendliebe in Birkenrode: Lockes Oma Elisabeth Rehm.

Das Pärchen war nicht dabei. Aber Locke rief die Oma gegen Abend an. Anschließend berichtete sie Tom telefonisch.

„Oma ist ganz hingerissen. Ein schöner Mensch, sagt sie, wäre er ja nicht, der Doktor. Aber die alten Erinnerungen! Und so ein Kavalier! Und als er ihr gestanden hat, daß sie vor einem halben Jahrhundert seine Traumfrau war, da ist es ihr, sagt sie, richtig warm geworden ums alte Herz. Sie waren sich gleich vertraut, haben Omas Beerenwein gesüffelt, und Eichhorn hat mit Frau Holle Freundschaft geschlossen. Er mag Katzen. Die beiden sind happy, Tom. Sonntag besucht er sie wieder. Dann bringt er Torte aus dem Central-Café mit. Aber Oma will Blechkuchen backen – und der ist, wie wir wissen, unübertroffen. Übrigens habe ich uns angemeldet."

„Angemeldet? Wozu?"

„Von Freitag auf Samstag werden wir bei ihr übernachten. Ich schlafe bei Oma im Haus. Du schläfst in der Laube. Das ist die richtige innere Vorbereitung fürs Schulfest."

„Finde ich stark. Und du ahnst hoffentlich, wie mir die Begeisterung aus den Augen leuchtet. Aber wenn's nun Freitagnacht wirklich brennt?"

„Na, und? Es brennt mit uns, und es brennt ohne uns. Beim Löschen können wir nicht helfen. Und Gunter Rehm hat schon gesagt, daß wir beim Brandherd gefälligst nichts zu suchen haben – andernfalls das Einweihungsfest in Helgas Landhaus gestrichen werde. Also, was soll's? Es ist die einzige Gelegenheit vorläufig, bei Oma zu übernachten. Vor den Ferien, jedenfalls. Und wer weiß, wie lange das Schönwetter noch anhält."

„Gut, gut! Ich freue mich ja."

„Übst du Gitarre?"

„Übst du tanzen?"

Sie lachte. „Nein."

„Ich auch nicht."

„Aber bei mir ist es nicht nötig. Ich bin musikalisch."

„Und ich bin der Gitarren-Virtuose *(Meistermusiker)* vom Goethe-Gymnasium."

„Naja, eine musische Schule sind wir ja nicht", lachte sie. „Da fällt mir ein: Helga fährt in aller Frühe zum Landhaus. Wer versorgt Nicki? Eure Haushälterin?"

„Die ist Samstag nicht da. Mutter will ihn zu Mike bringen. Der kann auch mal was tun. Sonntagfüh nehmen wir ihn dann mit – ich meine Nicki."

„Damit wäre für alles gesorgt. Bis morgen, Tom. Gute Nacht! Und ein dickes Bussi!“

★

Der Anruf erreichte Gunter, als er todmüde aus dem Pressehaus heimkam. Es war Freitagnacht, kurz nach null Uhr.

Er warf sich in seinen Saab, zischte los und hatte nur einen Gedanken: Hoffentlich hat es keine Toten gegeben.

Schon von weitem sah er das schmutzige Orange am Nachthimmel: den Widerschein des Feuers.

Es war eine Mietskaserne gewesen. Sie brannte wie Zunder, ein feuriger Steinblock. Flammen schlugen aus dem Dach. Flammen leckten aus den Fenstern.

Löschzüge hatten den Block umstellt. Wasserströme jagten aus C-Rohren und verzischten nutzlos in der Höllenglut.

Drehleitern wurden eingeholt. Ein Zeichen dafür, daß es nichts mehr zu bergen gab. Feuerwehrleute, mit Helmen angetan, versammelten sich mannschaftsweise.

Es ging nur noch darum, den Brand zu begrenzen.

Nördlich von hier verelendete die Gegend. Aber dieser Wohnblock lag schon ziemlich nahe an einem schicken Geschäftsviertel.

Aufgepaßt also, dachte Gunter bitter, daß kein Funke dorthin weht – möglichst nicht mal Brandgeruch!

Er holperte über Bordstein und Schläuche. Mühsam bahnte sich der Saab einen Weg durch die Menge der Gaffer. Das Presseschild nützte.

Er rollte an einer Gruppe armseliger Menschen vorbei, darunter Frauen und Kinder. Die meisten trugen Schlafanzüge oder Leibwäsche unter ihren Mänteln.

Die Opfer! dachte er grimmig. Also doch! Der Anrufer hat nicht gelogen.

Das Feuer hatte sie im Schlaf überrascht. Starr sahen sie zu, wie das wenige, das sie besessen hatten, verbrannte.

Gunter hielt hinter einem Ambulanzwagen und stieg aus. Ein Ascheregen ging auf ihn nieder und sprenkelte sein Jakkett. Morgen würde es aussehen, als käme er von einem Manöver der Bundeswehr.

Bevor er sich umsehen konnte, rannte ein großer Mann auf ihn zu. Sein Helm spiegelte Flammen.

„Das ging aber schnell, Herr Rehm."

Der Mann grinste, was aber keine Fröhlichkeit ausdrückte. Nicht hier und nicht jetzt. Er schüttelte Gunters Hand. Seine Augenbrauen hatte das Feuer weggesengt. Am Kinn hatte er eine nässende Brandwunde.

„Hallo, Herr Kummer!" sagte Gunter.

Kummer war Inspektor bei der Brandfahndung, ein beherzter Mann, der seine Ermittlungen nicht vom Schreibtisch aus anstellte, sondern vor Ort – und dort, wenn es um Menschen ging, sein Leben einsetzte. Lebensrettungs-Medaillen sammelte er wie andere Teilnehmer-Plaketten an Volksläufen.

„Wurde jemand verletzt?" fragte Gunter.

„Wir hatten unglaubliches Glück. Nur zwei alte Leute haben eine Rauchvergiftung. Einer der Feuerwehrleute ist unter einen herabstürzenden Balken geraten. Das ist wenig – bei diesem Inferno *(Hölle)*."

„Brandstiftung?"

Kummer nickte. „Ich wette, ja. Rußspuren, Brandherd: Was ich bis jetzt gesehen habe, deutet darauf hin. Endgültiges", schwächte er ab, „kann ich natürlich noch nicht sagen. Sie wissen ja, erst muß die Asche ins Labor. Und wir ziehen die Kripo hinzu."

Gunter wußte Bescheid. Erst die Untersuchung mit dem Gas-Chromatographen würde klären, ob die Asche winzige Spuren von Benzindunst enthielt. Wenn ja, dann lag auf der Hand, daß es Brandstiftung war.

„Liegt irgendeine Aussage vor? Hat jemand was Verdächtiges beobachtet?"

Kummer schüttelte den Kopf. „Aber das besagt nichts. Wenn die Mafia den Brand gelegt hat, dann war ein Profi am Werk."

Die Hitze aus dem glühenden Gebäude waberte ihnen entgegen. Feuer prasselte. Wasser zischte. Eine Mauer stürzte ein. Hinter ihnen weinte eine Frau. Ein Kind schrie. Zwei der Ambulanzwagen fuhren ab.

„Löschzug vier ist hier zuständig", sagte Kummer. „Tüchtige Mannschaft. Aber wenn der Laden wie eine Schachtel Zündhölzer hochgeht, kann niemand was machen. Schlimm! Wir waren gewarnt. Aber nichts ließ sich verhindern. Wollen Sie mit Möller reden? Das ist der Brandmeister. Ein alter Hase – schon 30 Jahre dabei. Wollen Sie hören, was er meint?"

Sie fanden Möller irgendwo im Hintergrund mit einer Flasche Bier in der Hand. Er sah nicht aus, als hätte er sich überanstrengt.

„Hans", sagte Kummer, „das ist Gunter Rehm vom Tagblatt. Ihn hat der Unbekannte angerufen."

Möller wischte sich übers Gesicht. „Ich weiß nicht, ob das wirklich Brandstiftung ist. Ich glaube eher, da ist jemand mit der Zigarette in der Hand eingeschlafen."

„Wie kommen Sie darauf?" fragte Gunter.

„Sowas kommt häufiger vor, als Sie glauben."

„Ist hier jemand mit einer brennenden Zigarette eingeschlafen?"

„Woher soll ich das wissen?"

„Also hat Ihre Bemerkung nichts mit diesem Brand zu tun und beruht auf keiner Beobachtung. Sie haben nur so geredet."

Möller antwortete nicht. Er führte sein Bier an die Lippen. Sie waren grau von Asche.

„Kann ja sein, es ist Brandstiftung", meinte er dann. „Wer will das jetzt sagen. Ich meine, wir sollten uns vor voreiligen Schlüssen hüten. Erwiesen ist ja noch nichts."

Alter Dummkopf! dachte Gunter wütend. Den hat wohl sein Job bis ins Rückenmark abgestumpft.

„Wollen Sie einen Schluck?“ Möller rieb mit schwieliger Hand über den Flaschenhals.

Sein Angebot war Versöhnung. Um ihn nicht zurückzuweisen, nahm Gunter einen Schluck aus der Flasche.

„Danke! Und weiterhin Hals- und Beinbruch.“

Möller nickte. Kummer tupfte mit einem Papiertuch auf die Brandwunde am Kinn. Gunter wandte sich ab und musterte die Leute.

War es sinnvoll, irgendwen zu interviewen *(befragen)*? Ob vielleicht doch irgendwer was Verdächtiges bemerkt hatte?

Ein Taxi rumpelte heran, hielt in der Nähe, und eine Frau stieg aus.

Nanu? dachte er. Was ist denn jetzt los?

16. Die Schreckensnacht am Froschhauser See

Sie trug einen grünen Regenmantel mit geknotetem Gürtel und an den Füßen Sandalen. Über der Schulter hing ihr am Lederriemen eine Tasche. Die Frau sah aus wie – unverbrauchte – 35. Das blonde Haar war so nach hinten gekämmt, daß es die Ohren frei ließ. Sie hatte blaue Augen.

Etliche Feuerwehrmänner, die nichts mehr zu tun hatten, glotzten. Gaffer wandten dem brennenden Gebäude den Rücken zu und hatten nur noch Augen für die Frau.

Sie turnte über Schläuche und Pfützen, bis sie heran war. Sie lächelte.

Den möchte ich sehen, dachte Gunter, der ihr jetzt irgendwas abschlagen könnte.

„Hallo, meine Herren", sagte sie. „Ich bin von der PF-Press. Wer von Ihnen ist meine Anlaufstelle? Wo erhalte ich Informationen?"

Kummer sagte: „Tja, wir haben den Brand unter Kontrolle. Leider gibt es drei Verletzte. Wir vermuten Brandstiftung. Aber erwiesen ist das noch nicht."

Ihre Blauaugen richteten sich auf Gunter. Es waren Augen mit träumerischem Ausdruck, der aber nichts mit der nächtlichen Stunde zu tun hatte, sondern mit ihrem Wesen.

„Sie gehören nicht zur Feuerwehr", stellte sie fest. „Polizei?"

„Presse", lachte er. „Ich bin der Kollege vom Tagblatt. Rehm ist mein Name."

Sie nickte, machte aber keine Anstalten, ihren Namen zu nennen. „Auch Sie vermuten, daß es Brandstiftung ist?"

Gunter hob die Achseln. „Wie Inspektor Kummer schon sagte: Erwiesen ist das noch nicht."

Rote Lippen gaben lächelnd das strahlende Weiß ihrer Zähne frei.

„Ich versuche nur, ein paar Tatsachen zusammenzukriegen. Das ist mein Beruf.“ Der Lederriemen ihrer Tasche war von der Schulter gerutscht. Sie schob ihn zurück. „Gesetzt den Fall, es ist Brandstiftung. Was, Herr Lehm, könnte dahinterstecken?“

„Rehm“, verbesserte er. „Mit R wie Räuberbande. Was dahintersteckt? Es heißt, professionelle *(berufsmäßige)* Brandleger brennen Gebäude nieder. Hier besorgt das die Mafia. Sie ist sozusagen der Handlanger der Hausbesitzer. Das sind die Auftraggeber. Es geht um Versicherungsbetrug, um gewaltsames Entmieten, um Spekulation.“

Einschränkend wollte er noch hinzufügen, daß natürlich nicht jeder Hausbesitzer, dessen Besitz in Rauch und Flammen aufgeht, ein Brandstifter ist. Aber aussprechen konnte er das nicht mehr.

Eine Hand packte ihn hinterrücks an der Schulter und versuchte, ihn herumzureißen.

Wer auch immer das war – er mußte hinter dem Gerätewagen gestanden haben, dem die drei den Rücken zuwandten.

Gunter drehte sich um, nahm aber den Ellbogen zu Hilfe.

„Sie Rufmörder! Sie . . .“, brüllte ihm eine heisere Stimme ins Ohr.

Weitere Worte verröchelten in den Bronchien des Schreiers. Vielleicht weil Gunters Ellbogen sein Brustbein traf.

Der Kerl ließ los, taumelte zurück, keuchte, spreizte die Beine und fand Halt.

Er war groß, sah aus wie ein Italiener und hatte ein gemeines Gesicht: hart wie ein abgenagter Knochen. Auf dem taubengrauen Anzug verteilten sich Wasserflecke und Ruß.

„Heh!“ sagte Gunter. „Nicht so ungestüm! Was ist denn?“

Der Südländer ballte die Fäuste. „Sie Rufmörder!“ Er war wieder bei Luft.

Sie starrten sich an. Dann dämmerte es Gunter, um wen es sich handeln konnte.

„Gehört Ihnen das Gebäude?“

„Wem sonst!“ brüllte der Kerl. „Ich habe mitgekriegt, was Sie sagten. Sie beschuldigen mich, ich hätte Brandleger gedungen, die Bude anzuzünden. Dafür . . .“

„Langsam!“ unterbrach Gunter. „Kein Mensch beschuldigt Sie. Gemeint waren zurückliegende Fälle und wie es sein könnte. In Ihrem Fall wird die Brandfahndung noch untersuchen. Mein Name ist Rehm. Wer sind Sie?“

Der Italiener verengte die Lider, die ohnehin nur die Pupillen freigaben, noch mehr.

Meinen Namen scheint er zu kennen, dachte Gunter. Aha!

„Brandfahndung?“ knurrte der Kerl. „Na, von mir aus.“

Er konnte auch in normaler Lautstärke reden. Liebenswerter wurde er dadurch nicht. Er war der Typ, hinter dessen Tun man immer eine Gemeinheit wittert – selbst wenn er ein Kinderdorf zu seinem Alleinerben einsetzt.

„Wer sind Sie?“ wiederholte Gunter.

„Ich heiße Enrico Palena.“

„Wie nett“, sagte Gunter, „daß wir uns auf diese Weise kennenlernen. Aufgesucht hätte ich Sie ohnehin. Ich bin Journalist und frage genau so viel wie die Kripo. Wo finde ich Sie?“

„Mich? Äh . . . Ich bin Teilhaber der Immobilien-Firma Marcello Cordone.“ Er nannte die Adresse. Aber jedes Wort kam ihm so schwer über die Lippen, als spucke er ein Stück Lunge aus.

Dann drehte er sich um und walzte in die Dunkelheit.

Teilhaber bei Cordone? Gunter glaubte zu träumen. Er sah starr in die Flammen.

„Um den seltsamen Vogel werden wir uns kümmern“, sagte Kummer. „Jetzt bin ich bereit, darauf zu wetten, daß es sich um Brandstiftung handelt.“

„Ich melde mich wieder, wenn die Untersuchung fortgeschritten ist“, sagte die PF-Press-Dame. „Im Moment wäre es das. Vielen Dank! Aber wie komme ich hier weg? Dummerweise habe ich mein Taxi zurückgeschickt.“

Kummer sagte: „Ein Taxi kriegen Sie hier nicht."

„Ich fahre in Richtung Innenstadt", erbot sich Gunter. „Ich kann Sie mitnehmen, Kollegin."

„Das wäre tierisch nett."

Kummers Gesicht drückte Sehnsüchte aus. Er hätte sie auch gern gefahren. Dann entsann er sich, daß er seit einem Vierteljahrhundert glücklich verheiratet war – und inzwischen auch Vater von drei erwachsenen Söhnen.

„Ich kann noch nicht weg", sagte er. „Ich muß die Proben fürs Labor zusammenstellen."

„Dann wollen wir mal", meinte Gunter zu der traumhaften Frau. „Mein Wagen steht dort."

„Der Saab?"

Statt einer Antwort schnitt er eine Grimasse. Aber sie setzte das Spiel fort.

„Darf ich Ihren Arm nehmen, Herr Lehm? Ach so, Rehm! Ich stolpere so leicht."

Er brachte sie zum Wagen, ohne daß sie sich den Knöchel verstauchte. Selbstverständlich hätte er sie auch getragen oder Huckepack genommen.

Er ließ sie einsteigen und gab acht, daß sie Beine, Füße Mantelsaum und auch sonst alles im Wagen hatte, bevor er den Schlag zuwarf. Dann setzte er sich hinters Lenkrad und schob den Schlüssel ins Zündschloß.

Die ‚Kollegin' beugte sich zu ihm und küßte ihn auf seine nicht ganz rußfreie Wange.

„Dumme Nuß!" sagte er. „Bei dir kommt immer was anderes. Worauf muß ich sonst noch gefaßt sein? Jetzt bist du also eine Kollegin von der PF-Press. Gibt's die überhaupt?"

Dr. Helga Conradi lachte. „Ich wollte dich mal bei der Arbeit erleben. Ich habe Nicki zu euch gebracht. Habe mir doch überlegt: Lieber jetzt als morgen früh. Ich dachte, ich könnte dir noch einen Gute-Nacht-Kuß geben. Stattdessen hörte ich von Mike, daß du hier bist. Da habe ich mir ein Taxi genommen. War ich echt als PF-Reporterin?"

„Nicht ganz echt, aber so abgebrüht und durchtrieben, wie ich schon immer vermutet habe."

Diesmal wurde er auf den Mundwinkel geküßt.

„Ich bin ja so froh, daß niemand umgekommen ist, Gunter. Es war die Mafia, nicht wahr? Ich dachte, ich höre nicht recht, als dieser Palena sagte, daß er zu Cordone gehört. Habe ich mein Landhaus von einem Mafioso?"

„Schon möglich."

Sie schmiegte sich an ihn. „Locke und Tom sind bei der Oma. Uns kontrolliert also niemand. Macht das eigentlich Durst, wenn man sich so dicht beim Feuer aufhält? Ich verdurste fast."

„Ich kann dir einen Schluck Wasser aus einem der C-Rohre besorgen."

„So billig hättest du's gern, Herr Lehm! Aber ich bestehe auf einen Champagner-Cocktail."

„Die Kneipen haben jetzt alle geschlossen."

„Lügner! Wir sind hier nicht auf dem Dorf, sondern in einer pulsierenden Großstadt. Dir fallen mindestens 20 Bars ein, wo du Kredit hättest, wenn du mal ohne Kleingeld unterwegs bist. Morgen sehen wir uns den ganzen Tag nicht, denn ich breche in aller Frühe auf. Also feiere gefälligst Abschied mit mir!"

Er lächelte, ließ den Motor an und rollte langsam von der Brandstätte weg.

Helga wurde ernst. „Was geschieht jetzt in der Sache?"

„Man wird feststellen, daß es Brandstiftung ist. Aber damit hat sich's leider. Obwohl die Indizien *(Verdachtsgründe)* gewaltig sind, wird man den Hintermännern nichts nachweisen können. Trotzdem ist die Sache aufschlußreich. Der Anrufer sagte, die Mafia stecke dahinter. Nun stellt sich raus, daß die Bude diesem Palena gehört. Er ist sicherlich Sizilianer. Und dein Makler Cordone wohl auch. Daraus folgere ich: Zwei Mafiosi kennen wir jetzt."

★

Am Samstagmorgen fuhr Helga zum Froschhauser See. Der Tag versprach, sonnig und heiß zu werden. Sie war aufgeregt und voll freudiger Erwartung. Sicherlich – sie kannte das Haus schon. Aber heute kam sie, um es in Besitz zu nehmen.

Der Wagen war vollgepackt mit Dingen, die im Landhaus bleiben sollten: Geschirr, Bett- und Tischwäsche, Handtücher, Verpflegung für morgen, wenn die andern eintrafen.

Als sie ankam, übergossen Sonnenstrahlen den Forschhauser See, und das Wasser war überzogen mit einer Patina *(Überzug, Edelrost)* aus Gold.

Das Landhaus schmiegte sich an einen Hang. Unten plätscherte der See. Hinter dem Höhenzug im Westen ahnte man die Ferne. Die nächsten Häuser waren außer Rufweite. Nur vereinzelte Landsitze umgaben den See.

Das Haus war groß, zweigeschossig und modern, obwohl Jahrzehnte alt. Die meisten Fenster wurden von schmiedeeisernen Gittern geschützt. Bäume säumten die Terrasse. Ein Steingarten war angelegt.

Helga fühlte, wie ihr das Herz aufging. Sie stieß einen Juchzer aus und hüpfte über die Terrasse.

Viele, viele schöne Stunden werden wir hier verbringen, dachte sie. Gunter, Locke, Tom, Mike und Nicki – natürlich! Und Locke muß ihre Mausi mal mitbringen. Albern! Was hat das Mäuschen davon? Doch, vielleicht mag es die Landluft.

Helga arbeitete den ganzen Tag, ohne müde zu werden. Sie fegte, scheuerte, schrubbte, putzte Fenster, wischte Staub. Gegen Abend glänzte das Landhaus.

Zuletzt fegte sie die Terrasse.

Die Dämmerung kam jetzt rasch. In den weinroten Himmel über den Hügeln mischten sich violette Streifen. Keine Menschenseele hatte sie gesehen, seit sie hier war. Die Einsamkeit tat wohl.

Als es dunkelte, stellte sie ein Windlicht auf den Gartentisch. Die Terrasse lag windgeschützt. Helga schenkte sich ein Glas Cola ein, setzte sich an den Tisch und kniff Cocktail-Servietten aus Papier zu Schmetterlingen. Für morgen.

Als sie dann Gläser polierte, hielt sie plötzlich inne. Indem sie sich umdrehte, sah sie zum Steingarten.

Aber da war niemand.

Reglos verharrte sie.

Das Gefühl, jemand stünde hinter ihr, blieb.

Körperlich spürte sie den Blick auf sich. Gänsehaut breitete sich über ihre nackten Arme.

Sie trat zum Rand der Terrasse, um Steingarten, Hang und den Weg zur Garage besser zu übersehen.

„Hallo?"

Nur der Wind flüsterte in Bäumen und Sträuchern. Leise schwappte der See. Und weit, weit entfernt – hinten bei der Schnellstraße – knallte ein Wagen Fehlzündungen in die anbrechende Nacht.

„Ist da jemand?"

Wie dumm, dachte sie. Natürlich ist niemand da. Und wenn sich jemand versteckt, wird er nicht antworten. Himmel, wieviele Verstecke gibt es hier eigentlich? Jeder Busch, jeder Baum lädt dazu ein. Felsbrocken bieten sich an. Und ich bin allein im Haus. Aber . . . nein, es ist nichts da, was Einbrecher verlocken könnte. Keine Angst, Helga! Sei kein Frosch! Überlaß das dem See!

★

Das Interview mit dem Minister dauerte knapp zwei Stunden.

Gunter war mit dem Ergebnis zufrieden, fuhr nach Hause, wurde von Nicki, dem Pensionsgast, mit überschäumender Freude begrüßt und mußte sein Vorhaben, sich sofort an die Schreibmaschine zu setzen, um eine Viertelstunde verschieben. Nicki bestand darauf, daß er mit ihm spielte. Sie rangelten um einen großen Lederlappen. Anschließend fehlten Gunter einige Hautlappen.

Mike, der dazu kam, zeigte lachend seine Hände, die nicht besser aussahen.

„Er hat wirklich ein Gebiß wie ein Tiger."

Zwei Stunden später war Gunters Artikel fertig.

In der Kaffeekanne war noch ein Schluck. Er trank ihn und fühlte sich munter, als hätte der Tag gerade erst begonnen.

„Mike, wann ist denn das Schulfest zu Ende?"

Locke hat auf die Tafel geschrieben, zwischen zehn und halb elf wäre sie hier."

„Pack schon mal die Zahnbürsten ein. Wir überraschen Helga. Um Mitternacht sind wir am Froschhauser See."

Mike grinste. „Also, Vater, eins ist sicher: Sobald ich einem weiblichen Wesen begegne, daß mir soviel bedeutet wie Helga dir, dann heirate ich – und wenn's morgen wäre."

„Ich wünsche es dir", lachte Gunter.

„Menschlich komme ich mir wie ein Blindgänger vor. Du und Helga, Locke und Tom – ich bin der einzige, der noch rumprobiert. Vielleicht ist was mit meinem Charakter nicht in Ordnung."

„Keine Sorge. Das verwächst sich noch. Ist noch Bier da?"

Um 22.25 Uhr wurde Locke von Tom abgeliefert. Nicki schlug Purzelbäume.

„Schiebt eure Roller in die Garage", sagte Gunter. „Wir brechen gleich auf. Nicht erst morgen früh."

„Klasse! Stark! Wir können sowieso nicht schlafen", riefen beide, als hätten sie den Text verabredet.

„Wie war das Schulfest?"

„Maßlos prachtvoll", behauptete Locke. „Weil wir eine tolle Clique *(Sippe)* sind. Wir hatten acht Stunden nur Spaß. Wer macht uns das nach – in diesen schlechten Zeiten. Tom hat sich als Gitarrist nur bei jedem dritten Ton verspielt. Ich, sagte man mir, hätte getanzt wie eine Primaballerina *(Solotänzerin)*. Und von der Mafia war niemand da."

„Weil du gerade von der Mafia sprichst", Gunter wurde ernst. „Im Zusammenhang mit der Brandstiftung bin ich letzte Nacht auf zwei Namen gestoßen: Enrico Palena und Cordone. Sagt euch das was?"

Locke sah Tom an.

„Müßt ihr euch erst mit Blicken verständigen?" fragte Gunter.

„Also, dieser Cordone", sagte Tom, „ist der Makler, der Mutter das Landhaus vermittelt hat. Wie du ja weißt. Außerdem ist er der Typ, dessen Namen du feststellen solltest – über die Kfz-Zulassungsstelle, was sich aber erübrigte, da der Kerl persönlich aufkreuzte, was uns gewaltig geschockt hat. Er ist Mafioso. Da sind wir uns ganz sicher. Aber die Bürger-Initiative Saubere Stadt hat ihm eins übergebraten. Seitdem ist Ruhe im Karton."

Gunter schloß ein Auge. „Könntest du den dunklen Sinn deiner Worte mit etwas Ausführlichkeit erhellen?"

★

Es war sehr still im Haus. Nur das Holz, vollgesogen von der Tageshitze, knackte. Helgas Schlafzimmer lag im Obergeschoß. Sie hatte geduscht und ihr Gesicht mit einer Nachtcreme verwöhnt. Jetzt lag sie im Französischen Doppelbett. Die Nachttischlampe brannte. Helga bätterte in einem Buch, konnte sich aber nicht konzentrieren. Sonderbarerweise war sie nicht müde – trotz der Schufterei im Laufe des Tages.

Sei nicht dumm! schimpfte sie mit sich. Hierher kommen keine Einbrecher. Außerdem hast du das Telefon.

Zweimal war sie vorhin durchs Haus gegangen. Sie hatte alle Türen verriegelt, die Fenster geschlossen, sich aber nicht getraut, noch einen Blick in den Garten zu werfen.

Auch jetzt wurde sie dieses seltsame Gefühl nicht los, jemand sei in der Nähe.

Sie sah auf den Wecker. 0.05 Uhr. Das Ticken erschien ihr plötzlich übermäßig laut. Sie ließ ihr Buch sinken und blickte zur Tür. Es war eine solide Tür – aus Eiche. Eine Tür, wie sie sonst in einem Landhaus nicht üblich ist. Der Schlüssel, das wurde ihr in diesem Moment bewußt, steckte außen.

Vom Genick schien ein Eiszapfen abwärts zu streichen. Sie glitt aus dem Bett, huschte zur Tür und legte das Ohr ans Holz. Sie horchte ins Haus, das ihr jetzt, bei Nacht, noch sehr fremd war. Kein Laut war zu hören.

Aber wenn mich jemand beobachtet hat, dachte sie. Dann weiß er, daß ich allein bin.

Sie öffnete die Tür, griff durch den Spalt und zog den Schlüssel ab. Als sie von innen verschlossen hatte, atmete sie auf.

Dann trat sie zum Fenster.

Der Vorhang war geschlossen. Schon griff sie danach, als ihr die Nachttischlampe einfiel. Sie drückte auf den Knipser. In der Dunkelheit tappte sie zum Fenster zurück und schob den Vorhang auseinander.

Der Nachthimmel war dunkelblau, samtig und mit Sternen übersät. Oberhalb des Fensters setzte das Telefonkabel an: ein schwarzer, etwas durchhängender Strich, der am Himmel verlief. Hinter den Bäumen an der Straße wurde der Strich von einem Mast aufgefangen.

Das Sternenlicht reichte nicht unter die Bäume. Der Garten, eine schwarze Grube, schien mit Schemen und Gestalten gefüllt. Die Phantasie gaukelte ihr Spukgebilde vor. Neben einer Fichte schien etwas emporzuwirbeln.

Dumme Einbildung! Besser ich gehe vom Fenster weg, sonst . . .

Starr folgte ihr Blick der Bewegung. Ein Stein flog empor. Oberhalb des Telefondrahtes erreichte er seinen höchsten Punkt. Für den Bruchteil einer Sekunde verharrend, hob er sich vom Nachthimmel ab. Dann fiel er jenseits des Telefondrahtes in die Dunkelheit zurück und schleppte die Schnur mit, an der er hing.

Unfähig, sich zu regen, starrte Helga hinaus.

Die Schnur hing über dem Telefondraht – locker noch. Im nächsten Moment wurde sie gespannt. Dann ein Ruck. Helga spürte es wie eine Schlinge um den Hals. Der Telefondraht riß, sank in die Dunkelheit hinab und war verschwunden.

Mein Gott!

Als das Zittern nachließ, stolperte sie zum Bett. Im Dunkeln riß sie den Telefonhörer ans Ohr.

Nichts! Tot! Kein Laut! Abgeschnitten von der Außenwelt.

Sie setzte sich auf die Bettkante. Sie ertrug die Dunkelheit nicht länger und knipste das Licht an. Angst preßte ihr die Kehle zusammen. Sie saß in der Falle. Wer war dort draußen? Was wollte er von ihr? Gab es Hilfe?

Das Haus lag abseits. Selbst wenn sie das Fenster aufriß und schrie, würde niemand sie hören.

Ein Schluchzen stieg auf aus ihrer Kehle. Warum bin ich allein hergekommen? Gunter! Kinder! Warum habe ich nicht bis morgen gewartet?

Sie schlüpfte unter die Decke. Im Bett sitzend, preßte sie den Rücken gegen das Kopfende. Bis zum Kinn zog sie die Decke hoch.

Lieber Gott! Was will man von mir?

Glas klirrte. Das war die Scheibe der Terrassentür. Ein Stück fiel auf die Steinfliesen und zerbrach. Der scheppernde Laut durchfuhr sie.

Stille.

Wenn nur das Herz nicht so jagen würde. Sie konnte kaum atmen.

Irgendwo klappte eine Tür. Jetzt hörte sie Schritte. Schwere Schritte. Männerschritte. Er machte keinen Versuch, leise aufzutreten. Er kam die Treppe herauf.

Helgas Atem stockte. Ihr entsetzter Blick hing an der Tür.

Näher kamen die Schritte, noch näher. Jetzt verhielten sie vor der Tür. Langsam bewegte sich die Klinke nach unten.

Wenn er . . . die Tür aufbricht . . . das . . . das ertrage ich nicht . . .

Die Klinke wurde losgelassen und schnappte nach oben. Für einen Moment rührte sich nichts. Dann hörte sie das Kratzen im Schloß. Der innen steckende Schlüssel bewegte sich. Jetzt wurde er ausgestoßen. Weich fing der dicke Teppich ihn auf.

Helga starrte auf das Schlüsselloch. Wie ein bösartiges Auge war es auf sie gerichtet. Sie spürte, daß er hindurchsah. Er konnte sie beobachten. Ihr Bett stand in gerader Linie dahinter.

Sie wollte zur Nachttischlampe greifen. Aber ihr Arm gehorchte nicht.

„Bitte!" hörte sie ihre eigene Stimme. „Tun Sie mir nichts! Bitte, gehen Sie weg!"

Er antwortete. Seine Stimme klang widerwärtig.

„Freu dich, mein Täubchen! Wir sind ganz allein auf weiter Flur. Für mich wird das ein Fest. Für dich wird es schrecklich!"

Ihr Herz setzte aus. Das Motorgeräusch drang nicht in ihr Bewußtsein.

Auch Holsen, der Rattenkönig, hörte es nicht. Er nahm drei Schritte Anlauf. Sein massiger Körper warf sich gegen die Tür. Sie erzitterte. Holz krachte.

Helga schrie so laut sie konnte.

In diesem Moment hielt der Wagen bei der Garage.

Gunter, Locke, Tom und Mike hatten den Schrei nicht gehört. Das Autoradio war eingeschaltet. Musik übertönte die Geräusche von draußen.

Aber Nickis Ohren entging nichts. Eben noch lag er zusammengerollt zwischen Locke und Tom im Fond. Jetzt saß er steil aufgerichtet. Der Schwanz peitschte. Er starrte hinaus. Die Lefzen zogen sich zurück und gaben die gewaltigen Reißzähne frei. Ein heiserer Laut drang aus seiner breiten Brust.

Mike, der vorn rechts saß, öffnete die Tür und wollte aussteigen. Er flog hinaus, von Nicki gestoßen, den kein Hindernis aufgehalten hätte.

Nicki hatte die Stimme erkannt. Sein Frauchen rief. Aber sie rief nicht lockend und fröhlich wie sonst, sondern in höchster Not.

Wie ein schwarzer Schatten verschwand der Hund in der Dunkelheit, geifernd vor Wut.

In diesem Moment schrie Helga zum zweiten Mal.

Alle hörten es.

„Da ist was los!" Tom stürzte sich ins Freie.

Gunter war ihm auf den Fersen. Locke und Mike folgten dicht auf.

In derselben Sekunde ertönte grauenvolles Gebrüll. Ein Mann schrie. Es war im Haus. Er brüllte, als werde ihm die Haut abgezogen. Dann verstummten seine Schreie.

Als die vier durch die zerbrochene Terrassentür hineinstürmten, war Licht im Treppenhaus. Von oben hörten sie Nickis Knurren.

Am Ende der Treppe lag ein großer Kerl auf dem Rücken. Er hatte ein gemeines Gesicht, das jetzt Blutflecken zeigte. Nicki stand über ihm und hatte den mächtigen Fang an seiner Kehle.

„Nicki, zurück!" befahl Gunter.

Der Hund ließ von dem Verbrecher ab, zog sich zwei Schritte zurück und verharrte dort, mit gefletschten Zähnen, sprungbereit.

Der Mann war verletzt und vor lauter Entsetzen wie versteinert.

„Helga!“ schrie Gunter. „Wir sind's.“

Die Tür öffnete sich. Helga taumelte heraus. Ihr Gesicht war kalkweiß. Sie fiel Gunter in die Arme.

★

Morgens um vier schrillte die Türglocke. Cordone schreckte aus tiefem Traum hoch. Er war benommen. Wieder klingelte es. Gähnend schleppte er sich zur Tür. Das konnte nur einer seiner Leute sein. Was war los?

Er öffnete.

Draußen standen Männer, die er nicht kannte. Einer hielt ihm seine Dienstmarke unter die Nase.

„Kriminalpolizei. Marcello Cordone, Sie sind verhaftet. Treten Sie zurück. Leisten Sie keinen Widerstand. Es würde Ihre Lage nur verschlimmern."

Cordone ließ den Mund offen. Seine Knie schlotterten. Er begriff nicht. Was, zum Teufel, war los?

Fassungslos sah er, wie Beamte sein Büro durchsuchten. Um Himmels willen! Was dort alles rumlag. Aber wer hätte denn damit gerechnet, daß man ihm auf die Spur kam.

„Was . . . liegt gegen mich vor?" stammelte er.

„Mann, das ist soviel." Der Kommissar sah sehr zufrieden aus. „Ungesiebte Luft werden Sie nie wieder atmen, vermute ich. Und eine einzige Sache hat die Lawine ins Rollen gebracht: der Überfall auf Dr. Helga Conradi – in ihrem Landhaus am Froschhauser See."

„Wie? Ich . . . verstehe nicht."

„Geben Sie sich keine Mühe, Cordone. Das Spiel ist aus. Alles ist aus. Bei Edgar Holsen, dem Rattenkönig, wurde ein Foto von Helga Conradi gefunden. Mit einem Zettel, auf dem ihre Anschrift stand. Damit war klar, daß Holsen im Auftrag gehandelt hat. Er hatte das Pech, daß er den Leuten in die Hände fiel, die Helga Conradi sehr nahe stehen. Ich meine, ihrer Familie, beziehungsweise ihrem Verlobten und dem Anhang. Jedenfalls – als die mit Holsen fertig waren, hat er geredet wie ein Buch. Er verriet, daß er Helga Conradi in Ihrem Auftrag, Cordone, zurichten sollte, sie reif machen sollte für längeren Krankenhaus-Aufenthalt. Und daß Palena ihm den Auftrag überbrachte. Nun, um den haben wir uns zuerst gekümmert. Vorhin. Und dabei seine Wohnung gründlich untersucht. War das eine Entdeckung! Die Beweise und Unterlagen, die wir da sicherstellten, werden die Staatsanwälte noch lange beschäftigen. Eine Mafia wolltet ihr hier aufbauen. Das hättet ihr besser nicht getan. Schutzgeld-Erpressung! Brandstiftung, wie gestern nacht bei der

Mietskaserne! Palena hat inzwischen alles gestanden. Carezzo ist verhaftet. Renato Portabiti ist verhaftet. Vittorio Leonessa ist verhaftet. Was wir bei dem entdeckten, Cordone, wird sogar für Sie eine Neuigkeit sein. Eine schockierende Neuigkeit. Stellen Sie sich vor: Er ist der Rote. Ja, der. Und er hat bereits zugegeben, daß er den Roten nur geschaffen hat, um Sie lächerlich zu machen. Sie, Cordone! Weil er an Ihre Stelle wollte, sollten die Mafia-Bosse in Palermo merken, was Sie für ein Armleuchter sind. Ich glaube, sein Plan hätte gegriffen, wenn nicht heute nacht alles aufgeflogen wäre. Tja, Sie sehen: Wir wissen bereits alles. Wir kennen alle Hintergründe. Und Sie sind der letzte, der uns noch fehlte zu unserem Glück. Ziehen Sie sich an. Ab heute frühstücken Sie in der Untersuchungshaft. Und danken Sie Gott, daß wir Sie abholen und daß nicht Gunter Rehm und Tom Conradi vor uns hier waren. Sonst sähen Sie jetzt aus wie der Rattenkönig."

★

Helga überwand den Schock. Schon am nächsten Tag ging es ihr wieder gut. Das Einweihungsfest überstrahlte den gräßlichen Anfang, den Schrecken der ersten Nacht, die sie in ihrem Landhaus verbracht hatte.

Gunter meinte tröstend, was so belämmert anfange, könne nur besser werden. Zwar erwog Helga noch beim Frühstück, das Haus wieder zu verkaufen. Aber Locke und Tom stimmten sie um. Mike fand das Haus prachtvoll und fragte vorsichtig an, ob er hin und wieder eine seiner Freundinnen mitbringen dürfe.

Nicki hatte pinkelnd seinen Herrschaftsbereich abgesteckt und genoß es sehr, daß er noch häufiger als sonst von Frauchen gestreichelt wurde.

Vormittags machte Gunter geheimnisvolle Andeutungen, setzte sich in den Saab und verschwand. Erst zwei Stunden später war er zurück. Mit vollbeladenem Wagen.

Die Oma stieg aus, Dr. Eichhorn reichte ihr galant seinen Arm. Aus dem Fond krabbelten Sabrina und Gina hervor.

„Ich bringe Gäste", sagte Gunter. „Hoffentlich reichen unsere Vorräte."

Sie reichten. Es wurde ein herrliches Fest.

Später fanden die Prozesse gegen die Mafiosi statt. Alle wurden zu hohen Freiheitsstrafen verurteilt. Auch Schöps, alias Hartmann, der Rote Nr. 2, mußte sich für längere Zeit von der Freiheit verabschieden. Desgleichen geschah mit Ernesto Grottole und Sigi Burkart, den beiden Typen aus der Taifun-Bar.

Über den Verlauf der Prozesse wurden Locke und Tom von Gunter informiert. Um sich ausführlich damit zu beschäftigen, fehlte ihnen die Zeit. Logisch. Denn sie waren längst in etwas Neues verwickelt – in ein neues, haarsträubendes Abenteuer: in einen Fall für Locke und Tom.

-ENDE-

Liebe Locke-und-Tom-Freunde!

Ganz schön aufregend, was die beiden erleben, nicht wahr?! Wenn es darum geht, anderen zu helfen, greifen Locke und Tom ein – koste es, was es wolle. Denn Locke ist schon ein tolles Mädchen, und Tom ein prima Kumpel, mit dem man Pferde stehlen kann. Es vergeht kaum ein Tag, an dem bei Tom nicht das Telefon klingelt: ,,Hallo Tom, hier Locke . . .!" Und was bei diesen Telefonaten ausgeheckt wird, erfahrt Ihr in den spannenden ,,Locke-und-Tom-Büchern", von denen es noch mehr gibt. Stefan Wolf hat sie geschrieben, den Ihr sicher schon als Autor der TKKG-Bücher kennt, auch einer erregenden PELIKAN-Serie. Gewiß interessieren Euch die anderen ,,Locke-und-Tom-Bücher" ebenso – mit den vielen lustigen Zeichnungen Eurer Lieblinge! Hier sind sie:

Hundejäger töten leise

In der Stadt verschwinden Hunde und Katzen. Täglich werden es mehr. Ganz offensichtlich sind gemeine Tierjäger unterwegs. Das vermutet die Polizei, und auch der Tierschutzverein hat einen Verdacht. Aber noch niemand weiß, was hinter diesen rätselhaften Diebstählen steckt. Werden die armen Tiere zu grausamen Versuchen benutzt, an deren Ende ihr ,,leiser" Tod steht? Locke und Tom, beide leidenschaftliche Tierfreunde, finden die richtige Spur. Sie führt nicht nur zu einem Tierhändler, dessen Geschäfte schon immer anrüchig waren. In den skrupellosen Handel sind noch ganz andere Leute verwickelt, hinter denen niemand solche Gemeinheiten vermutet. Aber weil Locke und Tom den gequälten Tieren helfen wollen, geben sie nicht auf.

Terror durch den heißen Draht

Eine unbekannte Mafia terrorisiert die Stadt. Angesehene Bürger, die jeder kennt, aber auch irgendwelche Nachbarn von nebenan werden nachts angerufen, bedroht oder zu erfundenen Terminen bestellt, wo Gangster sie hinterrücks überfallen. Was wollen die Verbrecher mit ihren ,,Todesfallen" erreichen? Warum jagen sie einer ganzen Stadt Angst ein? Terrorisieren harmlose Menschen durch den heißen Draht? Die Polizei blickt nicht durch. Locke und Tom wollen helfen, denn auch viele ihrer Freunde sind bedroht. Wieder einmal setzen sie sich den gefährlichsten Abenteuern aus, um rücksichtslosen Gaunern das Handwerk zu legen.

Giftalarm am Rosenweg

Beim Spielen am Rosenweg entdecken Kinder buntbemalte Fässer. Weil die Schrift schon unleserlich geworden ist, ahnen sie nicht, daß sie Gift vor sich haben. Die Folge: schleichende Verletzungen und rätselhafte Erkrankungen. Aber die Kinder schweigen, weil sie Angst vor Strafe haben. Ein Rätselraten beginnt – bis die Polizei endlich die Fässer findet und Giftalarm gibt. Noch aber weiß man nicht, wer der verantwortungslose Täter war. Wer hat die Fässer mit dem hochgiftigen Gift leichtfertig vergraben und damit Tausende Menschen in Lebensgefahr gebracht? Locke und Tom finden eine überraschende Lösung . . .

Die Fußball-Oma darf nicht sterben

Alle lieben Oma Meyer, weil sie immer fröhlich ist und den Jungs von der Fußballmannschaft hilft. Sie füllt die Vereinskasse auf, feuert begeistert die Spieler an, wäscht die verschwitzten Trikots. Deshalb heißt sie auch Fußball-Oma. Aber in letzter Zeit machen sich nicht nur Locke und Tom Sorgen um Oma Meyer. Irgendetwas bedrückt sie, doch sie will nicht so recht heraus mit der Sprache. Ist es die unglückliche Ehe ihrer Tochter? Hat sie Ärger mit den Burschen von der Konkurrenz-Fußballmannschaft? Oder machen sogenannte „Freunde" ihr Kummer? Als es schließlich zu regelrechten Mordanschlägen auf die liebe alte Dame kommt und eine seltsame „alte Bekannte" erscheint, da nehmen Locke und Tom die Sache in die Hand.

Flammen um Mitternacht

Ein nächtlicher Brand in Lockes und Toms Heimatstadt erregt mehr Aufsehen, als das ganze Feuer überhaupt wert ist. Zwar brennt ein Wohnhaus nieder, und das ist schon schlimm genug, aber was Feuerwehr und Polizei dabei feststellen, ist noch viel erschreckender: Aus den Flammen werden 50 Menschen gerettet, wo doch im ganzen Haus höchstens zehn Leute Platz gehabt hätten. Dazu tauchen bei dieser Gelegenheit plötzlich Ausländer auf, die unter jener Adresse gar nicht registriert waren. Was ist hier vorgefallen? Menschenhandel? Illegale Arbeitskräfte? Locke und Tom sind davon überzeugt, daß etwas oberfaul ist. Wie immer, lassen die beiden Unentwegten nicht locker . . .